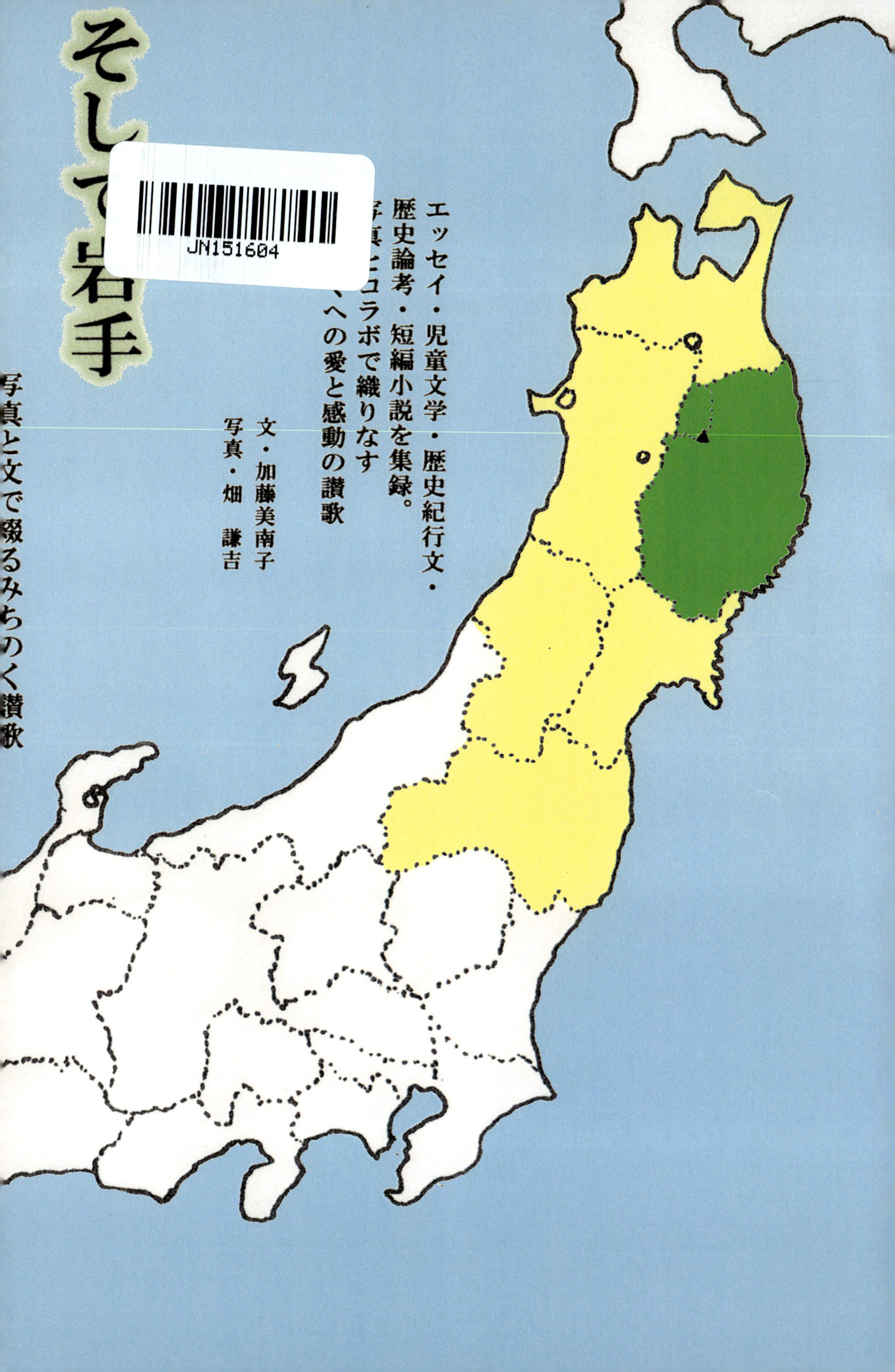
そして岩手
写真と文で綴るみちのく讃歌
エッセイ・児童文学・歴史紀行文・
歴史論考・短編小説を集録。
写真とコラボで織りなす
への愛と感動の讃歌
文・加藤美南子
写真・畑　謙吉
JN151604

はじめに

空気と水が透き通り、清冽なことこの上ない東北。

筆者が初めて岩手県松尾村（現八幡平市）を訪れたとき、

「清純な心は緑から」

と、村道の柱看板に大書されていたのが強く印象に残っている。

そこに暮らすようになってから足をのばした東北の地にはどこも底流に清らかさとほっこりとした純朴さが窺えた。

筆者は東北の、いや、かつてはみちのくと呼ばれていた地域の歴史や風土について色々な形で記録してきたが、それらの中から、二十二作品を選んでこの作品集を編んだ。

作品に添えられた主な写真は北東北に生まれ育った畑謙吉さんという優れた感性をお持ちの方の手に成るものである。

長年撮りためてきたアルバムから惜しげもなく提供して頂いた貴重な写真の数々をご覧いただきたい。

畑さんはときに危険をも顧みずに「美」を追求してこられた。四季折々の風景や花々に注がれた温かいまなざしが窺えるそれらの光景にはだれもが惹きつけられることだろう。

願わくは、東北の持つ清らかさと純朴さがこれから先もずっと、人々の心の中に生き続けてほしい。

そうした思いをこの作品集に目を通してくださる方々と共有できたら、とても嬉しい。

曲りくねった小道のある田園風景（八幡平市野駄）

〈 目 次 〉

表紙の写真は、為内（いない）（八幡平市野駄）の一本桜。
明治初期、神社の移転で一本だけ残されたソメイヨシノが、
時を経て大木となり、岩手山を背景に小高い丘の上に凛と
立つ姿は、神々しく映える。

第一章　エッセイ（十一編）

心まで緑あふれて

　ご縁あって松尾村に住んで一ケ月になる。

「この地方の一番良い季節に来たのかしら」

と思うほど、美しい辺りの景色に見とれていると、まだまだ良い時がいっぱいあるとのこと。

　蛍の飛び交う涼しい夏や、紅葉のころのことかと思ってウキウキしていたら、

「神奈川から来たんだってネ。冬が越せるべかね」

と、土地の人にいたわしげな顔で言われて、ラッキーな気分が少し吹き飛んでしまった。

　寒さには人一倍弱い私だ。でもま、冬が来たら来た時のこと。その時は覚悟を決めて過ごそう。

　なんてったって同じ人間、ちゃんと暮らしている人がこんなにいるんだもの。

　私が松尾村に来たのは、春真っ盛りの五月の初めであった。

　沿道には桜をはじめ、チューリップや水仙などの花々が咲き乱れ、芽を吹いたばかりの木々は、そちこちに小さい林をつくり、常緑樹と入り混じって、得も言われぬ調和を醸し出している。

　遠く近くなだらかな起伏を持つ丘は、したたるようなグリーングラスに覆われ、駆け出して行って寝転んでみたい気がする。

　村の家々は大抵が周りに田畑を従え、隣家とは程よい隔たりを置いて点在している。

　あれなら、

「親子ゲンカをしても隣に聞かれる心配もないし、思い切り大きな声が出せるナ」

と思わずつぶやいてしまう。

　松尾村はどこを見ても絵になる美しい所です。

　そう、私は今のところ、精いっぱい田舎暮らしを満喫しているのです。

［平成七年六月一日　岩手日報「花時計」掲載］

広々とした県民の森（東八幡平温泉郷）。森には岩手県各市町村の樹木が茂っているコーナーも。後ろは岩手山（2038m）。

雪を割って咲く
福寿草

ありがとう　四季の郷（さと）

早いもので、神奈川から松尾村へ来てもう一年がたった。

昨年のちょうど今ごろ、春らんまんのこの地に来て、景色の美しさに見とれ、花々に、せせらぎに、丘に、紅葉に心奪われて過ごしてきた。

そして初めて迎えた東北の冬！

不安が大きかった。とてつもなく寒くて耐えられないだろうと思い、思われていた。

十一月、雪は突然降り始め、休んだかと思うと積もり、ビシビシと凍った。降る度に二度と同じ雪はなかったように思う。

この冬は長かったとだれもが言っていたが、私は雪に飽きなかった。よほどおめでたくできているのか。

「雪は雨よりぬれないもーん」

と、どの雪も歓迎した。

雪掻きに励んだせいで、腰が体重を支えているだけにしては重たいなあと感じたのは雪かきをしてから三日後だった。つまり、痛みを感ずる速度は若いほど早い、という説は正しいと実感したのだ。悔しいけれど。

ゴウゴウと吹雪いている日、よせばいいのに出掛けてみたら、どうにもこうにもいかなくなって、そろそろと引き返したこともあった。

スタッドレスタイヤをはいていたのに、凍った下り坂で思いもかけず愛車はコントロール不能となり、あれよと言ういとまもなく、対向車にご迷惑を掛けてしまったこともある。

それでも私は東北の冬を嫌いにはならなかった。

キラキラの百武（ひゃくたけ）すい星というでっかいダイヤモンドをプレゼントされたことでもあったし、外は凍てついていても、家の中ではむしろ関東より暖かく過ごせたからだ。本当に苦になるほどの寒さを感じないうちに初めての冬はあっけなく過ぎていった感じだった。

そして再び迎えた春。

あれほどしっかり積もっていた雪はどこへ消えてしまったのだろう？

クロッカスが、サクラソウが、水仙がいきなり咲き出したではないか。

友達に誘われ、八幡平温泉郷の「ミニミニ牧場」へ行ったら、例年より春が遅かったので、これから毛を刈るという丸々太った大きな羊が体を揺すりながら出てきた。

「メエー、メエー」

鳴いて飼い主の後を必死に追ってきたのを見たときは、かわいらしさで胸がいっぱいになってしまった。聞けばその名も「ぬくみちゃん」という。これ以上ぴったりの名はないと思った。

窓外の牧草地の外れを、白昼堂々横切った太い尾の茶色い獣を目撃したときは、こちらが化かされたのではないかと目を疑った。あれは犬ではない。確かにキツネだった。

松尾村は（ここしか知らないけれど）リスも小鳥も、自然の中にいるそのままの姿を味わえるドリームランドだ。春夏秋冬、どの季節も申し分なく楽しかった。

岩手山はいつも私を元気づけてくれる味方だし、おいしい漬物も山菜も十分味わった。

もう言うことない。四季の郷（さと）東北よ、本当にありがとう。

［平成八年五月二十八日　岩手日報「ばん茶せん茶」掲載］

本書はエッセイから始まり、児童文学へと続きます。

登場する畑さんの写真は、歴史紀行文のところを除いては、ほとんどが八幡平市周辺の景色や、たおやかな花々などの活写です。

畑さん以外の方から提供していただいた写真はその旨、説明しています。撮影者が記されていない写真は、ほとんどが畑さんの作品です。お楽しみください。

水を張った田んぼに映る残雪の岩手山（八幡平市上寄木）

新緑のブナ林（八幡平市安比高原）

路傍の野仏（八幡平市関口）背後は岩手山。

涼しげなダムのしぶき（八幡平市北ノ又）

手前みそ作り

　都会から移り住んでなにもかも珍しい私たちに、

「自家製みそを作ってみない？」

と誘いの声が掛った。二つ返事で参加することにし、滑る雪道をこわごわ運転しながら行く。

　村の販売所「松ちゃん市場」の組合長さんのあいさつの後、全員三角巾とエプロンに身を固め、ＪＡの加工場へ移動した。中へ入るとプーンと大豆を煮る匂いが鼻をつく。

　参加者は十六人。みそ作りを指導してくださる方のリードに従ってテキパキと動く。

　お手伝いしてくださる組合員の方々が前日から洗って水に浸けておいた大豆は全部で四斗。直径一メートル近くの大釜で二度に分けて煮る。

　約三時間十五分後、指先で押してつぶれるぐらいに軟らかくなった豆をジャンボひき肉機のような機械にかけてつぶす。

　細長くつぶれて出てきた豆を熱湯消毒したステンレスの大台に広げてさます。こうしないと、熱でコウジ菌が死んでしまうとのこと。

　塩とコウジを計量器で量り、つぶした豆とよく混ぜる。しゃもじや手を使ってみんなで混ぜ合わせながら、

「みそって、こうやって作っていくのね」

「今までよく知らなかった」

「こうやって大勢で作ると簡単だわ。楽しいねえ」

と会話が弾む。

　よく混ぜ合わせた豆を、空気を抜きながら丸め、厚手のビニール袋を内側にはめたタルの底に塩とコウジを混ぜ、ひとふりした中に詰め始める。

　底をならして、後はソフトボール大に丸めて思い切り打ち付けるようにタルの中に投げ込む。こうすると空気が入らず、うまく発酵が進み、カビが生えないのだそうだ。

「エイヤッ！」「ソーレッ！」

　日ごろのうっぷんを晴らすにはちょうど良いとばかり、気合が入る。

　それぞれ十キロずつのみその素？　がタルに納まると、さらに一番上に塩、コウジをふりまき、ビニール袋の中の空気を抜きながら口をキュッと絞る。

「クマザサの葉で覆うと殺菌できてなおいいよ」とも教わる。

　こうしてできたタルに軽く重しをして冷暗所に置き、土用のころに上下を切り返して丸二年ねかせておくと、本当においしい自家製みそができるのだそうだ。

　二夏も越さないと味わえないなんて！　と思ったが、待つのも楽しみのうち。それこそ二年後にみんなで「手前みそ」を並べて自慢し合えるかもしれない。

　村内の女性だけで運営している「松ちゃん市場」では、微生物を利用して土作りをしている人もおり、ゆくゆくは有機栽培で作った清浄野菜を村内外に提供したいという声も聞かれた。

　市場のレストランでにぎやかに昼食をとった後、全くの無添加の健康みそのタルを抱え、満足して帰途に就いた一日であった。

［平成九年一月二十八日　岩手日報「ばん茶せん茶」掲載］

「十和田八幡平国立公園」の一部である八幡平は、昭和十一年（1936年）に十和田国立公園が制定された後、昭和三十一年（1956年）に八幡平地域が追加され、十和田八幡平国立公園に改称されて現在に至っています。

北東北の青森・岩手・秋田の各県にまたがっている同公園は、十和田湖周辺と八幡平周辺の火山群を包括しているため、雄大な自然景観や温泉などに恵まれ、四季折々に人々がスポーツに、カメラに、自然詠嘆に訪れ、賑わっています。

八幡沼（八幡平）

ベニバナイチヤクソウ。
開花は５～８月。

迷い込んでみたい紅葉の小道（八幡平市北ノ又）

麹（こうじ）作り

三月に入ってすぐ、麹作りの体験をした。

みそ作りは三度経験した。でも、みそを作るのに欠かせない麹まで手作りできるのは都会で暮らしてきた私には得難い経験だ。

麹という言葉は知っていても、その実態は？　となると、結構あやふやにしか分かっていない私だ。少なくとも、味噌をはじめ、しょうゆや酒、みりんなど、生活に欠かせない基幹食品の原料に使われているし、目立たないが重要な役割を果たしているものだということは頭では知っていたが……。

さて、数日来県内を吹き荒れた強風も当日は凪（な）いだ。

暖冬のせいか、積雪は少なく、道路の隅に残っている雪も間もなく消えそうだ。春先の、ちょうど今ごろが麹の発酵には良い塩梅と聞く。

みそ作りでは先輩のTさんが組合員のため、農協支所の調理場を借りることができて、生活指導員のIさんにご指導を頂く。

米麹作りは、洗って一晩、水につけたうるち米をふかすところから始まる。強火で二十分ほど、ふかし終わった熱い米を窓辺のステンレス台の上に広げて冷ます。風を入れて人肌ぐらいに冷まさないと麹菌が死んでしまうそうだ。頃合いを見て、市販の麹菌に小麦粉を混ぜたものをまぶし、まんべんなく米と混ぜ合わせる。

次に据え付けの発酵器に入れ、温度を四〇度以下に合わせて完了。ひとまずホッとする。

このまま二十四時間発酵させ、翌日切り返してまた二十四時間、都合三日かけて米麹は無事出来上がった。

正直言って私は、麹を二次発酵させて作るとは知らなかった。随所に工夫のほどこされている発酵器のお陰で、だれでも失敗しないで麹が作れる。

このような器械が使えれば便利だが、麹を自家製造している家ではコタツなどを使い、温度調整に苦労しているようだ。

出来上がった麹は握るとモロモロと崩れて温かく、甘い香りがプーンと漂う。思わず相棒と、

「酒を醸（かも）して一杯やりたくなるねえ！」

なんて、同じことを言ってしまう。

「ちょっとくすねて飲んじゃっても分からないよ」

「密造といきますか」

「ダメダメ。減った分、味噌がうまくできないからやめとこう」

――と、誘惑を退けてやっぱりみそ作りに全部回すことにした。

いわゆる有用微生物の一種の麹菌＝こうじカビは、辞書によると「アミラーゼ（という酵素）を含み、澱粉（でんぷん）を糖に変えるので、甘酒やみそ、しょうゆの製造に利用」とある。それであの甘いにおいがするのだ。

日本人の毎日の食卓に欠かせないみそとしょうゆではあるが、大半の日本人はみそ作りや、まして麹作りなどにはほとんど携わらないで過ごしているのが普通だ。

東北へ来て四年になるが、これら基幹食の手作りが当たり前に行われているのが実にすばらしいと思う。

岩手では文字通り、足が地に着いた暮らしが出来るのだ。

米も大豆も麹も、安全なものを生み出そうと努力している生産者の顔も見える。良い土地に越してきたとあらためて思っている。

〔平成十一年三月十八日　岩手日報「ばん茶せん茶」掲載〕

晩秋の麦の芽吹き。奥に顔を出しているのは岩手山。(八幡平市野駄喜満多付近)。

春の魚止めの滝（右）と秋の滝壷（左）（八幡平市柳沢）。

「赤毛のアン」の島

中学生の頃、夢中になって読んだ「赤毛のアン」の島へ行ってみたいと憧れていた。

でも、舞台のカナダはあまりにも遠い。

夢はいつしか忘れられ、うかうかと還暦を過ぎていたあるとき、当時の三分の一ほどの旅費で島へ行けると知った。夢を叶えるのは今しかない。行こう、とすぐに決めた。

同行すると申し出てくれた秋田県の友人・Oさんと私は、二〇〇六年九月、半日間の飛行を経て、ついにカナダの東海岸に浮かぶ「プリンス・エドワード島」へ行ってきたのである。

ガイドは、アンの観光に来て島に住み着いたという若い日本人女性。おんぼろのトヨタのワゴンの同乗者は日本から来たアン・ファンの女性ばかりだ。

「アン」の作者、L・M・モンゴメリの墓へ詣でたときは、遥々来た感慨にむせび、お定まりのコースではワクワクしながらアンに浸り切った。「恋人の小径」を辿り、「グリーンゲイブルズ」を覗く。オプションで行った古い小学校の中には、赤毛をからかわれたアンが、ギルバートの頭を叩いて割れた石板も置いてあった。

と言っても、作者の墓以外は、どれもこれも作品通りに構築した島民の創作なのだ。アンのミュージカルも何もかも、隅々まで客をもてなし、楽しませる工夫がなされている。

冬季は深い雪に閉ざされ、じゃがいもとロブスター以外には、これといった特産物の無かったという島が、アンに惹かれて来る各国からの観光客で賑わっているのを3泊4日の滞在で目の当たりにした。

市内のアン・グッズ専門店は大繁盛。ホテルもレストランも、島は「アン」抜きには考えられない。

約百年前に一人の女性が創作した「赤毛のアン」というキャラクターの魅力のおかげで、島は世界の島になっていた。私たちの東北にも多くのヒントをもらえた旅だった。

［平成二十九年七月六日　河北新報「微風　旋風」掲載］

（このエッセイを含む以下四編の写真は筆者のアルバムから収録）

背景は、プリンス・エドワード島とアメリカ大陸とを結んでいる世界一長いコンフェデレーションブリッジ（長さ 13.9 km）。左は同行してくれた小野絹子さん。

すっかりアンの気分になって……。

ピネムの森

ピネムとは、英語のパイン(pine・松)とアイヌ語のメム(mem・泉)の合成語だという。

岩手県八幡平市へ「地域おこし協力隊」でやってきた若人二人が、三年の任期を終え、結婚して開業した民宿兼レストランの名称である。

五月吉日、オープン直後のそこを訪れてみた。

熟女(?)三人が車で四五号線を松尾八幡平ビジターセンター方面へ上がり、迷いながら進むと、小さく「pinemem の森」と書かれた看板が下がっているのが見つかった。

「看板は大きく日本語で出ている方がいいよね」とおしゃべりしながら無事到着した。

オーナーの松本篤秀さんは宮崎県出身で、東京で会社勤めをしていた。妻の明子さんは岩手県宮古市出身。二人は多くの人の協力を得て、市内の山荘をリフォームし、客室五部屋と十五席の食堂を準備した。

今も整備中の周囲は緑がいっぱい。カッコーの声が響き、草花が庭に溢れている。泉に相当する池も緑陰に見える。

早速ランチを頼むと、魚や肉等、動物性の食材が一切入っていないという自然食料理が出てきた。

主菜は「エノキなめたけ乗せ玄米ご飯」と「大豆のファラフェル」(アラビア語でコロッケ)に、黒ゴマのタヒニソースを掛けたもの。タヒニとは、同じく中東の調味料でヘルシーなソース。ベジタリアンに人気があるという。

他に「おから団子のあんかけ」「芽ひじきとレンズ豆の梅酢マリネ」等々が盛り合され、「ほうれん草と厚揚げの豆乳カレースープ」が付く。

サラダに添えた黄色いビオラが可愛い。ワンプレートでもお腹いっぱいになった。そんな日替わり定食が税込千円で提供されている。

ランチョンマットのメキシコ調の色合いと、室内外に異国風の装飾が施されているのが目立つ。

南米ボリビアで三年間、青年海外協力隊などで過ごしてきたという明子さんの好みが存分に反映されていると感じた。宿泊や会合等に自然派の人が楽しめそうな「ピネムの森」であった。

〔平成二十九年八月三日　河北新報「微風・旋風」掲載〕

ピネムの森の自然食料理。手前の3ケが「大豆のファラフェル」タヒニソース掛け。

三途の川って？

秋のお彼岸も遠くないが、皆さんはあの世にあるという「三途の川」という川のことをご存じだろうか？

私には確かめるすべがないけれど、目前に展開するヴィジョンで鮮明に見た、とまじめに言う知人がいる。

過去にどこかでそんな図絵を見たという覚えもないのに、見えてしまったという話によると、三途の川は文字どおり、三筋に分かれていたという。

川は、あの世の賽の川原という所から、いきなり湧き出て、三キロほど流れると、いきなりプツンと川原にもぐって消えてしまうそうだ。

流れには激流・中流・瀞（静かな流れ）があり、死者はその中で生前身に付けた垢をそぎ落されるというのである。

「垢とは、主に物欲や名誉欲等で、強欲だった人は、激流でもだえ苦しみながら分厚い垢をそぎ落され、足るを知り、世のため、人のために尽くしてきた人は、瀞でゆったり流れて行ける」

と知人は言い切る。

そうしてこざっぱりしたところでエンマ様の前に出て、罪を裁かれるのだそうだ。

仏教で教えているエンマ様はちゃんとおられたそうで、その目はごまかしがきかないと知人は強調する。

「この人は善人だったから天上界行き～。そちらは霊界の人間界へ行ってしばらくしたら、また人間に生まれ変わって魂を磨いてきなさい。そこのあんたは動物に対して無慈悲だったから、畜生界で動物になってその苦しみを味わうんだよ。 こっちのあんたは争いが好きだったから、修羅界だね。そうそう、そちらは餓鬼界だ。人をだましたり奪ったり、ガツガツ飢えていたからな。最後のあんた、あんたは殺人をしたから間違いなく地獄だ」

そんなふうに六道に振り分けられた霊たちは、否応なくその道へ向かわねばならないのだそうだ。

「幼児などが動物のようなふるまいをするのは、あの世で畜生界に落ちていたからなんだよ。それを救うには親が善徳を積むことだ。みんな、死んでから天国へ行きたければ、生きているうちに良いことをいっぱいするんだね。三途の川へ行ってからでは遅いから」

と知人は笑っていたけど、日頃の行いがなってない私はどっきりした。

その話が本当だったら、どうしよう……。

［平成二十九年八月三十一日　河北新報「微風・旋風」掲載］

知人から聞いた「三途の川」のようす。カット・加藤美南子

伝承を次世代に

北東北を横断する大河・米代川流域には「だんぶり長者伝説」というのがある。

だんぶりとは北東北の方言で、トンボのことだという。

約千五百年前、正直で働き者だが貧乏な若者がいた。鹿角の独居老人に養子入りし、近くの娘と結婚して川上へ移住するも、貧乏は変わらない。

秋の収穫時に、疲れてうたた寝をしている若者の所へ飛んで来たトンボが、若者夫婦を導いて、うまい酒の味のする泉が湧く場所へ連れて行く。

その水を飲んだ養父は病気がすぐ治り、評判になる。

泉の水をもらい、幸せになった人々からのお礼で若者は金持ちになり、「だんぶり長者」と呼ばれるようになった。

だが、正式に長者を名乗る許しを得に都へ上った長者は、大切な宝物である、美しい一人娘を時の大王（死後、継体天皇と贈り名された）に差し出すはめになる。

そんな話に興味を持った私は、『だんぶり長者の遺産』という大人向けの小説を出版し、次に地元の児童に伝承を伝えるため、絵本にして小学校などで読み聞かせをしてきた。

続いて、訪日外国人客向けに、英語訳を付けたリニューアル絵本も出し、監修は市のALT（外国語指導助手）の先生にお願いした。

すると、その先生を通して、まさに伝説発祥の地のひとつ、泉のあった八幡平市安代地区の市立田山小学校の五年生たちから詳しい話を聞きたいと頼まれたのである。

本を作った理由を話し、読み聞かせをしてきた私は後日、学習発表会にも招かれ、五年生がALTの先生の指導の下に練習した英語のセリフ入りの劇を鑑賞させていただいた。

子どもたちの演技は堂々としていて目を見張った。

英語の発音も自然で、脚色、音楽も全部、素晴らしかった。涙と感激にあふれたあの日のことは忘れられない。

子どもたちから寄せられた感想の一部を紹介する。

「私はだんぶり長者の残した本当のたからものは、相手を思いやる心だと知ってうれしかったです。これからも自分たちの地域を大切にし、民話を伝えていきたいと思います」

伝承が次世代に受け継がれ、やがてはまちおこしの一助になっていったら、望外の喜びである。

［平成二十九年九月二十八日　河北新報「微風・旋風」掲載］

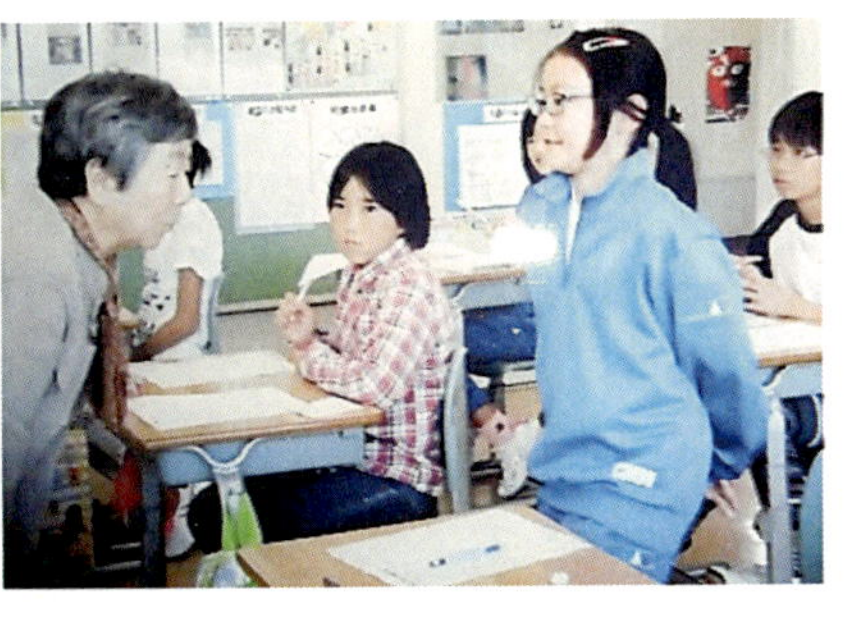

田山小学校５年生からの質問を受けている筆者（左）

オーガニックフェスタ

最近、有機栽培・無農薬農業に関する情報をよく耳にする。

農薬、肥料を使う慣行農法という言葉も知った。

第二次世界大戦後、食料増産のために化学合成肥料や農薬が大量に使用された結果、国民は飢えから解放された。そのため、慣行農法は急速に普及して現在に及び、定着した感がある。

一方、近年、環境への影響や健康面を考えて、有機（オーガニック）・無農薬（あるいは減農薬）栽培、または自然農法などに切り替えて取り組む人たちが増え、消費者の関心も高まってきている。

過日、秋晴れの二日間、八幡平市の岩手山焼走り国際交流村で「オーガニックフェスタ in いわて２０１７」が開催された。

「農業・環境・福祉　本当の豊かさはここにある」がテーマ。芝生の広場に約七〇団体の出店があり、野外舞台ではライブトークやコンサートがめじろ押し。各種セミナーやワークショップもにぎわっていたようだ。

県内外からの参加者は農業者・加工業者・消費者ら合わせて約六千人。

食事はリサイクルの食器に盛られ、食後は洗い場できれいにして店に返す。ゴミは持ち帰るなどが徹底されていた。

知人のオーガニックコーヒーを味わい、若手酪農家のミルクジェラートの行列にも並んだ。馬搬による国産木材の使用を薦めるテントから、電磁波対策の窓口まで多彩な出展に驚く。

収穫近い実物の稲を根っこごと展示していた自然栽培実施者は、「良い物を作るには、作物を良く観察することが大事。毎日真剣勝負でやっている。それだけに困難を超えて収穫がうまくできたときの感動は大きい」と語っていた。

最後に場内の茶室でアイヌの叙事詩「ユーカラ」の弾き語りを聴いたが、語り部のアシリ・レラさん（アイヌ文化継承活動家）の言葉が心に残った。

「いまさら有機栽培とかリサイクルとか言っているけれど、それは縄文の時代からずっと行なわれてきていたんだからね。その長い歴史を忘れないで」

望ましい農業とはどんなものか？

会場を後にしながら、オーガニックフェスタの今後を見守ろうと思った。

［平成二十九年十月二十六日　河北新報「微風・旋風」掲載］

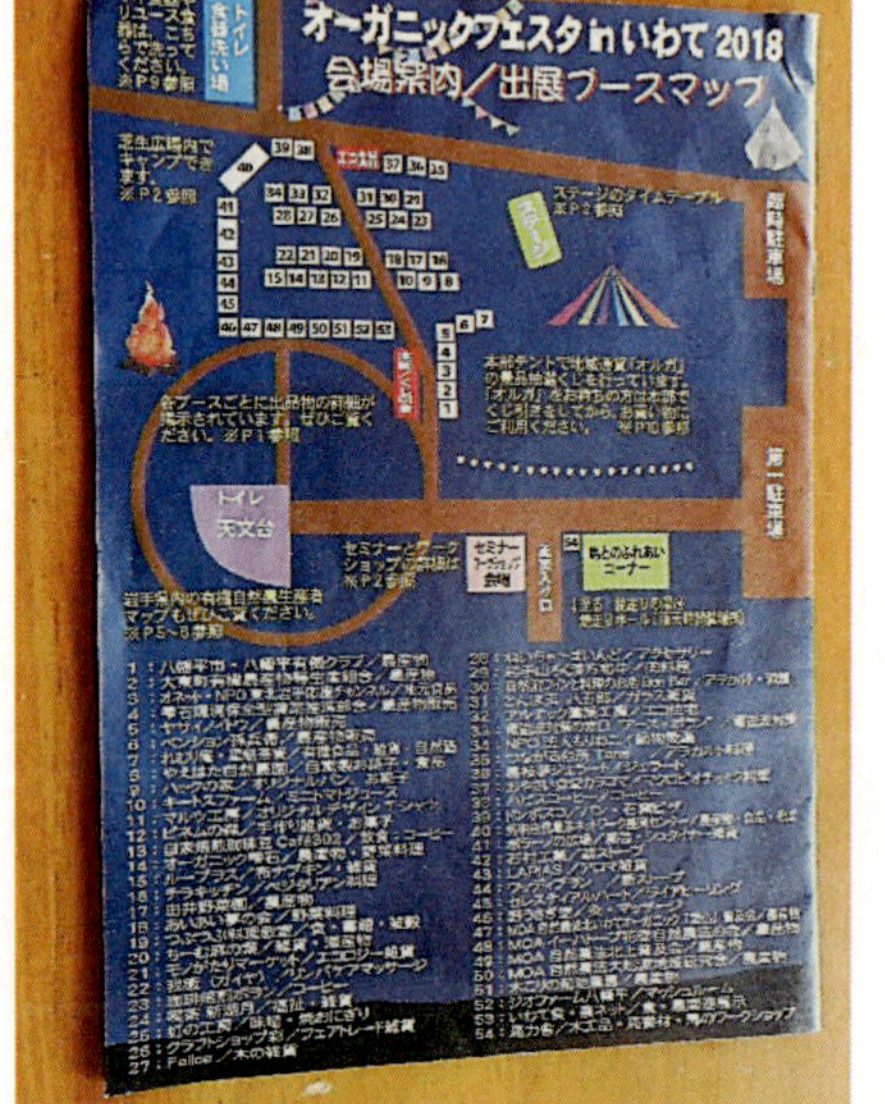

オーガニックフェスタ in いわて 2018 の
会場案内/出展ブースマップ

芸術体験はいかが？

紅葉とともににぎわった芸術祭。

岩手県芸術祭には今年から「芸術体験イベント」というのが加わった。

芸術作品を只鑑賞するだけではなく、来場者が体験参加することで、芸術に関心を深めてもらうのが狙いだ。

十月七～八日の休日、県民会館内では、子どもによるオーケストラの指揮体験を皮切りに、多種多様な芸術体験の場が持たれた。

文芸部門では、私たち岩手児童文学の会の有志が準備をして臨んだ。

普段創作に充てている時間を、本の選択や、読み聞かせの練習に切り替えて初日を迎えたけれど、不安材料も多かった。が、子ども連れの家族が次々と和室に入って来た途端、そんな懸念は吹っ飛んだ。

「ここにある本の中で、読んでもらいたいの、ある？」と尋ねると、

「うん、これっ！」

即座にお気に入りらしい本を指さす子どもたち。挨拶もそこそこに、まずはひたすら絵本を読み聞かせるのに突入。

プログラムに組んだ紙芝居や会員自作の絵本の読み聞かせ、ストーリーテリングなども交える一方で、切り紙や折紙に夢中の子のお相手もするなど、気が付けば大人も子どもと一体になって楽しんでいた。

子どもは自分の好きな本を繰り返し読んでもらうのが好きだ。目を輝かせ、耳を澄ませて聞き入っている姿には、こっちの方が感動させられてしまう。

絵本専門士の方の協力で、新しい体験もできた。読み聞かせの絵本の一部が動くのに合わせて、みんな一緒に同じ動作をする参加型のやり方だ。普通の読み聞かせとは、ひと味違う。

子どもが飽きないように、クイズも取り入れた。担当者が工夫した、会の四〇周年記念文集『物語のゆりかご』の中の挿絵を当てるクイズは受けた。

答えを当てた子にあげる折紙を休憩時間に作り足したり、来場者へのプレゼントにと作った会員寄稿のミニ作品集が足りなくなったりと、慌てる場面もあったけれど、想定外の盛況に全員ホッと胸をなでおろす。

「とても楽しかった」

と笑顔で帰って行った子どもたちを見送りながら、会にとっても、芸術体験を考える良い機会になったと思う。

［平成二十九年十一月二十三日　河北新報「微風・旋風」掲載］

こどもたちにプレゼントした
折紙のコマ（上）と小物入れ（下）

ストーンサークル

「おかえり　松尾釜石環状列石」

平成二九年度の八幡平市博物館企画展のパンフレットには、こんな見出しの下に遮光器土偶の写真があった。

両腕は欠けているものの、愛らしい顔はまるで、「長い眠りから覚めました。あなたの来るのをお待ちしていますよ」とでも言っているように見える。

市の北西部、八幡平登山口に当たる旧松尾村柏台（昔は屋敷台といった）の桜公園には、復元されたレプリカのストーンサークルがある。

約六〇年前、桜公園近くの通称釜石地域から環状列石が発掘された

発掘調査と研究は慶応大を中心に続けられてきたが、今年、発掘された遺物や資料が八幡平市に返還された。企画展はそれを受けて開催されたのだ。

企画展では遺跡の全体図をはじめ、発掘された土器や石器を見ることができた。盛岡大学文学部長・熊谷常正教授による特別講演会もあるというので、期待がふくらむ。

講演のタイトルは、「岩手山を仰ぐ縄文人」。

今から約三千年前の縄文時代晩期前半ごろの環状列石の存在が浮き彫りになり、全国的にも珍しい規模だという当時の新聞記事が紹介された。

ストーンサークルといえば、鹿角市の大湯環状列石などは祭りや祈りに関わっていた遺構のようだけれど、松尾のそれは何だったのだろう？

講師によると、松尾の石組は正確に岩手県（岩手県の最高峰二〇三八㍍）の頂上方向を向いているので、山に向かって祭祀が行われていたとみて間違いないだろうとのこと。

縄文人はそこで、当時噴火が盛んだった山に、災害をもたらさぬよう、集団で祈りを捧げていたと見てよい、とのことである。

現代人にとって山は単に見るもの、あるいは登山するもの、であって、仰ぐ対象ではなくなっている。

けれど、人間が自然災害に敵わないのは、昔も今もあまり変わっていない。

ゆえに、私たちに必要なのは、彼らのように畏れの念をもって自然に対してゆくことではないだろうか、と。

講演後、パンフレットの遮光器土偶は、「それを教えているんだよ」という顔をしているように見えた。

〔平成二十九年十二月二十一日河北新報「微風旋風」掲載〕

（写真は畑謙吉さんの提供）

発見された当時の遮光器土偶の一部（中央）。（八幡平市立博物館蔵）。

ストーンサークルのレプリカ（八幡平市桜公園）

第二章 児童文学（三編）

児童文学

続け、いのち

カット・田村瑞穂氏（八幡平市）

今年もお盆の季節が来た。

お盆入りは八月十三日。その前日には、我が家でもご先祖様を迎える準備をする。

「お盆の必要品」一式が入っている大きなダンボール箱を開けると、かすかにお線香の匂いがした。

父がせっせと「必要品」を取り出し、点検しているかたわらで、私は兄が一対の置き提灯を組み立てているのを眺めていた。

提灯には秋の七草のような花が色とりどりに描かれている。明かりを灯すと、ゆっくり回転し、花模様が透けて一層美しい。

「これ、いいムードなのよねえ」

そういう美しいものが大好きな私は飽きずに提灯を見つめていた。

そばで盆花の準備をしていた祖母が私に、

「みのり、きれいだろ。それはね、亡くなったおじいちゃんが気に入っていたの……」

と言いかけた。そこへ、横から兄が、

「ばあちゃん、その話は何度も聞いた。高かったけど、思い切って買ったという話だろ」

うんざりした顔でさえぎる。

私が兄をにらむと、父がすかさずたしなめた。

「翔、その言い方は失礼だ。もう高一なんだから、口のききかたに気をつけなさい」

祖母は、と見ると、さすがは年の功、顔色も変えず兄をやんわりとかわす。

「そうだったっけ？　年寄りは忘れっぽくてね。こんなばあちゃんの孫なのに、翔は記憶力がいいねえ。その記憶力のいいところで、これから先も毎年、この提灯を忘れずに灯しておくれよ。これを見て、ご先祖様は喜ばれるんだからね」

兄は一本やられました、という顔をしている。父と私は声をそろえて笑った。

笑いながらも私は、祖母が当たり前のように結んだ言葉に飛びついた。

「ご先祖様が見て喜ぶって、彼らには目があるの？　私達には目があっても、ご先祖様の姿が見えないのに……」

祖母は答えずに、眉の間に軽く縦じわを寄せている。私がご先祖様のことを「彼ら」なんて、なれなれしい言い方をしたのが気に障ったようだ。

来年中学生になる私は、よくいわれる反抗期に入ってきているのか、生意気なことを言ってみるのが面白い。

その上、何でも知りたいという好奇心も旺盛になっている。

その好奇心は兄にも移ったらしく、兄はへえー、という顔で私を見た。

「ご先祖様にも目があるかどうかなんて、おれも聞きたいな。みのりはちっちぇーくせに、いやに理屈っぽいじゃないか。おまえみたいな疑問、おれは持ったことはなかったけど。そうだ、この際だからおれにも教えて、ばあちゃん？」

（ちっちぇーなんて、ひどいっ、アニキ！）

二人の問いかけは祖母を驚かせた。

父も興味深そうな視線を祖母に向けている。

皆の注目を受けて祖母が一瞬考えるようにうつむいたとき、

「お母さん、すみません。ちょっと、煮物の味加減、見てくれますか？」

と、キッチンから母が菜箸を握ったまま、仏間に入ってきた。

「あ、今の話しは、また後でするから」

祖母は立ち上がり、母とともにキッチンへ消えた。

お盆のときに作る特別な煮物は祖父の好物だったものだ。母はその味付けだけはまだ自信がないらしい。

父は兄に、位牌（いはい）の並べ方を描いた図を見せている。

「ご本尊（ほんぞん）の阿弥陀様（あみださま）は、仏壇の一番高い所に置く。『中山家先祖代々乃霊位（なかやまけせんぞだいだいのれいい）』の位牌（いはい）はその前か下で、少し横へずらす。阿弥陀様が隠れちゃいけないからな。その少し下、右側にお前のひいじいちゃんの位牌、左側がひいばあちゃんのだ。おじいちゃんのは、ひいじいちゃんの下。それぞれ戒名（かいみょう）の横に本名（ほんみょう）がメモしてあるから、仏壇（ぶつだん）に戻すときに間違えるな」

兄はさっき、父からたしなめられたことなど、とうに忘れて真剣にうなずいている。

仏壇の中から取り出した位牌を柔らかい布で丁寧に拭き、テーブルに並べながら、父は兄に噛んで含めるように教えていた。

庭木の間からひぐらしの声が響いて来る。

北東北ではお盆が済めば、すぐ涼風（すずかぜ）が立つ。暑さを辛抱するのはもう少しだ。

「お父さん、ご本尊様って、どこの家でも阿弥陀様なの？」

私の問いに父は笑った。

「いいや、そんなことはない。阿弥陀様もあれば、お釈迦（しゃか）様もある。宗派によって色々だ」

「ふーん、そうなの」

「図書館で調べれば分かるよ」

「ううん、そんなに詳しく知りたいわけじゃない……」

私が今、一番知りたいのは、

「人の命ってなんだろう？」

ということだ。

この間の東日本大震災のとき、東北地方では、考えられないような多くの人が、地震や津波の犠牲になり、悲しみが広がった。

地震は、津波は、なぜ幼い子供達の命まで奪ったのだろう？　助かった人と、死んだ人の違いはどこにあったのだろう……？

震度七を経験した人達の恐怖には到底及ばないだろうけれど、私の家のある岩手県内陸でも震度五強の揺れがあり、本当に怖かった。

その日、私は学校で理科の授業を受けていた。先生がみんなを見渡しながら、

「空気は目に見えないけれど、条件しだいでは見える。どんな条件か、分かるか？」

と質問したところへ突然、窓ガラスがガタガタ音を立てた。と、同時に、「ドドンッ」と激しい揺れがきた。

「うわーっ！」「きゃーっ！」「怖いっ！」

クラスは騒然となった。

いったん机の下にもぐった私達は先生の指示で急いで校庭へ飛び出した……。

家族は全員無事だった。

仕事で外出中の父とは、携帯電話のメールで連絡がついたから、ひとまずほっとした。

が、交通渋滞で、いつもなら一時間で帰れる距離を四時間以上も掛かり、顔を見るまでどれほど不安だったかしれない。

ともかく、あの震災から五ヶ月たった今年のお盆、その仕度はすっかり整った。

辺りが薄暗くなった頃、庭先で「迎え火」を焚いた。その火に導かれて、ご先祖様達が家の中へ入ってくるそうだ。

やっぱり、「彼ら」には目があるのだろうか？　さっきの疑問が甦ってきた。

お供えした花の中から、百合の匂いが部屋中に漂っている。

祖母がみんなに先立って、仏壇の前に置いたきれいな座布団の上に正座した。

お線香を上げ、「かね」をチーンと鳴らした後、祖母は数珠を持った手を合わせて、いつも上げている「般若心経」を唱え出した。後ろの両親も兄も、神妙に頭を垂れている。

祖母の声は通るものの、お経の意味は私にはちんぷんかんぷん、さっぱり分からない。

だから私はその間中、仏壇の前のテーブルに置かれた色々なお供物を眺めていた。

西瓜、とうもろこし、桃に梨。ようかんにカステラ、干菓子もある。おじいちゃんの好きだった南部せんべいの横にはビール。そして母手作りの煮物や、稲荷寿司等々……。

毎年、兄と私が作るきゅうりの馬と、なすの牛も並んでいる。

だいぶ前のお盆のとき祖母が、

「ご先祖様にはね、きゅうりの馬で子孫の家へ急いで駆けつけてもらい、帰りは、なすの牛で名残を惜しみながらゆったりとお帰り頂く、という意味を込めてあるんだよ」

と説明してくれたことがあった。

まだ小さかった私は、

「そうなんだあ……」

と感じただけだったが、そのとき祖母は、物を通してご先祖様に心を通わすこと、それが大事だと言いたかったのだと思う……。

しばらくして祖母が座布団から下がると、父、母、兄、私の順でお線香を上げ、ひとわたりお参りが済んだ。

私が下がってやれやれと息をついていると、祖母はみんなを見回し、最後に私を見た。

「みのり、さっき聞かれたことの答えだけれどね、ばあちゃんはこう思っているよ。みんなも聞いてくれるとうれしいね。こういうときだから話しておくよ……」

私達は祖母の口元を見つめた。

「ばあちゃんはね、本当は小さい頃、そう、小学四年生頃だったかな、一度死んだことがあるの」

「ええーっ、おふくろ、そんなことがあったの！」

父が驚いた声を上げた。母も目を見張った。

兄も私も固唾を飲んで祖母を見守った。

祖母は団扇を使いながら言葉を継いだ。

「その経験をしたのは夏休みだった。それもちょうどお盆のときでね。その日は暑くて暑くて、たまらないほど暑かった。

あんまり暑いから、水着に着替えて近くの大笹川へいつものように水浴びに行こうと思った。

大笹川は私が中学へ入る前まで住んでいた町の川で、数キロ先は海だった。河原は子供達のいい遊び場でね。私はこっそり家を抜け出した。なぜかというと、家の人に見つかったら、

『明代、お盆のときだけは泳いじゃいけないよ。川で死んだ霊に取り付かれて溺れるといけないから』

と言われていたからだった。泳ぎにゆくのを止められるといやだから、こっそり出掛けたというわけ……」

「それで、溺れかかった、というわけなんだろ？」

　兄がしたり顔に口をはさんだ。

　祖母はキッとした。

「溺れかかったんじゃないっ、本当に溺れたんだよ！」

「そんな話、初めて聞きました」

　母が怖そうに言った。

「それでも、今、ここにこうしているんだから、大丈夫だったのは確かだ」

　安堵した声で祖母を見つめた父の顔を見て、みんなは笑った。私もほっとした。

「すんごい体験じゃん。ばあちゃん、臨死体験しちゃったんだな！」

　兄が興奮する。

「『リンシタイケン』って何？」

　私の問いに兄は得意そうに答えた。

「死に損なってこの世へ舞い戻ってきた体験のことだよ」

「へえー、そうだったの、ばあちゃん？」

　祖母はうなずいて話を続けた。

「川の土手を下り、靴を脱ぐのももどかしく流れに入ると、それまでの暑さがいっぺんに引いていった。

　川の中には、やはり涼を求めてやってきた悪童たちが何人かいた。

（みんなもやっぱり来ている。お盆だからって、我慢することないよね……）

　中には年下の顔見知りの女の子もいた。

　私はうれしくなって、

『久美ちゃーん、こっちへおいでよー！』

と、その子に呼びかけた。

『明ちゃーん、来たのー、今、そっちへ行くから待っててー！』

　久美ちゃんはおへそのところまである水を急いでかきわけてやってきた。

　それから二人はキャッキャッと騒ぎながら水を掛け合ったり、追いかけごっこをしたりして思う存分水遊びを楽しんだ。

　泳ぎの方は久美ちゃんも私もまだ駄目で、見よう見まねの犬かきで、バチャバチャやっているだけだったけれど。

　大笹川の川幅は広く、流れが三筋あった。一番太い本流は急流で深かった。

　大きい男の子たちは、みんなそういう所で悠々と泳いでいた。

流れに乗ったり、斜めに流れを横切ったりしてクロールで水を切っているさまは、まるで鮎のようで、久美ちゃんと私はしばらく見とれていた。

『いいなあ、あんなふうに泳げたらみんなに自慢出来るよね』

『今年こそはクロールと平泳ぎを出来るようになりたいね』

　そういう泳ぎを身につけるには、おへそくらいの水深の所では駄目だ。

『もう少し深い所へ行ってみる？　怖いけど、明ちゃんと一緒だから大丈夫だよね』

　本当はちょっと不安だったけれど、私はうなずいた。

『あっちの方なら、流れに乗ってクロールらしくなるかも』

　二人は手を取り合い、つないでいない方の手で水をかき分けながら、少しばかり流れが速くなっている下流へ進んで行った……」

「うえー、怖えー、これから本番に入るんだな……」

　兄は大げさに肩を震わせた。

　風が急に出てきて、軒先の風鈴が微妙な音を立てた。

昼間聞いても怖そうな話なのに、もう外は真っ暗だ。ばあちゃんたら、もっと時間帯を選んで話せばいいのに……。と思ったが、聞きたいってせがんだのは私だ。いまさら後へは引けない。

　祖母は続けた。

「足の裏で川底を確かめながら、じりじりと進んで行って、水深が胸のあたりまできたとき、私は久美ちゃんの手を離した。流れに乗って浮かび、両足をバタバタさせた。久美ちゃんも同じようにやっているはずだった。

　流れに運ばれて、私は自分の力でクロールが泳げたような錯覚に陥った。

　そばで久美ちゃんが何か叫んでいる。

『明ちゃん、怖いよー、足が、足が着かないっ！』

　私はあわてて川底を探った。

（あっ、足が届かないっ！）

　水中で足がもつれそうになった。私は一度深く沈んだ。必死で水をかき分けて水面に浮かび上がったとき、久美ちゃんの手が私の体に触れた。

　久美ちゃんは夢中でしがみついてくる。私は腕に力を込めて、久美ちゃんを浅瀬の方へ思い切り押しやった。

　久美ちゃんが私から離れ、水面から頭を出して浅瀬の方に向かっているのが見えた。

　久美ちゃんはこれで大丈夫だ。と、安心するひまもなく、私の体は久美ちゃんを押しやった反動で、より深い流れにはまっていた。

　あっという間の出来事だった。

『明ちゃーん、明ちゃーん！』

　久美ちゃんの叫ぶ声が聞こえる。

　私はもがいて手足で水をかいたが、流れの真ん中で沈んだり、浮かんだり、水を何度も飲みながら流されて行った。喉が詰まり、息が出来なかった。

『力を抜くんだっ！　流れに任せろっ！』

　そんなふうに叫んでいる声が岸の方から聞こえたような気がした。

　かなり下流に流されていた私は、これ以上はもう駄目だ、自分は死ぬんだと感じた。力がもうなかったので、水に抵抗するのをやめた。

　すると、足が何かに触れた。

「蛇籠（じゃかご）」だった。

　蛇籠というのは、丈夫な針金で作った長い袋状の籠に、石をぎっしり詰めた堤防設備だ。

　岸から川底の方に何本も並んで延びているのが、まるで太い蛇みたいに見えるところから、蛇籠といわれていた。

　私は蛇籠の針金を足でまさぐり、石に付いた川苔（かわごけ）に何度も足を滑らせながら、ようやく岸に這（は）い上がった。が、そのあとは闇に吸い込まれて何も分からなくなった……」

「それで、それでどうしたの？」

　私は身を乗り出した。

「まあ、そうあわてなさんな。ちゃんと話すから……」

　祖母は母に麦茶が欲しいと言った。麦茶がくるまで私達は話の続きを待った。

　キッチンに立った母が五人分の麦茶を運んでくると、祖母はおいしそうに飲んだ。

「恵理（えり）さん、ありがとう。これでやっと峠にたどり着いたよ。これからが見もの、いや、聞きものだから、みんなようく聞いてね」

「言われなくても分かっているよ。ばあちゃんも間を取るのがうまいな」

　兄の褒め言葉に祖母も応じた。

「翔のおだてかたもうまいよ」

「兄ちゃん、茶々を入れないで。早くばあちゃんの続きを聞きたいんだから」

　私の催促に、兄は掛け時計を見上げた。

「あれっ、『トルネード隊のお盆特集』、もう始まってる！　でも……、いいか。ばあちゃんの話の方が面白そうだから」

　まんざらでもない笑みを浮かべる祖母。

「そういえば……」

「あら、あら……」

　父に続き、母も残念そうな声を出した。父は楽しみにしていた韓国劇を、母は趣味の歴史物のミステリーをそれぞれ見損なったのか、これから見損なおうとしているらしい。

　祖母はあきれた顔を家族に向けた。

「みんな、ようくお聞き。家にテレビが三台もあって、みんなが好きな番組が楽しめて、何の災害も無く、無事に毎日を送れている、こんな幸せなことはないんだよっ！」

「分かってますっ！」

　みんないっせいに答えた。

「で、さっきの続きは？　みんなテレビの方は諦めたんだから、じっくりばあちゃんの話を聞こうよ。この際だから、さ」

　私の一声にみんなはうなずいた。

「やれやれ、ばあちゃんだって、『川柳の夕べ、お盆傑作集』を楽しみにしていたのにねえ。すっかり忘れちゃった！」

　祖母の無念そうな言葉に爆笑が湧いた。

　笑いが収まると祖母は話を再開した。

「気を失っているあいだ、私はどこか空中を漂っていた。

　水の中とは違う、すごく自由な感じ。ふと見ると、自分の体が無い。でも、あわてなかった。確かに自分―というか、自分の意識だけは、はっきりしていたから。

　さっきまでの苦しみは何も無かった。

　水をいっぱい飲んだはずなのに、それすらやっと思い出せたほど、楽で何の不自由も無かった。

　これが時々、私が母さんから聞かされていた、『あの世』かと思った。

　母さんは、すごく信心深かったから、あの世のことを信じていたし、よく私に、そこがどんな所か聞かせてくれていた。

　私が体験したあの世は、母さんが言っていたのとは、少しばかり違っていたけれど、共通しているところも幾つかあった……」

「どこが、何が共通していたの？」

　私は祖母をせかせた。

「どこがって、いちいち言えないけれどさ、まず言えることは、『見える』ってことだよ」

「じゃあ、霊にも『目がある』ってことだね？」

　私は確認した。

　祖母はちょっと首をかしげた。

「いいや。みのりの言うような『目』は無かったように思う。だって、体自体が無かったんだもの」

「えーっ、じゃあ、なんで見えたの？」

「何でって言われても困るけど、とにかく周りが見えたんだよ」

兄が疑わしそうな声を出した。

「ばあちゃん、それって、夢だったんじゃないの？」

「夢なんかであるもんか！　ばあちゃんが溺れて意識を失っているあいだのことだったんだから！」

祖母はいささかどころか、大いにむくれていた。

「―そうか、ごめんな、ばあちゃん……」

兄は黙った。父も母も押し黙っている。私も沈黙を守った。

祖母は続けた。

「どこからか、久美ちゃんの声が聞こえた。

『おらを助けようとして明ちゃんは溺れただ。明ちゃん、死んじゃいやだよ、明ちゃん、明ちゃん！』って叫んでいる彼女の声がはっきり聞こえたんだ……」

耳も無いのに、とは誰も言わなかった。

祖母が嘘を言っているはずが無い。みんなは祖母が続けるのを待った。

「体も何も無いはずの私なのに、確かに久美ちゃんの声は聞こえた。それは後で久美ちゃんに確かめたから間違いない。久美ちゃんは、『私が聞いた通りに言っていた』と答えたんだから。それだけでなく、私の体から水を吐かせたり、心臓マッサージをしてくれたりしている大人の背中を私は空中から見ていた……」

みんなはますます押し黙った。

ギリリリッ、ギリリリッと、こおろぎが鳴き出した。外はだいぶ涼しくなっているようだ。

なんだか、現実世界にいるのが不思議なような変な感じだった。

（―そうか、それでばあちゃんは「ご先祖様には迎え火も、提灯の明かりも見える」って言ったんだ……）

私は祖母の話を信じたかった。いや、認めたい、と思った。自分が同じような目に遭ったら、同じことを体験出来そうな気がした。

最後に祖母はこう言って話を結んだ。

「私の意識がなくなっていたのは、ほんの数分だったらしい。幸い、たまたま川を見回りに来ていた大人の人が気づいて、『力を抜け！』って叫んだそうだ。それから、岸に辿り着いたとたんに気を失った私を介抱してくれ、飲み込んだ水を吐かせたり、頬を叩いたり、心臓マッサージをして懸命に助けてくれた。それで私は辛うじてあの世から生還したってわけだ。

私の体が意識を失っているあいだにね、私は『お母ちゃん、お母ちゃん！』って声にならない声で叫んでいた。その声は、周りの人には全然聞こえなかったそうだけれど、遠くにいた私の母には聞こえていた。それも後から分かった。母は、

『洗濯物を取り込んでいるとき、自分を呼んでいる私の声をはっきり聞いた』

って言っていたから。だから、人間は自分の強く思っていることをこの世に送ることが出来るのが分かった。―それが、ばあちゃんが体験したあっちの世界だよ」

私と兄は目を大きく見開き、口を半ぽかんと開けて、何も言葉が見つからなかった。

父も同じだった。

母がやっと口を開いた。

「そういえば、死んだ人が枕元に立っていた、とか、電話が鳴るので出てみたら、亡くなったはずの人からだった、とか、たまに聞きますよね」

父は腕を組んでいた。その腕をほどいて、指先で頭をちょっと掻いてから言った。

「そんなふうに聞くと、みんながみんな、嘘をついているとは思えないな。ましておふくろが嘘をつかなければならない理由はどこにも無いし。――ということは、死んでも、なんらかの存在は残っている、少なくとも意識は存在し続けている、ということだな。正直言って、おれは死んだらそれっきり、だと思っていたけど。ま、死後の世界は厳密には誰にも証明出来ないとは思うけれど。なにしろ、死んでみなければ本当のことは分からないだろうからな。でも、自分も含めて、こうやってお盆をしているからには、みんな心の底ではそういうものを認めているんだと思う。そうでなければ、形だけのただの行事に過ぎないものな……」

祖母は大きくうなずいている。

兄もうなずき、ためらい勝ちに口をはさんだ。

「おれ、学校の生物の授業で、人間の体は細胞で出来ているって習った。その細胞は何で出来ているかっていうと、これは高校では教えない特別授業だって先生が言っていたけど、細胞は見えない分子、原子の集合体なんだってさ。―となると、その分子、原子の中に意識が含まれているってわけ？」

「おっ、おれの子に似合わず、難しいことを言うじゃないか」

父はうれしそうだった。

「私の方に似たんですよ」

と母。父は肩をすくめている。

「まあまあ、お二人とも、ご冗談は後にして、本題からそれていますよ」

兄はにやにやしながら話の交通整理をしている。私も割って入った。

「兄ちゃんの話は全然分からなかった。でも、そういえば、今思い出した。学校で地震の直前に先生が、『目に見えない空気も、なんかの条件が整えば見えるようになる』って。なら、なんかの条件が整えば、私達にもご先祖様の姿が見えるようになるのかなあ……？」

兄はおまえもなかなかいうじゃん、という顔で私を見た。

私は親指を立て、ニヤッとして話を続けた。

「つまり、ばあちゃんの言いたいことは、人間はたとえ死んでも、全部消えてしまうってわけじゃあなくて、心だか、魂だか、霊だか、意識だか、よく分かんないけれど、目に見えないそういうものは無くならないで残っている、ってことよね？」

「そうだよ。よく分かってきたね。ばあちゃんが唱えている『般若心経（はんにゃしんぎょう）』はそういうことを言っているんだと聞いているよ」

祖母はやれやれという顔をしていた。そして続けた。

「だから、ばあちゃんが死んでも、悲しまないで。ばあちゃんはどこからか、きっとみんなを見守っているから。それから、体を持っている間は、この世に使命があるんだから、みんな、命を粗末にしちゃあいけないよ」

兄が変な音を立てた。見ると、鼻をすすり上げている。

「ばあちゃん、遺言みたいなこと言わないで。おれはばあちゃんが死んじゃうなんていやだよ！　ばあちゃんには、いつまでも長生きしていて欲しいよ！」

「ありがとうね。そう言ってくれて。ばあちゃんは体に気を付けてせいぜい長生きするつもりだけど、死んでも心は残っているんだから、悲しむことは何も無いよ。第一、ばあちゃんや他の年寄りがいつまでも長生きしていたら、地球が年寄りだらけになっちゃうだろ。

だから、適当な時期に若い者と交代するのがいいんだよ」

「……」

みんな下を向いている。

私はつぶやいた。

「ばあちゃんはなぜあのとき、この世に戻って来られたのかなあ?」

兄が私の腕をつつく。

「馬鹿、助けてくれる人がいたからだよ」

「あ、そうか。——さすが兄ちゃん。でも……、でも、もし助かっていなかったら?」

「やれやれ、ばあちゃんが生きていたから、父さんがいて、おれ達がいて、こんな話、出来ているんじゃないか!」

と、また兄。

それはそうだ。ばあちゃんがいなかったら、今の私達の命は無いのだ。

父が笑い出した。

「ばあちゃんはな、多分、自分が体験したことをみんなに伝えて、『命ってなんだろう?』ってことをみんなに考えさせるために助けられたんじゃないのかな?」

祖母はそうかも、というようにうなずいている。母も笑いながら目を兄と私に向ける。

「だからね、命の大切さを知って、みんなでつなげてゆくのが大事なの。若い人達は年頃になったら、早くいい相手を見つけて、人口の補充をして欲しいわね」

「そう、そう。母さんは喜んで赤ちゃんの世話をしてくれるぞ」

父も母に合わせる。ばあちゃんまで、

「ばあちゃんは翔の娘に生まれ変わって、思い切り可愛がってもらうよ」

なんて言い出す。

「ばあちゃんてば……」

兄は戸惑っている。私は弾けた。

「兄ちゃん、考えるより、彼女を見つけるのが先だよ。どっか、心当たりでもあるの?」

「ばーか、あるわけないじゃないか!」

「だよねっ!」

頬を薄赤くしている兄に私は言い足した。

「兄ちゃん、あんまり早く彼女を見つけないでね。彼女が見つかっちゃったら、ばあちゃん、早くあの世へ行かなければならなくなっちゃうから!」

「そうか、そうなら、家(うち)はまだまだこのままでいいよな。ね、母さん達?」

父が祖母と母、両方に同意を求めた。

「そうだね。まだいいかね」

「いいでしょう」

二人は顔を見合わせ、同時に吹き出した。

父にとっては祖母が母だ。

私は、誰にとっても「母さん」というのは、かけがえのない命の象徴なのだと思った。

今年のお盆はこうして更(ふ)けていった。


［平成二三年度第六四回岩手芸術祭児童文学部門芸術祭賞受賞作品］

児童文学

いのちを守る

カット・加藤美南子

岩手県の北西部、山のきれいな緑市に私は住んでいる。

　冬休み明け、市立柳沢中学二年二組の教室はざわついていた。

　先生が黒板に「いのちを守る」と書いたからだ。

「詩音、あれ、何のこと？」

　隣席の渡さやかが太った体をねじるようにして私にささやく。

「みんなも知っていると思うが、この正月早々、中東のアスラバという地域で人質になっていた二人の日本人が無残にも殺害されるという事件が起きた。非常に残念だ。あんな事件を再発させないためにはどうしたらいいだろうか？」

（えーっ、大人が解決できないような問題を、なぜ私らが考えなくてはならないの？）

　いやな事件だなとは思っていたが、そんな質問が出るとは予期していなかった。

　みんなからのブーイングに先生は答えた。

「テロに限らず、いのちというのはいつどこで失われるか予測がつかないものだ。人のいのちは常に危険に晒されていると、みんなも痛感したことと思う。では、みんなは、どんなものからいのちを守りたいと思うだろうか。今から班ごとに話し合って、具体的なテーマを一つ決めてください」

　とたんに、クラスは騒然となった。

　〝総合時間〟には、これまでも身近な問題に取り組んできたけれど、こんなシリアスな課題は初めてだ。

　二十九名のクラスメートは五班に分けられた。

　私たちの班、六名は悩んだ末、多数決で「テロ」を対象に決めた。

「今日選んだテーマからいのちを守るにはどうしたらいいのか、宿題にするから、まずは一人ひとりが考えてくれ。家族や友人同士で話し合ってもいいぞ。来週はそれを班別に討論してみよう」

「あーあ、とんでもない宿題を出されちゃったね」

　下校時、さやかはつま先で石ころを蹴り、私は肩をすくめた。

　一週間後、班毎にガタガタと机を向かい合わせに寄せ、私は二班の書記になり、班長の坂口明が進行係になった。

「みんな、考えたり、聞いたりしてきたことをどんどん言おう」

　度の強いメガネを掛け直し、明がメンバーに発言を促した。

　クラスで一番理屈っぽいと言われている近藤聡がまず口を開く。

「テーマがでっかいからな。おれが聞いた相手はみんな困っていたよ。さすがのおれ自身もやり甲斐があり過ぎてビビッている」

　アイドルみたいに目にかかる長い髪をうるさそうにかきあげながら言う聡の〝さすが〟には私は苦笑した。

　明は聡の隣のさやかを促す。

　さやかは普段はよくしゃべるのに、こういうときは口が重い。

「……いのちを、テロリストから守るにはどうすればいいのかってことでしょ？　来年高校受験を控えているんだから、そんなの問題にしていられないって、みんな逃げるんだよね……」

「じゃあ、自分の意見でいいから言えよ。外国で次々に人が殺され、ついに日本人もやられた。そんな事件を防ぐために、われわれはどうすればいいか、何かさやかなりの考え、あるんだろう？」

「明はそう言うけれど、私たちに何ができるの？」

　さやかはムッとして黙ってしまった。

〈アスラバのような殺人からいのちを守るにはどうすれば良いか、難しいと言う人が多い〉

と私は記録した。

「私の父は、日本政府に力が無かったからだって言ったけど、母はマスコミが騒ぎ過ぎてかえって事態を悪くしたんじゃないかって」

　発言したのは早川ルイだ。

　ショートヘアに尖ったあご。鋭い意見をよく言うので〝女史〟というあだ名がついている。ルイ自身はどう思っているのだろうか。

「明はどう思うんだ？」

　山瀬修太朗(しゅうたろう)が明に問う。普段から自分の考えを持っていない修太朗らしい言い方だ。

「うん、うちもだいたいそんなふうだったよ。でも、兄貴は殺された方にも非があったんじゃないかって言うんだ」

「明、おまえも殺された方が悪いって思うのか？」

　聡が明をなじるように声を荒げる。

「そんなふうに決めつけるなよ。ただ、日本人が行った場所が人間を殺しても平気な、危険なやつらがいる所だ。そんな所へ行ったら、殺してくださいって言っているようなもんじゃないかって」

「おれの方もそういう意見が多かった」

「修太朗、おまえ自身の意見はないのか？」

　馬鹿にしたような聡の口調に修太朗は逆に食ってかかる。

「じゃあ、おまえはどう思うんだ？」

「回りを見てみろよ。殺人はどこでも起こっているじゃないか。だから、おれは根本的に人のいのちを守るには、何か別の対策を考えなきゃいけないんじゃないかって思っているだけだ」

　みんなの意見をもらさないように書き込んでいた私は驚いて聡を見つめた。聡は腕を組んでいる。答えはまだ見つかっていないようだ。聡の意見にルイやさやかも大きくうなずいている。

「そうだな。殺人を悪いと思っていないやつは世界中、どこにだっている。アスラバではそれが極端に出ている……」

　明が聡の言葉を噛みしめるように言った。

〈殺人はどこでも起こっている。根本的な対策が必要だ〉

　そう記録したあと周囲を見回すと、いのちをテロからではなく、「病気」、「自然災害」、あるいは「自殺」から守るなど、別のテーマを選んでいた他班からは、しんみりとした雰囲気や活発なやりとりをしているようすがうかがわれた。

　先生が回って来て、どれどれと記録に目を通している。

「……どうやら行き詰まっているようだな。じゃ、ちょっと話の筋(すじ)を転換したらどうだ。例えば、人はなぜ人を殺すのかって方向から考えるのはどうだ？」

明の肩をポンと叩いて先生は他のグループの方へ行った。

「そうか。そういう面から言うと、アスラバの場合は報復だ。奴らは、『殺されたから殺している』と言っている」

「へえー。修太朗、珍しく新聞でも見たのか。でも、彼らが最初に殺されたのはなぜだ。それは追求したのか？」

聡に馬鹿にされ、修太朗は「珍しく、は余計だよ」とふくれている。が、やはりそれ以上は追求していないらしく黙ってしまった。

「詩音も何か発言しろよ」

明に促され、私はテレビで見たことを話した。

「アスラバの人たちは『オルザ国の人が戦争を仕掛けてきて我々の仲間を大勢殺した。だからその仕返しをしているのだ』と言っていたけど。一方、オルザ国側は、『最初はアスラバの人たちがオルザ国の高いビルに飛行機で突っ込んで沢山の犠牲者を出した。だから、我々は当然のこととして報復したのだ』と言っていた……」

「つまり、どっちも自分たちは悪くない、と言っているんだな？」

明に確認され私がうなずくと、明はつぶやくように続けた。

「そもそもアスラバの人たちは、なぜオルザ国のビルに突っ込んだんだろう？　何かそうする理由があったはずだ。でも原因が何であれ、やられたらやり返す、そんなことをしていたらキリがないよな」

キリがない？　その一言で私には閃(ひらめ)くものがあった。

でも、それを言葉にする前に聡が割り込んだ。

「アスラバの人たちは国を失った難民の集まりなんだよ。ちゃんとした政府も無く、生活が苦しいから豊かな国を攻撃して国を奪われた報復をしているんだって聞いたぞ」

明はそれに反論した。

「そうじゃない。石油大国の大金持ちが彼らを支援しているんだ。彼らは経済的な問題でやっているのではないと言っている。ある国のマスコミが、アスラバの人たちが信じている宗教を漫画でからかったから、その国へ報復したんだと言っているんだ」

「人がまじめに信じているものをからかうなんてひどいわ」

いつもは冷静なルイが珍しく息巻く。

「そう言うけれど、アスラバの人は神像や文化遺産まで偶像だって破壊しているんだぞ。身勝手じゃないか」

「表現の自由っていうのも考えてみたいなあ」

と聡と明が言ったところに、さやかがやっとのように加わった。

「アスラバの人たちは日本を敵視し、日本人全部を標的にするって聞いたよ。恐いよねえ。うっかり海外へ出掛けられないじゃない」

「そう言うさやかさんは、近々外国へでもお出掛けなんですか？」

修太朗にからかわれ、口を尖らすさやか。みんな笑った。

テロリストが日本に来たら、こんなふうに笑ってはいられない。

「周辺の国に対する日本からの人道支援が誤解されて日本が敵視されているんだよ」

と聡がさやかを補足したのに、みんなうなずいている。が、そこで記録が止まってしまった。

　だれもが中東についてもっと知らなければならないと感じているようだ。でもどんなに都合の悪いことでも殺人のような暴力で解決しようとするのは決して許されないし、許したくない。

　私は言いそびれていたことを思い出して手を上げた。

「さっき明は『原因が何であれ、やられたらやり返す、そんなことをしていたらキリがない』って言っていたよね。アスラバで殺された報道カメラマンは『ここの現状を世界に知らせる使命を感じたから来ている。もし自分が殺されても、それはあくまでも自分のせいだから、誰も恨まないでほしい』って言っていたんだってね。それで私、うちのお祖母ちゃんがこんなふうに言っていたのを思い出したんだけど……」

　みんなが注目している。私は突拍子もない話かな、と思ったけれど、持ち出してみた。

「昔、法然というお坊さんがいてね。法然のお父さんは仲たがいをしていた家の人に襲われて殺されてしまったんだって。その死の間際に、まだ幼かった法然に言い残した言葉があるの……」

「ホーネンって、いつ頃の人だ？　なんか古臭く感じるけど」

　修太朗が余計な口をはさんだので私は唇に指を当てて彼を制した。

「法然の父親は、『殺されたから仇を打つ、と言っていたら永久に争いの元になる。辛いだろうが、お前は報復せず私の供養をし、どうしたら争いの無い世界になるか、それを求めて生きていってくれ』って言ったんだって」

「法然は平安時代末頃、浄土宗というのを開いた僧だ」

　記憶力が自慢の聡が口をはさむ。

「へえー、それで法然はどうしたの？」

　ルイは聡に感心したふりも見せず、先を急ぐ。

「法然は父の遺言どおり、報復しないで十八歳だかで出家した後、一生その答えを求め続けていったそうだけど……」

「そうか。それってすげえよな……」

　修太朗が今度は感じ入っている。

「そうだなあ。父親の遺言を守った法然も偉いけど、まだ幼い息子にそう諭した父親はもっとすごいと俺は思うよ。アスラバでは幼児にも報復を植え付けているっていうのに」

　ため息をつきながら明も深くうなずいている。

　そうだ。現にそんな世界に生きている人もいる。戦闘による死がすぐそこに迫っている日常、心ならずも報復に組み入れられている人だっているだろう。自爆をも恐れないで実行する人は、何を守るためにいのちを捧げているのだろう？

　私がそんな思いでいると、さやかが口を開いた。

「日本に法然みたいなすごい親子がいたなんて、私は全然知らなかった。世の中、報復が当たり前じゃん。だから報復しないで争いの無い世界になったらいいよね」

「それはあくまでも理想でしょ」

〝女史〟らしく、ルイは手厳しい。

「法然は立派だったけど、争いは続いているし、殺人も起こっているもの。それが現実よ。実際、私たちだって嫌な思いをさせられたら相手が憎らしくなる。仕返ししたくなるじゃない。自分の小さな心さえ抑えられない私には報復しないなんて到底考えられないなあ」

「そうだそうだ。おれにはとても法然の真似はできないわ」

修太朗、お前もか。すぐ賛成するその癖、何とかならないの？

私は修太朗を小さく睨んでから思い切って提案してみた。

「アスラバのような事件を繰り返さないためには、報復の心を持たない、それが大事なんじゃない？　だから、まずは小さいことでいいから、仕返ししようという思いを持たないでいられるかどうかを私たちが実験してみるっていうのはどう？」

「詩音、それいいと思う。もし私たちが実行できたら、法然の父親の遺言を少しでも守れたって証明できるからね」

ルイがそれには真っ先に賛成してくれた。

「ふーん。身近で実行できそうな対策が見つかった感じはするけれど。この案を他の人はどう思う？」

明も賛成のようだが、ひとまずみんなの意見を聞く。

「憎しみはどこかで連鎖を断たねば殺しは永遠に無くならないな。ただ、そんなに簡単に報復の心が抑えられるかどうか……。それと、抑えていれば相手はますますつけあがるんじゃないかとも思うし。うーん難しいな」

〝さすが〟の聡も考えあぐね、前髪をしきりにかきあげている。

ルイが身を乗りだした。

「テロは、最後はほとんど武力で押さえつけられているよね。でも、たとえ武力で押さえつけたとしてもそれは一時的でしょ。テロリストは決して根絶やしにはならない。憎しみを持ったままあの世へゆき、また生まれ変わって報復を繰り返す。私はそう思うんだけど」

ルイの言うとおりかもしれない。武力で押さえるのは一時しのぎだろう。心が変わらなければ争いはいつまでも続くのではないか。

〈憎しみの連鎖を断たなければテロの脅威はいつまでも続く恐れがある。争いの元、心を変えるのがいのちを守る根本では？〉

と記録したが、ほとんど私の感想だ。

それを横からのぞいた明がぶつぶつ言っている。

「さて、具体的にはどうするか……。小さいことでいいんだな。うん。おれはやってみる。うちじゃ兄弟が多いから、実践しやすいし」

明と目が合った修太朗はすぐに賛成した。

「おれもいいよ。おれんちの母親、カッとなると言いたい放題なんだ。おれもポンポン言い返すから最後はお互いに気分を悪くして、しばらく口も利かないでいるけど。おれが口返答を抑えられたらどうなるか、やってみるのも面白そうだ」

でも聡は首をかしげている。

「いのちを守るのに必要なのは、まず自分を抑えられるかどうかに掛かっているということか。大体、殺人はカッとなったときに起こっているからな。けど、おれたちが自分を抑えられたとしても、それをどうやってアスラバのわからずやどもへ伝えるんだ？　その見通しがつかないうちは、おれはこの案には乗りたくないなあ」

「そうだそうだ。聡、いったい誰が伝えるんだ？」

　えっ、修太朗、ここでひっくり返すの？　今やってみる、って言ったばかりなのに。私は呆れた。

「やってみる前から考え過ぎだよ、聡、賛成しろよ」

　明に詰め寄られた聡は渋々うなずき、さやかも賛成したので対策は決まった。記録はチャイムぎりぎりにできあがった。

〈いのちを守るための第一段階として、他人に求めるより、まず自分の心を変えてみるという小さな対策を実行し、結果を報告する〉

　提出したそれには、先生のコメントが入り、戻って来た。

「自分たちにできそうな対策まで思いついたのは上出来。あとは実行あるのみ！」

　それに励まされて、みんな頑張ろうという気になった。

　数週間後、インフルエンザで欠席のさやか以外の報告が集まった。

　明の報告は面白かった。

「帰宅中、飛び出して来た猫をよけたら自転車がパンクしてしまってさ。いつもなら悪態をつくんだけど、我慢していたら、軽トラに乗った知人が通り掛かって自転車屋さんまで乗せてくれたんだよ」

　明は「心掛けが良かったからだ」と言ったけど、聡は「偶然だろう」と鼻であしらった。

　その聡の場合は？

「あるやつに『お前はいつも理屈が多いから嫌いだ！』と、まともに言われてさ、カッとなって『バカなやつに言われたってどうってことはない』って返そうかと思ったが、止めて『そうか。ごめんな。おれの屁理屈で気分を悪くしていたんだろ』と、あやまってみた。そうしたら相手はなんと『おれ、お前みたいに理路整然と話ができるのがホントはうらやましいんだ』ってさ。おれ、悪い気はしなかったぜ」

ときた。半分自慢じゃないか。私はまた不快に思っちゃったけど。

　ルイのケースだ。

　習字が得意なルイは、校内の作品展で金賞を取った。でも、ある女子がこう言っているのを聞いてしまった。

「早川ルイは、先生のお気に入りだからね」

「作品は公平な審査によって評価されたはずよ。今の言葉は取り消して」とルイがすぐその子に謝罪を求めたところ、ルイを無視してその後も謝ってこないという。この場合、ルイが怒りを爆発させず、冷静な態度がとれたのは正しかったと思う。ルイの行動は適切で、良い見本だと私は感心した。

　さて修太朗だ。

彼は言い返したいのをちょっと抑えて母親と接したところ、拍子抜けするほど二人の関係が和やかになった。と嬉しそうに報告してくれた。兄弟の多い明も同様で、最近仲が良くなったそうだ。

最後に私の報告だが、いつもケンカばかりしている妹とうまくいきつつあると報告したけれど、本当は聡に嫌味（いやみ）を感じて仕方がないのだ。頭の良さは認めても、傲慢な態度は鼻につく。それと、修太朗の一貫性のないのも許せない。彼らのような人にイライラする自分をどう変えたらよいのかはまだ模索中だ。

まずまずの結果にグループは沸いた。自分をちょっと変えるという積み重ねが人間関係を良くするのが分かったからだ。それを報告したら、先生までが「いいことだから、ぜひクラスで取り組んでみようじゃないか」と言い出した。

驚いたのは、その日からクラス全体の雰囲気までもが、がらりと変わったことだ。皆それなりにゆずり合おうと努力している。でも、こんなささやかなことがテロの防止に通用するのか、もっと別な有効な手段があるのか、私たちにはまだ分からない。

まだまだ深い雪の下で、春を待つ草たちのいのちは間違いなく息づいている。しかし、硬く閉ざされているアスラバの人たちの心の雪解けはいつになるのか。

「もしかしてさ、ルイ、それを実現させるのは私たちなんじゃない？私たちがあきらめちゃったらお終いだよね」

ルイがうなずいたので私は続けた。

「平和という虹の橋を、平和的な手段で、アスラバのような地域へ架ける役目は未来に生きる私たちに課せられているのよね」

そう結んだら、ルイは私をけしかけた、

「詩音、その未来って、今から始まっているんだよ。これで終わったら結局何も変わらないじゃない。私たちがやってきたことは学校全体で共有しなければ。それがアスラバへつながる第一歩だよ」

「そ、そうかも。そうできればね」

「できれば、じゃないよ。学校全体に広めようよ」

「えーっ！　どうやって、だれがするの？」

「それはもちろん詩音の役目だよ。言い出しっぺなんだから」

聡がニヤニヤして言う。いつの間にかそばに来て私たちの会話を聞いていたらしい。

「ルイ女史さんはさ、おれとおなじ放送部員だって知っているだろ。全校放送で毎週一回、部員が自由にしゃべってもいい時間を詩音に提供するっていうありがたいお申し出なんじゃないの」

それがきっかけでクラス全員に推（お）されて数日後、私は放送室に入り、ルイの介添えでマイクを握った。

「――皆さん、ということで、私たちのクラスではとても良い結果が出ました。ささやかな提案ですが、世界の平和は本当に小さなことを実行する、それから始まると思うんです。だから皆さんも、お互いに身近な人を大切にすることから始めてみませんか」

声が震え、すごくアガッているのが全校に伝わってしまったけれど、放送はおおむね好評だった。中には、

「へっ、そんな理想論、世界に通用するわけないよ」

と吐き捨てるように言った人もいたらしい。でも、大部分の生徒と先生までのってきて、

「自分たちに今できるのはこれかも。とりあえずやってみよう」

とおそるおそる実行してみた人にはいい結果が出た。

先生も呼びかけてくれて、生徒会の生活目標として取り組むことになった。最初はゲーム感覚でふざける人もいたけれど、相手の喜ぶ顔を見ればやっぱりうれしいみたいだ。その喜びが連鎖反応を生んで、数週間後には学校全体の雰囲気がすごく良くなってきた。

私たちはクラス全体で喜び合った。

「これがアスラバへ届く原動力になるかも。やる前からあきらめていたら何も変わらないから。来年度も、私たちが卒業した後もずっと継続して、どんどんこの輪が広がっていったら……」

雨あがりの空に本物の虹が大きく架(か)かっている。その先端は遠いアスラバへ続いているような気がした。

［平成二七年十一月八日発行岩手児童文学の会四〇周年記念誌『物語のゆりかご』*掲載］

＊『物語のゆりかご』は、筆者が所属している岩手児童文学の会が発足四〇周年を記念して出版した本(写真)。内容は祝辞、会員の児童文学作品十八編、エッセイ二編、詩二編、旧会員からのメッセージ、会の「四〇年の歩み・略年表」をまとめている。B-5版、139ページ。表紙、挿絵も会員が描き、手作り感満載の記念誌である。作品はすべて会員の合評を経て推敲を重ねたものが掲載されている。会員は岩手県各地からの十八名(平成三十一年三月現在)で構成され、年三回の合評会(うち、一回は大会)に集い、真剣な合評を行って文筆の腕を磨いている。

『物語のゆりかご』に関するお問い合わせは☎0195・75・0048 加藤まで。

カット・加藤美南子

岩手児童文学の会創立 40 周年記念誌『物語のゆりかご』

わが家の周辺には時々優美なオナガの群がやって来て、しばらく遊んで行くことがあります。

たまには頭のてっぺんに赤い帽子を付けたアカゲラなども見かけるので、そんな珍しい鳥たちが来てくれた日は、何かとても得をしたような気分になってしまいます。

オナガ。ブルーの長い尾羽が美しい

春を告げる春蘭

国の天然記念物のモリアオガエルの産卵。泡に包まれた卵はオタマジャクシになって雨を待ち、雨と共に下の水面に次々と落下する。水辺や水中で成長したカエルは、生活を水辺から森林へ移動して行く。

児童文学

ポテトチップス

カット・中村祥子さん（大船渡市）

パリッ、ポリッ、とおいしそうな音。

袋をかかえてポテトチップスをほおばっているのは、小学三年生の海斗(かいと)です。テレビのアニメを見ながら、パリポリ食べ続けています。

「おい、海斗。うまそうだな。ぼくにもくれよ」

「な、な、何？」

テレビの中からにゅっと手をのばしてきたのは、ひょうきんな魔法使いのルーサー。アニメの中のいたずらっ子です。

海斗はぎょっとして、とっさにポテトチップスの袋を背中にかくしました。

ルーサーはムッとしています。

「かくさなくてもいいだろ。ぼくは、もっともっとたくさんポテトチップスがある所を知っているんだ。そこへ行ったらうんざりするほど食べられるんだから」

「じゃ、そこへ行ったらいいじゃないか」

「腹がへって、パワーが出ないんだよ」

海斗は、ルーサーがちょっぴりかわいそうになり、ポテトチップスの袋を差し出すと、ルーサーは大喜びして、あっという間にぜんぶ食べてしまいました。からっぽの袋に、海斗ががっかりしていると、

「ぼくのことは、ルーと呼んでくれ」

と言って海斗の手をひっぱります。

「や、やめてよ」

でも、もう手おくれでした。

アッというまに海斗とルーはもう、アメリカのアイダホ州(しゅう)にある大きなポテトチップス工場の前にいたのです。

工場の人たちに大歓迎され、海斗はいつもお母さんに「食べ過ぎはだめよ」と言われていたことも忘れて、たらふくポテトチップスをごちそうになりました。

「あーうまかった。満足したよ」

二人は、おなかをさすっています。

「こんなうまいポテトチップスの元になっているじゃがいもを作り出したのは、ぼくの先祖のルーサー・バーバンクという人だ。彼は役に立つ植物をいっぱい作りだしたから、『植物の魔術師』みたいだったんだ」

「えっ、ルー、名前もきみと同じで、そんな人がいたのか。その人に会いたいなあ」

「お安いご用さ。じゃ、行くぞっ！」

ルーが海斗の手をひっぱると、二人はアッというまにどこまでも続く広い畑に立っていたのです。

遠くで、男の人が一人で働いています。

「ルー、ここはいったい……」

「ここは百五十年以上も前のアメリカさ。あの人が、ポテトチップスにするじゃがいもを作り出した*バーバンクさんだよ」

さっそくそばへ行ってみると、何やらぶつぶつ言っています。英語のようです。

「やっとお前に出会えたよ、うれしいなあ」

その人が話しかけていたのは、手の中ににぎられているじゃがいもでした。

ルーが通訳してくれました。

「ああ、きみたち。きみたちは、この貴重なじゃがいもがどうして生まれたのか知っているかい？」

見たところ、普通のじゃがいもです。

「このじゃがいもは、私が探し求めていた皮がむきやすい上に、大き

くてうまいじゃがいもなんだ。これまでに、こんなにすべすべした理想的なものはなかったんだよ」

バーバンクさんの話にルーがくわえます。

「このじゃがいもはね、彼が見つけた種から育てた、たった一個の変わり種なのさ。彼がいなかったら、今のポテトチップスは生まれていなかったんだよ」

「つまり、これは大発見だったんだ！」

海斗は、バーバンクさんの手を取って何度も何度もお礼を言いました。

「あなたは、なんてすごい人なんだ。おかげでぼくは日本で大好きなポテトチップスが食べられるんです。ありがとう、ほんとうにありがとうございます！」

日本語がわからなくても、バーバンクさんには海斗の喜びがつたわったようです。

「きみに会えてうれしいよ」

バーバンクさんは、海斗の手をしっかりとにぎりしめてくれました。

［平成二九年一〇月二日発行「おはなしのおくりもの*」（岩手児童文学の会編）掲載］

＊ルーサー・バーバンク（一八四九－一九二六）は、アメリカの植物学者・園芸家・育種家。多くの植物の品種改良を行った。特に、ジャガイモとサボテンの品種改良の成功で有名。バーバンク種のジャガイモのうち、表面が赤茶色になった「ラセットバーバンクポテト」は現在でもアメリカで最も栽培されている品種であり、アイダホ州が主産地になっている。（ウイキペディアより）

＊「おはなしのおくりもの」は、岩手児童文学の会が平成二十九年度の岩手県芸術祭の催し物に参加した折に、有志が会員の掌編を編集し、来場者にプレゼントした小冊子（写真）。Ａ-５サイズ２０ページ。中には会員九名が心を込めて書いたお話が収められ、表紙、挿絵、印刷、製本もすべて会員手作りのぬくもりにあふれている。

岩手児童文学の会の会員
有志手作りの掌編集

畑さんは、釣りはしないものの、山菜や狩猟などで水場を求めて沢を歩くことも多かったと言います。

足元を水に捕られながらも、カメラを向けずにいられなかったほど、山奥の景色はすばらしいようです。

できれば行ってこの目で確かめて見たいけど、無理々々。おかげさまでこうして家に居ながら臨場感を味わえ、大自然の演出に感激できる。ラッキー！

岩手山登山道七滝コースの渓流（中の沢）。
ほとばしる清冽な水が雪解けを告げている。

苔の間をかいくぐって沢に入る清水（柳沢）。

香る水芭蕉

第三章　歴史紀行文（三編）

歴史紀行文

後三年合戦の史跡を訪ねて

東北の古代史に浸って平安の声を聞く

<後三年合戦ツアー順路>

スタート
厨川柵跡（岩手県盛岡市）

1　沼柵跡（秋田県横手市）

2　首塚（こうべづか）神社（同上）

3　横手城跡（同上）

4　平安の風わたる公園（同上）

5　後三年合戦金沢資料館（同上）

6　金沢柵跡（同上）

7　払田柵跡（ほったのさくあと）（秋田県大仙市）
（この柵のみは800年代初めの遺構）

参考：『地図で訪ねる歴史の舞台ー日本ー4訂版』（帝国書院）、「後三年合戦ガイドマップ」（秋田県教育委員会作成）

盛岡市の倍は人口のある東京近郊の大都市から、人口七千人の岩手県の小村（平成十七年に合併して八幡平市となった）へ越してきて十年が経つ。

今でこそ岩手県歴史研究会（これ以降、「歴研」と省略することがある）の会員としていかにも歴史に関心がありそうに他人からは見えるらしいが、それまではとりたてて歴史に興味があって過ごしてきた訳でもないし、いわんや東北の古代史などにはおよそ無関心で過ごしてきた私である。

引越ししてから暫く経ったあるとき、盛岡市内の地図上に「前九年町」という地名を発見して衝撃を受けた。

「ナヌ、前九年とは、これはあの、教科書で習った『前九年の役』とやらの戦のあった場所ではあるまいか？」

そのとき、訳の分からない胸騒ぎを感じてその町名に目が釘付けになったのを覚えている。

それからである。私が次第に東北の古代史に思いを馳せるようになっていったのは。

＊現在は〝役〟は対外国との戦に用いられ、前九年合戦と言われている。

平成十八年八月二十七日、私たち歴研会員はその「前九年合戦」とは切っても切れない場所、秋田県横手市を中心とした「後三年合戦」の史跡をおとずれた。参加者は二十九名。

車中、ガイド役の力丸会長の提案で、先ず、前九年合戦ゆかりの地、厨川柵跡へ迂回してから秋田へ向かうことになった。

「実際に厨川柵があったのは、北上川沿いの安倍館のあった所ではなく、もう少し西の、新幹線の通っている辺りであっただろうと思われる」

と、会長が指さす方向を見れば、当会で大活躍中の川村事務局長のお宅の方角ではないか。何か因縁を感じてしまう。

力丸会長の口からは予めセットしてあるテープレコーダーから流れる如く、次々に両合戦に関係のある年代、中心人物の人間模様、主な行動等が飛び出してくる。まるで昨日起こった事件を見てきて解説している如くだ。

沼柵（秋田県横手市）

横手インターで下車し、沼柵に到着すると、合流予定の私の友人二人が待っていてくれた。横手市在住の秋田美人、小野さんと鈴木さんである。（小野さんは当時、歴研の会員）。

二人を皆に紹介すると、柵内に実家の募所があり、墓参りを済ませたばかりの小野さんには早速臨時の現地案内人の役が振られてしまった。（その後、小野さんのマイカーの先導で、今回の遺跡巡りは順調に進み、バスの運転手さんには大いに喜ばれた）。

沼柵はバスがやっと通り抜けられる狭い道中の先にあった。

古びた門構えが堂々として威容を誇っている割には、周辺はひっそりとし、あの華やかとも言える中尊寺界隈の賑わいとは対照的である。ここでの戦さが藤原三代の栄華へと続いた重要な遺跡であるというのに！

世界遺産登録にはここも含めるべきではないか、というと、遡って前九年周辺も含めねばならなくなるけれど、

「東北広域の遺産としてもっと整備されて然るべきというか、関心を払われても良い場所ではないの？」

前九年合戦含む　**後三年合戦関係略系図**

……何代か離れている
═ 婚姻関係　…… 養子

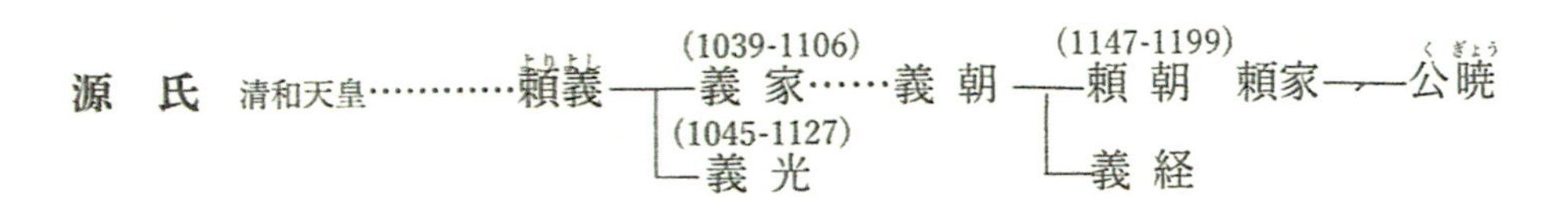

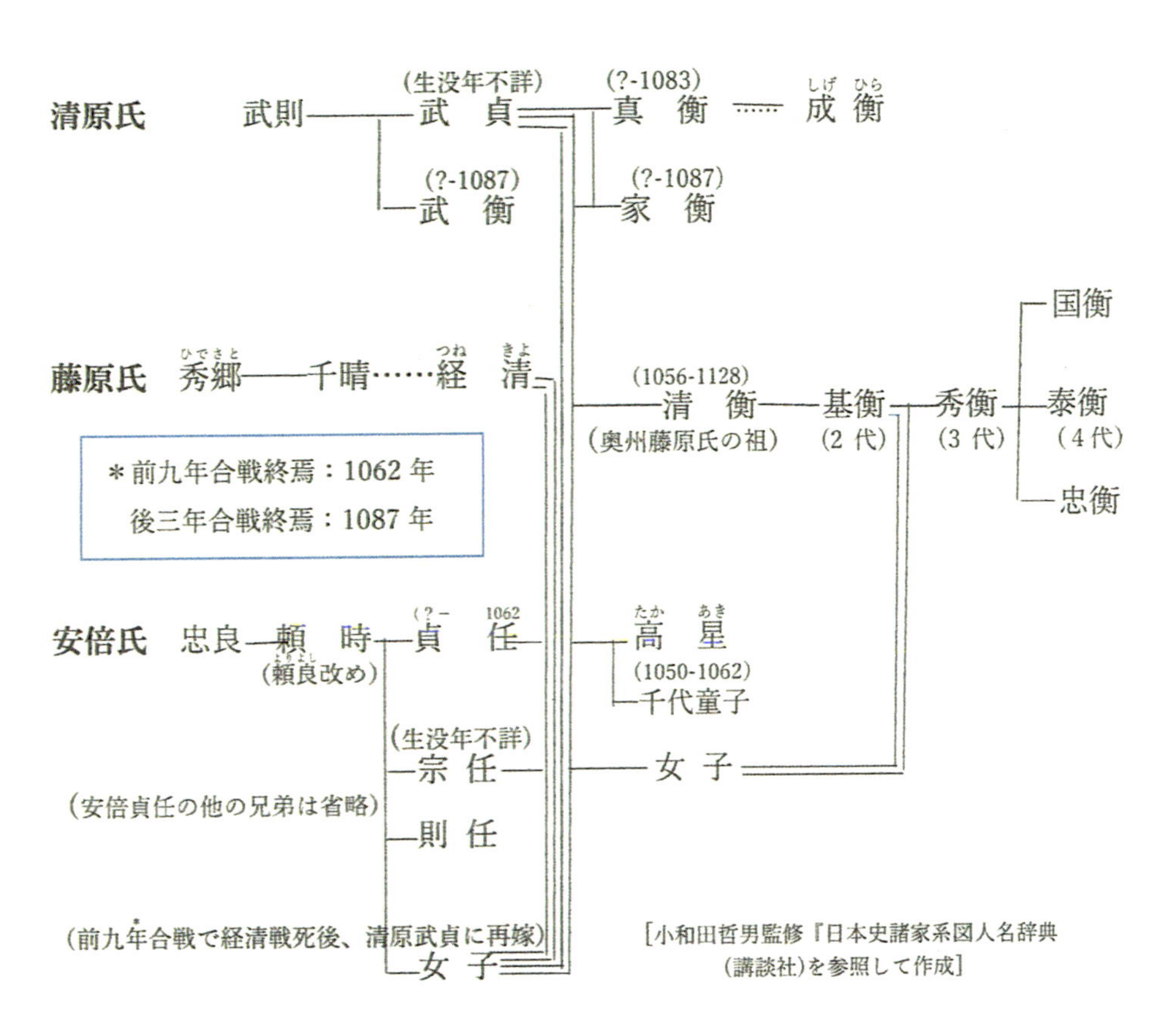

前九年合戦と後三年合戦については広辞苑等を参照して整理すると、以下の合戦のことを言う。前九年合戦は源頼義・義家父子が出羽の一部（現在の秋田県）の豪族・清原氏の助けを借りて陸奥の一部（岩手県）の豪族・安倍頼時とその子貞任・宗任らを討伐した戦。永承六年（1051年）に始まり、平定した康平五年（1062年）まで12年に亘って断続的に続き、後三年合戦とともに源氏が東国に精力を築く契機になった。また、後三年合戦は出羽の清原家衡・武衡と一族の真衡との間の戦乱。前九年合戦に続いて永保三年（1083年）より寛治元年（1087年）の間に起こり、陸奥守源義家・藤原清衡連合軍が家衡らを金沢柵に攻めて平定した。（なお、なぜ前九年、後三年合戦と言うかについては諸説あり、紹介しきれないので省く）。

と誰かれとなく語りかけてしまった。

首塚（こうべづか）神社（秋田県横手市）

次に訪れたのが、雄物川（おものがわ）町の道路沿いにある「首塚」（地元では、こうべづかと呼んでいるそうだ）。首塚には後三年合戦で敗れた武将達の千体に近いという夥しい数の首のみが埋められているそうで、本来なら簿気味の悪い場所だ。こんもりした塚の上にはお堂が建てられている。現地ガイドを引き受けてくれた小野さんのお住まいも雄物川だから、因縁が深そうだ。

小野さんによると、現地の人々は首塚にお参りすると首から上、つまり頭が良くなったり頭の病が治ったりするという言い伝えがあり、ご利益好きの人がよくお参りに訪れているという。死ねば信仰の対象になり、崇められれば死者も悪い気はしないであろうが、その霊達は浮かばれているのだろうか、それが気に懸かる。

首塚の前に進んだ私の足は塚の直前でピタリと止まってしまった。なぜか前へ行けないので、その場で合唱し、慰霊の観音経を頭の中で唱え始めたら、怒り、悲しみ、無念の思いなど、霊達の様々な思いだと思われる感情がドッと押し寄せてきたのか、涙がこみ上げてきてしまった。もう一人の現地ガイドの鈴木さんは、いわゆる霊視の出来る人で、塚の周囲に多くの霊が浮遊しているのを見たと言う。

横手城（秋田県横手市）

次は鎌倉時代から仙北三郡を領有していた小野寺氏の居城「横手城」に向かう。同城は小造りだけれど、先月、立ち寄った北上市の「鬼の館」の向かいの岩崎城の天守閣より立派な新しい造りであった。大方の城がそうであるように、ここも山城で、車を降りて昇って行かねばならなかった。

平安の風わたる公園（秋田県横手市）

「あきたふるさと村」で昼食後訪れたのが、なにやら耳に快い響きを与える「平安の風わたる公園」である。

ここでは源義家、藤原清衡、清原家衡、同武衡の四人のブロンズ像が向い合って置かれており、四人が何やら語り合っているように見える。それぞれ凛々しく立派な武将の姿である。（清衡と家衡は父親違いの兄弟。武衡は家衡の叔父。系図参照）

四人の言い分を察してみよう。

「俺達、精一杯やったつもりだったが、結局は多くの民を巻き添えにして苦しめてしまった。後世の人達よ、俺達を反面教師にして、争って問題を片づけようなどとは思わぬことだ。争いのない理想の世の中をつくるには何か他に良い方法があるはずだ。みんなで知恵を出し合ってより良い世の中を作っていってくれい」

とでも言っておれば良いのだが。

仮にそういうメッセージを含ませてあのブロンズ像が建てられたのなら、立派なモニュメントになるだろうと思う。

そうでなく、只、客寄せ、観光の目玉として、歴史の遺物だから残したというだけならあまり頂けない。四人の霊も浮かばれ難いであろう。もっとも、どんな遺物にしろ、それは見る側がどのように見るかが大事であって、作ったり或いは残したりした側のメッセージと食い違っていても、その違いはあまり重要視しない方がお互いの為に良いのかもしれない。

後三年合戦金沢資料館（秋田県横手市）

ここでは席数の都合で、VTRを先に見る組と、館内の展示物の説明を受ける組との二手に分かれて見学。

血の色も生々しく描かれている「後三年合戦絵詞（えことば）」は東京の国立博物館所蔵の本物にそっくりだとのこと。一度その本物を見ただけで頭の中に原画をたたき込み、帰ってからその記憶のみを頼りにレプリカを作成したという郷土の天才文人、戎谷南山（えびすやなんざん）*という人の話を聞いて驚いてしまった。原画と寸分違わぬ出来映えなそうだ。

後日調べてみたら、南山は上京して度々通った帝室博物館（今の国立博物館）所蔵の絵巻を記憶、模写したというのが実話のようだ。

＊南山模写の後三年合戦絵詞は横手市指定文化財になっている。

金沢（かねざわ）の柵（秋田県横手市）

横手城より険しく規模もずっと大きい金沢柵（「かねざわのさく」と地元では言うそうだ）は、清原氏が事実上滅亡となった山城の跡である。

草木の茂り具合からすると訪れる人は少ないのかもしれない。

義家・清衡の連合軍に追いつめられた清原軍は籠城の末、餓死する者多数に上ったという。女性や子供も籠ったというから、糧食は目に見えて尽きていったであろう。兵站部（へいたんぶ）跡からは焼け焦げた籾（もみ）が発見され、後三年の役資料館に展示されている。

柵跡の藪からは、やつれきった清原家衡の顔が、こちらを見ていたかもしれないし、あちらの斜面からは家衡の叔父の武衡の苦汁に満ちた顔が見えるような気さえした。（良かった、なまじ見える能力がなくて……）

当時の状況を再現してみるならば、こんな風であったかもしれない。

家衡「武衡叔父、叔父貴が勝ち目があると言うから信頼して沼柵からこっちの柵へ移ったというのに、なんというザマだ。これで清原も終わりだ。それもこれも皆、叔父貴のせいだぞ。」

武衡「何をホザクか、武貞兄いの血を継ぐと思うからこそ、無能なお前を担ぎ上げて総大将にしてやったのに、結局は負け戦だ。こんな事ならお前と組まなければ良かった。義弟の吉彦秀武（きみこのひでたけ）もうまくたちまわりおって。鵺（ぬえ）のようなア奴に振り回された俺達がバカだった……」

とかなんとか言っていたかどうかは知らないが、かの二人の霊魂、未だに金沢柵の上空辺りを浮かばれずに漂っているのだろうか、それともどこかに生まれ変わって多くの人命を損なった償いを済ませただろうか。

金沢柵の隣にある、源義家が出羽鎮護のため藤原清衡に命じて創建したという八幡神社にもお参りをしてきた。

八幡というからには、源氏にゆかりのある神社であるのは明白だ。が、そもそもは源氏の隆盛のため、という私情が勝って前九年、後三年合戦の発端となったというではないか。

出羽の鎮護と言えば聞こえは良いが、義家も清原一族の怨霊を恐れていたからであろう。八幡神社は自分が仕掛けた戦の後始末の意味合いが強かった神社ではなかったろうか。そんな風に感じて、お参りは簡単に済ませてそこを立ち去った。

これは仮定であるが、かの時に、もしも義家が武士というものが朝廷に利用されているだけの存在で在ることを知り、「源氏にも平家にも本当は強くなってほしくない」という朝廷の本音を見抜けていたならば、合戦の後、朝廷から何の恩賞もなく、失意の内に陸奥を立ち去らねばならないようなことにはならなかったであろうに。……などと思うのは私だけであろうか?

時代下って、頼朝まで源氏の威信挽回などと遮二無二に奥州へ突進してくることもなかったであろうに。などと言っても歴史に「もしも」はあり得ないので無駄ではあるが、そんなことも想像してしまったりするのである。

歴史から学ぶ教訓のひとつは、時代を牛耳っている勢力の奥にはどんな意志(本音)が隠されているのか、それを見抜くことが大切だということであろう。それに学んで次代に生かさなければ歴史は単に事件の羅列に過ぎなくなる。

そうなると同じ過ちが繰り返されてゆくのも当然というべきだろうか。

話が少し横道に逸れた。

払田(ほった)の柵(秋田県大仙市)

最後に訪れたのは東北地方に残された平安時代最大の遺構「払田柵」である。昭和六年国指定史跡になった柵の中には巾広い流水が蛇行し、遥かな丘の上には政庁跡が見える。

案内は地元の観光ガイドボランティア「ほたるの会」の人達がして下さった。

柵は自然の丘陵をそのまま利用しており、外郭は東西一三七〇メートル、南北七八〇メートル、面積約八七・八ヘクタールあり、東北地方最大級の城柵遺跡とのことである。千二百年の昔、朝廷はこんな北辺の地にまで進出してきていたのだ。

発掘された材木の年輪年代測定の結果、その杉材は西暦八百年、及び八〇一年に伐採されたものであることが判明したという。八百年と言えば、朝廷から派遣された武将・坂上田村麻呂や、東北ではアテルイなどのエミシが活躍していた時だ。

アテルイは八〇二年に処刑されたが、その頃のエミシと言えば、今の私達にとってはほとんど空想上の存在に近かった。が、払田柵を訪れてみて、当時の朝廷は本当にエミシを恐れていたことが分かった。対エミシ防衛策として大量の財力、人力が投入されていたのだ。ここでも古代史が急に身近に感じられるものになった。

そんなふうに歴史に親しみを覚えられればしめたものだ。遺構の発見、発掘、保存によって、私たちは昔人の思いに触れることができる。さらに言うならば、歴史に感じられたことを、未来にどう生かしていくか、が一番大切だと思う。

歴史を知った上で、それに未来を意識したメッセージを付与できれば、歴史を学んだ意味も深まるのではないかと私は思っている。払田柵の政庁跡に立ち、風に吹かれながら、ここを吹く風は何を見てきたのだろうと思っていた。

バスの復路は武家屋敷で有名な角館町(かくのだてまち)を通り、安藤醸造店に立ち寄って醤油ソフトクリームを賞味した。田沢湖町、雫石町を経て盛岡へ帰り着いたのは陽がとっぷりと暮れ、近代文明の灯りがあちこちにまたたき始めた頃だった。

[平成一八年一〇月一日発行「岩手県歴史研究会会報第一〇号掲載」]

ここのページの写真は現地の案内役を買って出てくださった横手市在住の小野絹子さんからご提供いただいた。

ツアーの時の写真が見つからなかったので、小野さんに依頼したところ、急遽、撮影に出向いてくださり、大変有難かった。季節はツアー時の真夏ではなく、三月末で雪がまだ残っている。

沼柵跡の入り口。手前は柵を記した石碑

後三年合戦金沢資料館

広大な払田柵跡。左は看板

「おかげで行けました」、東北各地の名勝・旧跡。

岩手県歴史研究会のおかげで訪問できた名勝・旧跡の数々。それらは、みちのくへの讃歌となって心の襞（ひだ）に織り込まれている。でも、記憶は薄れるので、訪ねた所を振り返って一覧にしておくことにした。

以下の抜き書きには写真の『岩手県歴史研究会十五年の軌跡』を大いに参考にさせて頂いた。同誌は会報「歴研いわて」を編集者がまとめて一冊にしてくれた労作である。改めて心から感謝申し上げる。

青森の三内丸山遺跡・鹿角市大湯の環状列石（H16年10月）

○**義経ゆかりの地と藤原氏発祥の地**豊田館・五位塚・えさし藤原の郷・高館義経堂・柳の御所資料館・中尊寺金色堂・中尊寺三衡堂・長者ヶ原廃寺跡・雲際寺（H17年8月）

○**平泉・藤原氏興隆の前史・後三年合戦の史跡**（本文記載で省略）。

○は筆者参加。記載漏れや誤りがあったら関係者はご容赦を。

『岩手県歴史研究会15年間の軌跡』A4版228P.限定出版。

○**武士道のふるさと**医王寺・会津藩校日新館・勝常寺・白虎隊伝承史学館・飯盛山・さざえ堂・鶴ヶ城・喜多方蔵の里（H18年11月）

○**古代津軽王国の実像に迫る**亀ヶ岡縄文館・洗磯崎神社・市浦歴史民俗資料館・山王坊遺跡・福島城跡（H19年8月）

○**盛岡南部藩の史跡**中央公民館・重文の旧中村家・南部氏歴代墓碑北山寺院群・聖寿禅寺、東禅寺史跡・下町資料館御蔵（H19年11月）

○**九戸政実と出会う旅**長興寺・九戸神社・首塚・三戸城址・聖寿寺と三光寺（庵）・九戸城址・御所野縄文公園（H20年8月）

古代日高見を訪ねる多賀城跡・東北歴史博物館・塩竈神社・松島遊覧船・石巻の巻石・聖地旭山・宝ヶ峯縄文記念館・日高見神社・涌谷町天平ロマン館（H20年10月）

遠野物語の里を巡る（H21年7月、訪問先は紙面の都合で省略）

○**義経北行の伝説地を巡る**（H21年10月、訪問先は本文記載で省略）

○**安倍一族興亡の歴史を行く**（H22年7月、訪問先は本文記載で省略）

幕末の北方警備南部・仙台藩陣屋跡ポロトコタン（アイヌ民族博物館）・仙台藩白老元陣屋跡と資料館・東蝦夷地南部藩モロラン陣屋跡・慈覚大師開山「浄土宗・善光寺」・五稜郭と復元された箱館奉行所・函館の南部藩元陣屋跡と南部藩士の墓所（H22年10月）

頼朝開幕の鎌倉探訪鶴岡八幡宮・頼朝の墓・鎌倉国宝館・永福寺・鎌倉大仏・円覚寺・建長寺・銭洗い弁財天・江の島（H23年9月）

○**だんぶり長者古代伝承地**八幡平市博物館・だんぶり長者屋敷跡・大日霊貴神社・吉祥院・独鈷大日神社・比内大葛温泉（H24年7月）

○**山寺と出羽三山信仰のルーツを探る**山寺（立石寺）・山形城址公園（最上霞城）・湯殿山注連寺・羽黒山五重塔・出羽三山の三神合祭殿（H25年10月）。以下省略。

○**三閉伊一揆発祥の地と秋の北三陸を巡る**（H26年10月）

歴史紀行文

義経北行伝説の謎を探る

義経北行は、伝説か？　真実か？

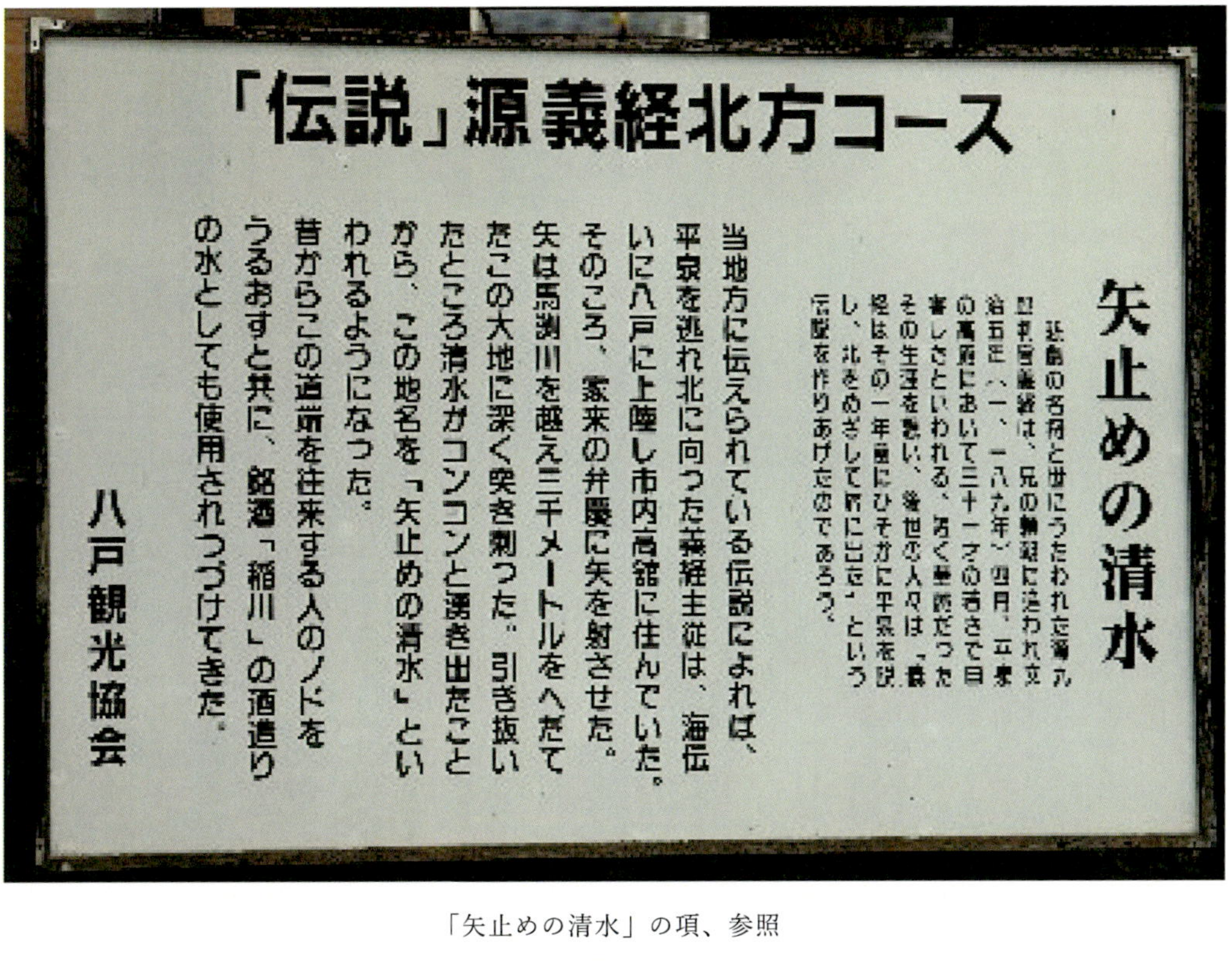

「矢止めの清水」の項、参照

源義経は衣川の館で自刃したのか、それとも、伝説にあるように北方へ逃れ去り、いずこかで生涯を閉じたのか、真実は今もって分らないでいる。それにも拘らず、どちらの説にもこっちの方が真実なんだ、と肩を持つ人が少なからずいるのである。

岩手から青森、北海道にかけて義経北行伝説や、ゆかりの地が数多く残っている。それらは何を意味しているのだろうか？

義経追慕のあまり、民衆の心が創造したものなのだろうか？

それとも、義経が本当にそこを通ったという事実があってそれに尾ヒレが付されて今日に伝えられたのだろうか？

伝説や、ゆかりの地とされている全てが真実を背景にしているとは考えられないが、前もって私見を言わせて頂くならば、私は、義経は北方へ逃れた、と信じている方だ。

なぜなら、衣川で死んだのが事実、本物の義経ならば、かくも多くの伝説やゆかりの地がまことしやかに北方に残される余地は全くなかったであろうと思えるからである。

さらに、北行伝説が残されている場所が、漠然と東北全体に散らばっておらず、かなり限定された地域であることから伝説が残される核となったなんらかの事実があったのだろうと想像してもおかしくないと思うからである。

繰り返しになるが、「本物の義経」は、衣川で死んだか北方へ逃れたかのどちらかしかないと思う。

どちらが真実なのだろう？　生き延びたとしたら、なぜ北方なのだろう？

今から八二〇年も昔に思いを馳せ、伝説の現地を辿って義経を偲んでみたい。

そんなロマンに溢れた旅を企画して下さった担当の方々にまずは大いに感謝しつつ、平成二十一年十月、期待に胸を膨らませて出発したのである。

一日目　十月十八日（日）

初日はまずまずの天気。中型の貸切りバスに乗ると、早速ぶ厚いテキスト「義経北行伝説　八戸周辺から三厩（みんまや）まで」が配られた。ざっと見ただけでも、内容の充実度に圧倒される。

その上、『義経北行』上・下巻（ツーワンライフ出版）の著者であり、当歴史研究会発足時から顧問をお引き受け下さっている金野静一先生自らのご同行、解説付きとあっては、これ以上贅沢な旅はない。

実際、大変すばらしい旅が展開した。この紀行感想文がその余韻を損なわねば良いが、と願うのみである。

ツアー最初の訪問は、八戸市に残る義経伝説の場。

類家（るいけ）稲荷大明神（青森県八戸市）

「類家」とは奇妙な名だし、「大明神」とあるからには、かなりの規模をもつ神社かと想像したが、この神社は意外なほど簡素な作りだった。

バスがやっと通り抜けられる市内の一角、両側を車道にはさまれ、コンクリートで周囲を囲まれた船形の岡が神社の境内だった。その舳先（へさき）に当る角から参道階段が伸びている。数基の鳥居を潜りながら石段を十四、五段上がると、僅かな樹木に守られる様にこぢんまりした社（やしろ）があった。

<義経北行伝説　ツアー順路>

1～5までは青森県八戸市内の伝承の地や神社なので、地図上では名称を省略している。

スタート
1　類家稲荷明神
2　三八城の弁慶石
3　オガミ神社
4　矢止めの清水
5　小田八幡宮
6　日本中央の碑
（青森県北上郡東北町）
7　貴船神社
（青森県青森市）
8　善知鳥神社（同上）
9　三厩洞窟
（青森県東津軽郡外ヶ浜町）
10　義経寺（同上）
11　竜飛岬（同上）

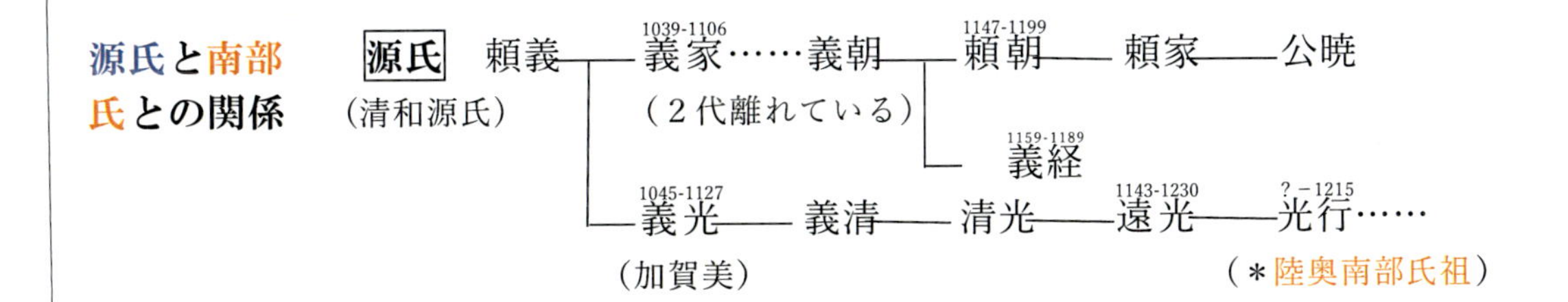

＊南部氏は陸奥（岩手県）の戦国大名。加賀美遠光は甲斐国（山梨県）出身。遠光の三男光行を祖とし、甲斐巨摩郡南部郷（山梨県南巨摩郡南部町）に住んで南部氏を称した。遠光と光行は文治五年(1189)源頼朝の奥州攻めにも加わり、光行は戦功を立てている。光行は鎌倉時代、北条氏地頭代として陸奥糠部郡（岩手県北部から青森県南部）に入部したと考えられており、承久三年(1221)糠部郡に三戸城を築き、陸奥南部氏の祖になった。光行の子・実長（八戸南部氏祖）の曽孫・師行（?-1338)が南北朝時代、北畠顕家（1318-1338）から糠部郡国代に抜擢されて一族は陸奥北部に割拠。初めは八戸根城（青森県八戸市）が優勢であったが、やがて三戸南部氏が台頭した。天正 18 年(1590),三戸の信直は小田原攻めに参陣して豊臣秀吉から南部内 7 郡の領有を認められた。これを不服とした一族九戸政実の反乱を信直は秀吉の支援を得て制圧。新領加増され、新たに盛岡城を築いて累代の居城とした。信直は陸奥南部藩初代となり、利恭（1855-1903）まで続いた（後略）。

（『小和田哲男監修・日本史諸家系図人名辞典』（講談社）を参照、引用）

参照：『日本古代史地名辞典』（雄山閣）。『日本史諸家系図人名辞典』（講談社）。なお、『吾妻鑑 4 奥州合戦（吉川弘文館）には頼朝の奥州攻め出陣の武将の中に信濃守（加賀美）遠光と南部次郎光行父子の名前が見える。

「類家」という名前は、この神社を造ったときの義経の仮住いが茅で作られた「家もどき」であったので、家に似た建物がある所↓地名↓神社名になったとのことである。

八戸のパンフレットによると、同神社は、義経が京の藤ヶ森（今の京都府伏見区深草藤森町）にある、稲荷神社の総本山・伏見稲荷大明神から勧請したというので、藤ヶ森稲荷大明神とも呼ばれていたという。

義経の京への憧れは相当なものであったらしく、近くには京ヶ原、京ヶ崎など、義経が名付けた地名が何ヶ所かあるそうだ。

平泉で難あるのを前知した義経主従は衣川を逃れ、気仙辺りから海路八戸の種差海岸に上陸した、との伝説がある。

岩手県にも、三陸の海岸沿い（陸路）を辿って北行したとの伝説がある。義経主従は時期をずらし、海路と陸路、二手に別れて行動したことも考えられる。

八戸滞在中、義経は草原地帯に水を引き、自ら耕したとあるから、出来ればこの地に永く留まりたいという意向もあったのかもしれない。

庶民の生活を加護して貰うために豊穣の神様お稲荷さんを勧請出来たのは、やはり京の事情をよく知る義経でなければなし得なかったであろうと思う。

同神社が勧請主を、ただ「清和源氏の貴族」とだけ記しているのも、後々の（頼朝側からの）咎めを恐れての配慮ではなかろうか。それがかえって義経が来ていた証のようにも感じられるのである。

三八城の弁慶石（青森県八戸市）

かねがね名高い三八城神社境内の大石だが、実際見てみると、いくら力自慢の巨漢でも、人が踏みつけたくらいで、果たしてあれだけの窪みが出来るだろうか？という素直な疑問がまず頭をもたげる。

次に、弁慶が義経の北行の伴をしてここに来ていたのだとしたら、衣川で矢を総身に受け、立往生して義経を守ったという家来は誰であったのか、という第二の疑問が出てくる。

弁慶の足跡に見える？
三八城の弁慶石

弁慶が衣川で死んだという話は、やはり嘘だったのだろうか？あるいは義経同様、弁慶にもそっくりさんがいたというのだろうか？

義経にそっくりさんがいた、というのはかなり有名な話である。義経の代りに衣川で死んでくれたのは、義経に非常によく似た男、杉目太郎行信だったという説である。

杉目行信は、義経二十二歳の折、兄頼朝の挙兵を聞いて、平泉から関東へ駆けつけたときに、藤原秀衡から伴につけて貰った佐藤継信、忠信兄弟の長兄で、杉目家の養子になった人である。

衣川の館で自刃したとされた義経の首が検分の為に鎌倉の頼朝のもとへ届けられた時には、既に腐乱して誰の首か見分けがつかない程であったという。

ならば、その首は杉目行信のものかもしれず、仮に腐乱していない内に首実検されたとしても、そっくりさんの行信ならば、立派に身代りが務まったことであろう。その辺りの事情が義経生存・北行説を力づけている要因の一つとされているのも頷ける話である。

八戸市内には、義経ゆかりと言われる伝説の場が十ヶ所以上ある。仮に、それらが元々は義経とは何の関係もない場所だったとする。それを義経にこじつけて創造したとすると、何の為に、誰がそうした場所や伝説を創造したのだろう？ という疑問が出てくるではないか。

それは八戸以外の所にも通じるのであるが、日本人の判官びいきが悲運の義経に生命を与え、生き永らえさせた……というだけで、それほど多くの伝説、ゆかりの地が創造されるものだろうか？ それより、そこに何らかの事実があったから、それが核になって伝説が生じ飛躍、発展していったのではないだろうか、と考える方が自然だと思えるのである。

オガミ神社（青森県八戸市）

オガミは難しい字で、「龗」と書く。法霊山龗神社というのが正式な名称である。元は法霊大明神と言ったそうで、八戸市内最古の氏神であり、社名の由来について諸説がある。

一、義経の北の方久我御前（京の久我大臣の娘）が旅の疲れで亡くなり、遺体を京ヶ崎に葬ったが、後に度々奇怪が起こったので、法霊大明神として祀ったという。義経自身が葬ってこの地の守り神にと念じたとも言われている。

二、やまおかみという古語、女神を示すもので、久我御前は義経のおかみさんであるからにして、おがみ神社だという。

三、「法霊」というすぐれた徳のあるお坊さんが、水飢饉を救う為に池に飛び込んで水神に身を捧げたところ、龍になって昇天し、雨が降って領民は救われたという。為に、神社の拝殿内正面両側に水面から駆け昇る極彩色の龍の彫刻図が飾ってあったわけである。

金野先生からも、「法霊とは、元は田の水口を言い、農家が豊作を願ってその水口に祈りを捧げたのが始まりです」と伺って得心したのであった。

であるなら、ベストの説は「三」に決まる。義経の「おかみさん」説も悪くはないが、それはやはり後付けの語呂合わせの感がある。

義経の北の方「久我御前」の舞。
おがみ神社奉納図絵

「龗」が元々は、山の神・水の神の意で、（広辞苑を引くと、民間信仰では秋の収穫後は近くの山に居り、春になると下って田の神になるという）。そういう雨雪を司る神であるなら、その神に祈って（拝んで）、水飢饉から領民を救った坊さんの話、というのが一番由来にふさわしいような気がする。

その証拠に『万葉集』巻二に次のような相聞歌（贈答、恋愛の歌）がある。ご存知の方もあるかと思うが挙げてみる。

わが里に　大雪降れり　大原の
古りにし里に　降らまくは後

天武天皇（在位六七三-六八六）の贈歌

大意・わが里には今、大雪が降っている。あなたのいる大原の古びた里に降るのは、まだ後のことだろう。

（大意は万葉集上・旺文社文庫。以下の歌も）

「どう、そちらは？」と天皇が優越感を示している。

これに対し、

わが里の龗に言いて　降らしめし
雪のくだけし　そこに散りけむ
藤原夫人の返歌

大意・私の住む丘の竜神に言いつけて降らせました雪のかけらが、たぶんそちらに散ったのでしょう。

（藤原夫人は天武の妃で藤原鎌足の娘）

ウイットに富んだ返歌である。

この歌に「龗」とあるのが雨雪を司っている水神である。それを義経の時代より五百年も前の人が歌っている。

「記紀（古事記七一二年、日本書紀七二〇年）にもその名が見え、古代から自然神の一つとして崇められてきた神様で、後で調べたらオガミ神社の祭神は高龗神であった！

その神に領民のためにと雨を乞い、自らの身を捧げた坊さんの行為こそ、龗の神が嘉し給うところだったと思えるのだが、いかがだろうか。

矢止めの清水（青森県八戸市）

弁慶が義経の命で八戸の高館から矢を放ったところ、四キロメートル先の馬渕川の岸にその矢が突き刺さり、そこから滾々と清水が湧き出たという伝説である。その水は昔、近くを往来する人々に盛んに利用されたそうだが、天蓋もなく、見たところ現代人の飲用には不適なように思われた。

英雄や高僧が手持ちの弓や杖を使って水を探り当てたという伝説はよくある。

岩手県岩手郡岩手町に「弓弭の泉」というのがある。詳細は措くが、弓の先で北上川の原泉になったという泉を湧出させたのは、坂上田村麻呂とも、源義家ともいわれている。

話を戻そう。

弁慶の矢が四キロメートルも飛んだとはとても信じがたいから、こんな伝説をまともに取り上げるのは勇気を要する。もう少し、有りそうな伝説にした方が義経北行説に信憑性が増すのに、と思うのは私だけだろうか。弁慶はどこでも義経とワンセットで現れるのが通り相場だとしても、弁慶にもそっくりさんがいたとすると、快僧・常陸坊海尊が取り違えられていた可能性はないだろうか。

右端の説明板を前に、現地で矢止めの清水の解説に聞き入る岩手県歴史研究会の一行。

昼食は八食センターで海鮮丼を賞味。

小田（こだ）八幡宮（青森県八戸市）

義経自らが開いた小さな田んぼだから小田という。
義経はそこに小さなお堂を建て、鞍馬から平泉～八戸へと携（たずさ）えてきた毘沙門天の尊像を祀ったという。小田八幡宮の前身である。

毘沙門天はインド渡来の北方鎮護の神。四天王の中では多聞天に当り、お堂は境内右手にある。

八幡宮の第四十三代河村宮司さんが毘沙門三尊の実物写真パネルを手にご説明下さった。写真中央には毘沙門天。右に妃の吉祥天、左に善日童子の脇侍が並んでいる。

宮司さんは同神社の拝殿破風（はふ）の上方に義経のと同じ笹りんどうの紋、仁王門の棟には中央に源氏の御所車、左右に笹りんどうの各紋が付されているのを指差された。

それも義経滞在説の裏付けということなのだろう。拝殿左方にある朱屋根の祠（ほこら）（小さな社）は衣川の高館にある義経堂のミニ版であるということで、宮司さんは義経との縁の深さを強調された。

さらに、

「義経北行伝説を信じて、ここに何回も来られる熱心な方もあり……」

と話されたので、宮司さんの脇でパネルを支えていた旅の世話役・細矢さんが笑いながら、「それは私たちの講師で、ここにおられる前岩手県立博物館長の金野先生のことですよ」

と紹介した。と、宮司さんは、

「これは、これは」と大変恐縮されたので、一同爆笑。

笑いが収まったところで宮司さんから手渡された資料によると、

「義経は当高館に仮住いしているとき、毘沙門天像を彫刻し、その背中に八幡尊像を納めた」とある。

「その後、明治元年の神仏分離令により、毘沙門天の体中より八幡尊像が出てきたので、八幡宮と改称した」旨の表記が続いている。

これは疑わしい点もあるとのことだが、八幡神といえば、応神天皇（五世紀前後に比定されている）を主座として弓矢の神を祀ったもので、古来、武者をはじめ、民衆に広く尊崇されている神様である。特に源氏は八幡神を篤く信仰していたのが知られている。

そこで、該当の八幡神像が毘沙門天像の中から出て来る相当前から、義経がそれを彫って納めたという伝説が流布していたとすれば、義経がここに滞在していたという有力な証（あかし）になると思うのだが、どうだろうか？

反対に、仮に八幡神像が出て来てから、毘沙門天像を義経作とするような「伝説」が明治元年以降創られたとしたら、その作者はよほど義経に肩入れしていた人、でなくてはならないということになる。

さて、宮司さんが最後に駄目押しのようにお見せ下さったのが、江戸時代に江戸で作らせたという、義経と弁慶像を並べて写真に撮り、軸表装仕立てにした物である。私たちのような参拝者によく見せているのか、二〇センチ位の像の彩色が大分薄れていた。が、このようなやり方は秘蔵物を痛めないで公開するには良い方法かもしれないと思った。

ここには他に、義経主従の説がある沙門(僧侶)六人の手による「大般若経写経」(長寛二年・一一六四の奥書があったと伝えられている)も納められているとのこと。

それらが全部真実だとすると、頼朝が義経の居所を察し、追手を差し向けるまで、かなりの期間、義経は悠々と八戸での滞在？ を過ごしていたのかも、と思えてくる。

日本中央の碑(青森県北上郡東北町)

さて、暮色忍び寄るみちのく道を八戸から北へ北へとひた走り、着いた先は青森県北上郡東北町、国道4号線沿いにある日本中央の碑保存館である。

野辺地町、三沢市と共に下北半島のほぼ付け根部分を占めている東北町が日本の中央？ それはなぜ？ の謎を秘めた大石が昭和二十四年(一九四九)、千曳村(現東北町)で農業を営んでいる川村種吉氏らによって発掘された。

掘り出されたのは高さ一・五メートル。直径七〇～八〇センチほどの中央が膨らんだ、ほぼ円筒形の白っぽい巨石(粗面石英岩)である。その表面に何かで引っ掻いた様な「日本中央」と判読される文字が見えたので大騒ぎになった。

私たちが同館に着いた時は既に閉館時間の十六時を廻っていたにも拘わらず、帰りかけていた係の方が快く対応して中を見せて下さった。

後で伺ったら、係の方は川村要一郎さん(七十五歳)といい、巨石を掘り出した時に川村種吉氏に随行した六人の内の一人で、種吉氏の孫に当る方(当時十五～十六歳)であった。

お陰で私達は東北町の有形文化財として展示されているその石を説明付きでじっくりと観察することが出来た。

この石は発見された土地に因み、「都母の碑」とも呼ばれている。

石の詳しい解説は以下、同館の資料で碑発見直後の東奥日報の記事などを載せている「壷の碑伝説―『日本中央』の碑』」(青森県東北町文化財保護審議会・田中寿明記)から抜粋、転載させて頂く。

「九世紀初頭、大和朝廷による蝦夷征東が北上し、坂上田村麻呂征東大将軍が陸奥の最奥の地、都母(つも、つぼ―現在の東北町、天間林(現七戸町)を中心とした上北地方とされている)の地に大きな石の面に弓弭で「日本中央」と彫り、建立したとされている。その後、「つぼのいしぶみ」として都に知れ渡り、多くの歌に詠まれる」(田中寿明氏)

「田村麻呂自身ではないにしても相当の人物がいわゆる『つぼのいしぶみ』を残していったのに違いない。もしそうでないとすれば、長い年月の間に地中に没するかして見えなくなり、伝説だけが残った。或いは、徳川幕府の初め頃に、各種の文化財などを回顧復興する風潮にあったので、その頃に「つぼのいしぶみ」の伝説を裏付けするために誰かが伝説に忠実に二代目の「つぼのいしぶみ」を建立した」(東北大教授文学博士・古田良一氏)

と言う人もあれば、「田村麻呂の時代にヤジリで刻んだものなら鉄分を含んだサビが石面の文字に残っているはずだが、それがないところに疑問がある」と、近代において手を加えた偽作と断定した人（県史跡調査の任に当たっている南郡尾崎村、葛西覧造氏）もいる。

また、「日本中央とは、『日本』は『日の本』と読み、当時の蝦夷地を指す呼び名で、蝦夷征討が北進するにつれ、その地域も北へ北へと次第に狭まり、陸奥の最奥の地『都母』がその中心（中央）であったとする説が妥当と考えられる」（田中寿明氏）等々。

ふうむ。私自身もどこかで秀吉の奥州仕置き文「ひのもとのしおきはあんどいたし候……」のようなことを書いた朱印状を見た記憶がある。また、津軽安藤（安東）氏は日下将軍と言われていた……等を加味すると、碑の「日本」の意味は津軽のことではなかったのかという気がする。

日本中央の文字を刻んだ人について金野先生は、（前述の資料の中の東京文理大教授・松本彦次郎氏と同様に）「坂上田村麻呂（七五八-八一一）は、北辺迄は来ていない。来たとすれば彼の次に征夷大将軍になった文屋綿麻呂が刻んだのではなかろうか」ということだった。

石碑に因んだ歌を作った人の中には義経より少し前の西行法師（一一一八-一一九〇）がいるから、つぼのいしぶみの伝説は古くからあったことが分る。義経も次のような歌を詠んでいる。

三熊野の　つづく小山の　文石を
見るにつけても　都恋しき
源義経

これが本当に義経作なのかは私には分からないが、否定し去る根拠も持ち合わせていない。義経が北行したと信じ、ロマンを求める人には彼の作としたいところだ。義経の兄・頼朝も歌っている。

みちのくの　いわでしのぶは　えぞしらぬ
書き尽くしてよ　つぼの石文
源頼朝

和歌の嗜みが揃ってあるとは隅に置けない兄弟だ。頼朝の方が理に長けた技巧派と言うべきか。

金野先生が義経の歌の中の「三熊野」について解説して下さった。三熊野とは、紀州（和歌山）熊野三山の別称で、熊野本宮社・同速玉社・同那智社の総称であるとのこと。義経は後白河法皇のお伴をして熊野詣でをしたこともあり、日本中央碑の近くにあった小山に続く地にも熊野三社が祀られていたことから、彼が往時―京の都にいた頃のあれこれ―を回想して詠んだのかもしれない、ということであった。

また、先生は日本国中にある熊野神社と名が付く神社の由来について、元は紀州の海賊で、商人の守り神になった、ということも付け加えられた。紀州の海賊？　といえば、素戔嗚の匂いが……。

日本中央の碑保存館の周りは歴史公園として整備され、あちこちに碑を詠んだ歌碑が置かれている。

中でも俳人・金子兜太（一九一九―二〇一八）の、

日本中央とあり大手毬小手毬

の句碑が目立っていた。

夕暮れも深まる中、石碑が発見された場所へオプション移動。車がすれ違えるかどうかの林道を数分走る。

バスを降り、手摺りに掴まりながら丸太階段三つを約百メートル谷底へ下がる。と、小川の傍らに石碑発見場所を示す柱が立てられていた。

「こんな所から発見されたんだ！」

と一同声を上げる。

「日本中央の碑」が収められている日本中央の碑保存館。

石碑の中央やや右寄りに「日本中央」と記されているのがかすかに読み取れるだろうか。

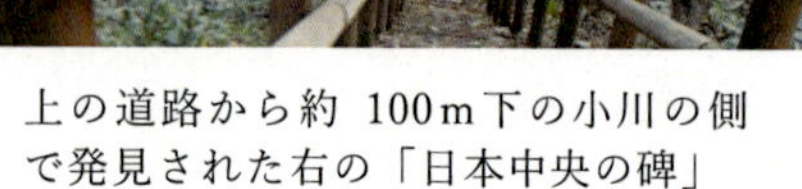

上の道路から約 100m下の小川の側で発見された右の「日本中央の碑」

バスに戻ると隣席の菊田氏曰く、

「碑の保存状態が気にくわない。あれじゃ、触り放題だ。ガラスで囲むべきだ。おまけに碑には墨汁を塗って拓本を取った跡が残っている」

と指摘され、（確かに墨の跡が周囲に微かに残っていた）

「あんな事をしたら刻んだ文字のしっかりした鑑定が出来っこないじゃないか！」

と息まかれるので、私もごもっとも、とうなずいた。

金野先生は「東北には宮城県多賀城に、もう一つ、『壷の石文』と言われる碑がある」とおっしゃる。

私が後で調べてみると、「多賀城碑」といわれるその石には七六二年の建立と記されており、江戸時代初期に発見されているのが分かった。発見当初から歌枕「壷碑（つぼのいしぶみ）」として広く世に知られ、多くの歌人、俳人に詠まれていることも知った。

その石碑と、東北町の「都母の碑（壷の碑）」とはどちらが本物なのか、どっちも本物なのか、定かではない。只、共通して言えるのは双方歌枕で有名なことだ。

日もとっぷり暮れ、長旅の疲れを癒してくれたのは有名な浅虫温泉の「海扇閣」。この宿の感触を一口に言うと、「良い所に泊まらせて貰った」である。箸袋に「青森の心を伝える」と記（しる）されていたのが心憎い。今流行（はやり）の「おもてなしの心」が忠実に実践されているのを感じ、心地良かった。

食後、一階のロビーに設（しつら）えてある舞台で催された津軽三味線のライブも秀逸。九階の大浴場で汗を流して就寝した。

翌朝、カーテンを引くと目の前に海がある。陸奥湾だ。昨夜着いた時は暗くて分らなかった。海に浮かんで見えるおにぎり型の湯の島が可愛い。今日のお天気も大丈夫だ。

二日目　十月十九日（月）

貴船神社（青森県青森市）

義経は、みちのくでも余程モテたらしく、各地で土地の娘と懇ろになったり、ストーカーまがいの女人もいたりしたようだ。

みちのくでは浄瑠璃姫というお人に追いかけられた。遙々、三河の国（愛知県）から義経を追い駆けてきたという姫は、この地で義経と再会出来た喜びも束の間、旅の疲れから重い病に罹る。

逃げ延びねばならない義経は、家来の鷲尾三郎（漁師の伜でひよどり越えの話で有名）に姫の看病を託して旅立つが、姫は貴船神社の近くで亡くなってしまう。

——ということで石段を五十段も上り訪れた貴船神社は、なぜか分らないが鳥居の正面にではなく、右側にあった。

正面にあった祠は、後で稲荷神の社だと判明。

貴船神社の祭神を金野先生に伺うと、

「京都の同名の神社からの勧請でしょう」とのこと。

神社の由緒書を見たら、やはり祭神は京都の貴船神社（京都府左京区鞍馬貴船町）からの「高龗神」と書いてあった！

高龗神といえば、先述した様に、水神・龍神であり、前日参拝した八戸の「龗神社」の祭神と同じである。

神社のテキストには貴船神社は、「大同二年（八〇七）、坂上田村麻呂がはじめてこの地に勧請した」とも、また「義経が蝦夷地に渡るとき、京都の鞍馬の『貴船大明神』を勧請したもの、ともいわれる」とあり、続けて、

「もっとも、江戸時代の紀行家・菅江真澄（一七五四－一八二九）の「外ケ浜づたひ」（『遊覧記』一七八八に記述）には義経の伝承だけが記され、そこには田村麻呂については書かれていない。この神社には義経の「愛妾」、浄瑠璃姫*の霊が祀られている」という。

*『遊覧記』には〝旭の前〟とあるので、義経には多くの愛妾がいたのか、浄瑠璃姫の別名かは分からない。坂上田村麻呂については八〇六年頃青森に来た伝承があるとは記されている。

いずれにせよ、同神社も義経ゆかりの色濃い神社なのであった。同神社は青森市内の海沿いを走る東北本線、野内駅近くにある。

善知鳥神社（青森県青森市）

青森市の安方という所にある善知鳥神社の由来は古く、大同年間（八〇六－八一〇）の創建と伝えられる。

主祭神は海の神・航海安全の神として知られている三女神（北九州宗像神社からの勧請か）。市杵島姫命・田岐津姫命・田紀理姫命という。

女神というだけあって美麗な社殿である。手水舎に懐紙が備えてあるのも奥床しい。参詣者も多かった。直に七・五・三の着飾った稚児達やその父母たちで賑わうであろうと想像する。

三女神は、天照大御神と素戔嗚尊が誓約をした時に生まれた神々で、芸術、学問、福徳の神。仏教の弁財天（弁天様）と習合させられている。ここの弁財天は、本殿の右手の池に掛けられた朱塗りの橋を渡った先に祀られているようであった。

善知鳥とは曰くあり気な名称である。単に善知鳥と言うと、千鳥に似た海鳥で親子の情愛が深い、と言われている。が、神社の由来となると諸説がある。それらをここで紹介していくと非常に長くなり、古代史の真実論争に巻き込まれてゆく感、無きにしも非ず、なので、残念ながら割愛させて頂く。

義経の行く手は大海原。航海の神に無事と安全を願って立ち寄った彼の心境はいかばかりであったろうか。

善知鳥神社の参拝を済ませた後、バスは松前街道を北上し、義経の思いと共に津軽半島の先端へと急ぐ。

ここで少し私見を言わせて頂くと、義経が北へ北へと逃れざるを得なかったのは、頼朝側からすれば、「本物」の義経だったからではないだろうか、と思うのだが。

「偽物」ならば、かくも執念深く追う必要性はあるまい。奇襲の天才で、あの平家の大軍を打ち破った大武将を敵に回したらどうなるかと、頼朝は何がなんでも消し去らねばならなかったのであろうと思うが。

ゆえに、黒漆塗りの首桶に入れ、美酒に浸されて届けられた首は真実、義経のそれではなかったのだと思われるのである。

本物の義経は北へ北へと逃れていた。それが真実だったのではないだろうか。

頼朝方の耳には、義経北行の噂が追い追いに伝わったのであろう。

「しまった！」と地団駄を踏んだ頼朝の顔が見えるようだ。股肱の家臣、梶原景時並びに和田義盛に首実検させて義経と断定した以上、今更あれは偽首だった、と公表するのは頼朝のプライドが許せまい。また、そのことで二人の 忠臣を罰することも出来ない――となれば、秘かに追うしかなかったであろう、と想像するのだが如何だろうか。

話を戻す。

市浦十三湊（現・五所川原市）に辿り着いた義経は、十三湖畔の福島城主・藤原秀栄（平泉の藤原氏三代目・藤原秀衡の弟）を頼って行くが、テキストによると、秀栄の子、秀元は義経に好意を持っていなかったという。

「秀元は父・秀栄の手前もあっての ためか、義経に対してさりげなく、『われら一同、判官殿ご一行の北行への旅立ちのお手伝いを』と言って、義経一行を蝦夷地（北海道）へ送り込む手はずをひそかに仕組んだのであった……」と。

この時の義経主従の心中は察して余りある。

義経はもしかしたら、

「万一の時は、秀栄を頼りなさい」

と秀衡に言われていたのかもしれない。父とも慕っていた秀衡。その弟の秀栄だからこそ、一番頼みにしていたのに。辛い北行を続けてきて秀栄の所で再起を、の望みも最早断たれてしまった。

だが、ここに至っても義経の北行は打ち止めとはならなかったのである。

三厩洞窟（青森県東津軽郡外ヶ浜町）

やむなく秀栄のもとを辞した義経は、東津軽郡外ヶ浜町の海岸に辿り着いたが、そこから蝦夷地へ船出せんとするも、連日連夜の嵐が続いて渡海出来なかった。そこで義経は、母・常盤御前から形見として与えられていた白銀一寸二分の観音像を海辺の岩の窪みに安置し、三日三晩祈り続けた。

するとと、白髪の老翁が姿を現わし、

「三馬屋の北方にある洞窟の中に、三頭の竜馬が待機しているはず。その竜馬に打ち乗り、直ちに渡海すべし……」

と告げたという。義経一行がそこに駆けつけると、果たして竜馬が待機していた。荒れている海も穏やかになったので竜馬に飛び乗り、喜び勇んで海を渡り蝦夷地へ向ったということである。

？？ここまでくるとお手上げの感になる。義経が三厩に辿り着く前までは苦労したかもしれないが、それはまあ、理解の範囲内ではあった。

しかし、海を馬で渡ったとなると、羽のある天馬ペガサスならいざ知らず、好意的に考えても不可能な図である。

もしかしたら、観音の力で海が割れ……となると、往年の映画「十戒」の中でチャールトン・ヘストン演じたモーゼが、多くのイスラエル人を引き連れ神の加護により、割れた紅海を渡って無事対岸へ辿り着いた場面（バイブルの出エジプト記）をどうしても思い出してしまう。

常識的に考えれば、先述の藤原秀栄が息子の秀元に言いつけて秘かに用意させた三艘の舟に乗って渡海した、という方がましである。それなら納得がいくのであるが……。

いやいや、神仏の加護とは、そんな常識や理屈を越えた先にあるはず。義経は観音の加護によって、なんらかの方法で無事蝦夷地へ渡ったのだと信じよう。

三匹の馬が繋がれていたため、三厩と名付けられた洞窟は折しも美しく色づいた蔦に彩られて益々神秘的な様相を呈している。なんだかそんな奇跡が本当にあったのかと思わせるような普通ではない景色であった。

義経に関する訪問先はクライマックスとなった。義経と、なぜか静御前の神塔が並んでいる洞窟の前で一同記念撮影。

その後は、洞窟の背後にある、ほとんど崖上と言ってもいい小山の上に向う。

義経寺（青森県東津軽郡外ヶ浜町）

崖上にそのものズバリ、義経の名を冠している寺の屋根がわずかに見える。眼下に津軽海峡を望む急勾配の階段が続いているが、それを上る元気は誰一人なく、往きはバスに頼ってしまった。

崖上にある義経寺

竜馬山(りょうばさん)義経寺の創建は、前述の義経の持仏観音像が洞窟に残されていたのを僧・円空が霊夢によって知り、発見したことから始まる。円空（一六三二―一六九五）は、諸国行脚をしながら行先々の寺社で仏像を彫っては奉納してきた。その数、二万体に垂ん(なりなん)としたという。当地で聖観音座像（現在は青森県重要文化財）を彫り、その体内に義経の持仏を納め、寛文七年（一六六七）この崖上に観音像を建てて祀ったのである。これが義経寺の前身である。

同寺には、本堂の垂れ幕はもとより、観音堂の扉両脇、仁王門や手水舎の棟に至る迄、随所に大きく笹りんどうの紋が見られた。寺の名前からして当然と言えば当然であると感じ入ったのである。義経寺の宗旨は浄土宗とのこと。ご住職さんのお許しを頂き、代表三人がお線香を捧げ、金野先生の先達で一同礼拝をさせて頂いた。

ご本尊の阿弥陀如来の左右には亡くなられた英霊だろうか、多くの遺影が掲げられ、日頃手厚く供養されているさまが窺えた。

義経寺で代表が礼拝

本堂右壁には義経が白馬に打ち跨(また)って今しも海中に躍り入ったところを弁慶が追い縋って行く姿の図があり、印象に残った。昼食は本堂を使わせて頂き、大間(おおま)のマグロならぬ、三厩のマグロ丼と味噌汁、お新香を頂いて元気回復。

外へ出ると本堂右手に地蔵堂があり、ガラス戸の向うに赤い頭巾と衣を付けた十体ほどのお地蔵さんが優しく微笑んでおられた。

立派な仁王門は往きには通らなかったので、帰りに潜(くぐ)ってから振り返ってみると、神仏習合の名残りであろうか、通常は神社のものである注連縄(しめなわ)がずしりと下がっていたのが奇異に感じられた。が、それはともかく、帰りは全員、百七十段もある石段をトントンと身軽く下ったのである。

義経寺境内にある上のお堂の扉や、ここにも義経の「笹りんどう」の彫刻が……。

松前街道終点の碑と、「義経渡道の地」と大書された木柱に松の緑と紅葉が映える三厩洞窟に別れを告げ、義経海浜公園として周辺が清々しく整備されている通りを過ぎると、今回の義経北行伝説を訪ねる旅は実質的に終りになってしまった。

金野先生の言う、「日本史上初のアイドル」義経は、いつまでもこれらの地の人々の生活と共に生き続けていくのだなあ、とつくづく感じられたのである。

が、ここまで来て、かの有名な岬を見ずして帰るわけにはいかない。もちろん、日程にも入っているので、本州最北端の一つの岬に向ったのである。

竜飛岬（青森県東津軽軍外ヶ浜町）

海抜百十五メートル、北海道迄二〇キロメートルの岬には予想通り強風が吹いていた。それにも負けないほど大きく、石川さゆりの「津軽海峡冬景色」のテープが歌の中から途切れることなく流れ出ていた。

歌の力のなんと偉大なことか。あの歌のヒットなくば、龍飛岬がこれ程人を集めるには至らなかったであろう。この地域の人々は、作詞者・阿久悠、作曲者・三木たかし、の両先生にも一生感謝せねばなるまい。

岬の周辺で強風にもめげず、地にしっかりと根を張り、やさしい青色の花を咲かせていた名も知らぬ草の強靭さに心打たれた。私達もかくあらねばならない。義経が希望を捨てずに北方へ旅立って行ったように。

この後、北緯四一度一五分、東経一四〇度二〇分の竜飛岬灯台迄、徒歩で移動。次の青函トンネル記念館へ、バスで移り、中を見学。十四時二十五分、全ての行程を了え、一路盛岡への帰路に着いた。

道中、金野先生はお疲れも見せず、義経・ジンギスカン説を唱えた小谷部全一郎（一八六八—一九四一）について熱のこもったお話をして下さった。残念ながら、くたびれて寝てしまった私の耳には、さっぱり入ってこなかったのが申し訳なかったけれど。

旅行中、終始ご指導下さった金野先生をはじめ、企画、ガイド下さった細矢さん、労をいとわずお世話下さった担当の方々、安全運転をして下さった運転手さん、そして参加された皆様、本当にお疲れ様でした。皆様に感謝と共に厚く御礼申し上げ、レポートを終らせて頂きます。

［平成二二年一月一日発行「岩手県歴史研究会会報第一七号掲載」］

「津軽海峡冬景色」の曲が流れる竜飛岬。「竜飛岬」の字入りの２番目の歌詞の石が真ん中で大きい。

本州最北端・竜飛岬

北の果てで咲いていた青い花。

三厩洞窟前。源義経、静御前と彫られた一対の石碑を背後に記念撮影。

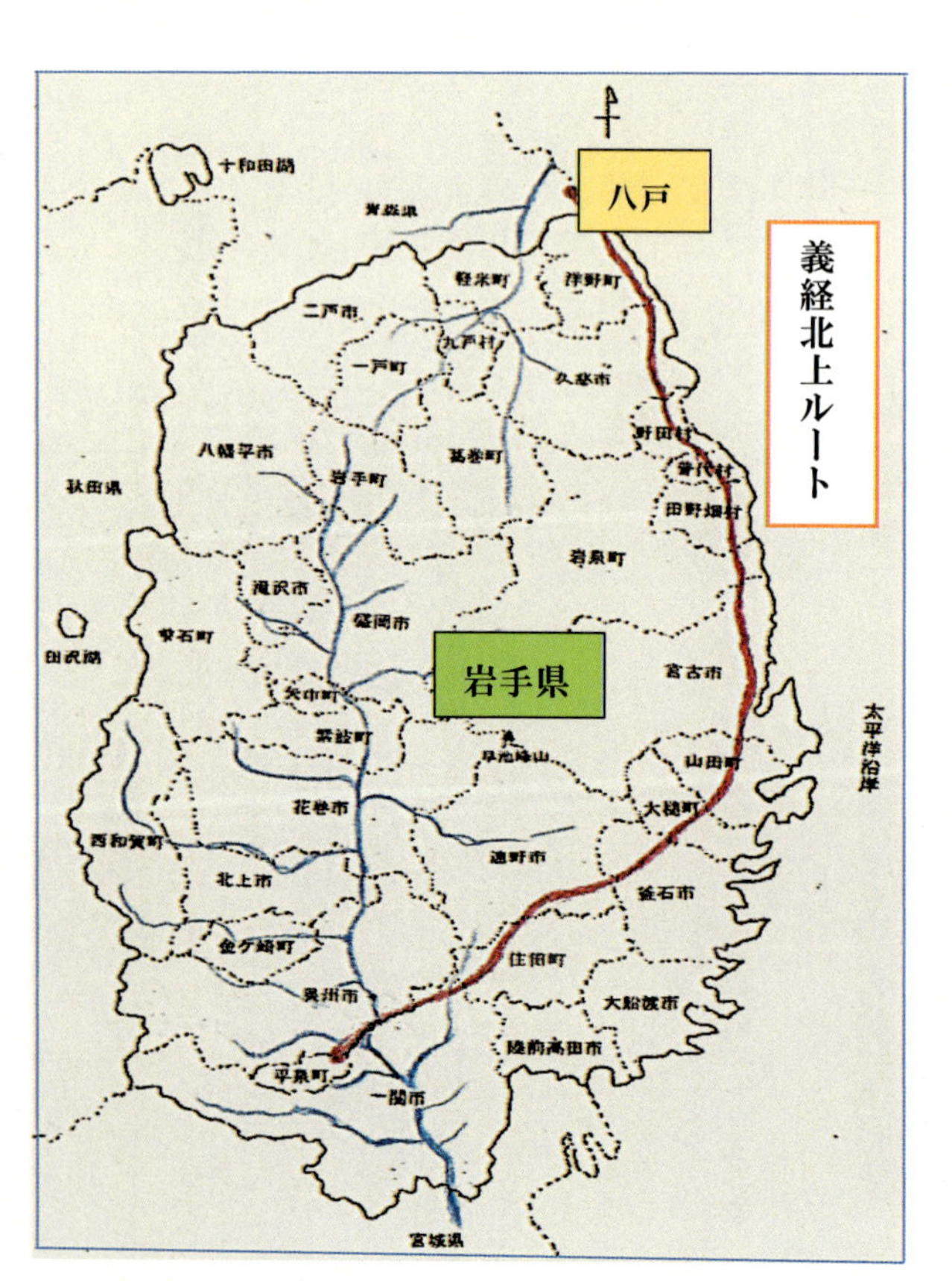

余録

平泉の高館を脱出(?)して北を目指した義経主従は、みちのく(現在の岩手県が含まれている陸奥国)のどこを通って八戸(現在の青森県の八戸市)へ逃れて行ったのだろうか?

種々の文献によると、どうやら左図のようなルートを辿ったらしい。もっとも、義経が同行していたのか、家来だけだったのか、いつ出発したのかは不明だというが、各地にその足跡といわれるものが点々と残っているという。北行の真偽については所説紛々だけれど、足まめに伝承の残っている地元へ赴いて記録してくれた人がいたから、それらが風化せずに残っているのだとも思う。

歴史紀行文

東北に今も息づく安倍氏の魂

安倍氏一族興亡の歴史を行くバスツアー記

「鳥見柵跡」（金ヶ崎町）の入り口。安倍宗任が守っていたという。平成 21 年の発掘調査で初めて実在を確認され、注目されている。

「鳥見柵跡」の説明版の前で。

説明版には鳥見柵が北上川と胆沢川の合流点の自然の高台に築かれたことが図示されている。

十二年にわたって続いた前九年合戦が終結した。

陸奥守兼鎮守府将軍・源頼義が出羽の豪族・清原武則らを説き伏せて味方につけ、遂に厨川柵（現在の盛岡市内）で安倍氏を終焉に追い込んだとき、敗死した安倍一族の棟梁・安倍貞任は四十三歳であった。

それからほぼ九百五十年が経つ。

当歴研では二年後の平成二十四年（二〇一二）に合戦終焉九百五十年祭を迎えるに当たり、プレイベント第一弾として表記のツアーを行った。

予定の見学コースに多少の変更はあったものの、ツアー当日の平成二十二年七月二十三日（金）は好天に恵まれ、顧問の金野静一先生の同行解説を頂いて、充実した旅であった。

朝九時に盛岡駅前を出発、最初に向かったのが金ケ崎町にある安倍宗任の柵とされている鳥海柵跡である。

鳥海柵遺跡（岩手県胆沢郡金ケ崎町）

鳥海柵は「とのみのさく」または「とりうみのさく」と表記されている場合もあるが、金野先生は「とりみのさく」とおっしゃったので、そのようにルビを振らせていただいた。

また「柵」は「城」・「館」を意味し、アイヌ語で砦を意味する「チヤシ」にも相当するとのこと。

「陸奥話記」によると、前九年合戦当時、安倍氏側には十二の柵があったという。

それらの柵のうち、つい最近の発掘調査（平成二一年六月～十二月）によって、初めてその実在を確認されたのがこの柵である。

（「陸奥話記」は前九年合戦が終わった一〇六二年頃成った作者不詳の軍記物語）。

歴研では発掘に携わった金ケ崎教育委員会の千葉周秋先生を今年二月にお招きして、鳥海柵遺跡について詳しいお話を伺う勉強会を持った。

その折に頭に入れたことを確認するべく、今回現地へ赴いたのであるが、実際に歩いたのは南北約五百メートル、東西約三百メートルあるという大規模な柵跡のほんの一部であった。

鳥海柵跡の入り口は東北高速道・水沢ICを下車、水沢バイパスを二キロメートルほど北へ戻った道路脇すぐのところにある。

東側を北上川、南側を胆沢川が走る合流点から、西へ二・四キロメートルほどのそこは、胆沢川を望む高さ十メートルほどの自然の台地になっている。そのため、砦を築くに適した要害の地形と安倍氏はみなしたのであろう。

遺跡の東南約二キロメートルの先には胆沢城跡が見える。

胆沢城はご存知のように、延暦二一年（八〇二）坂上田村麻呂が現在の奥州市水沢区に造営し、後三年合戦のあたりまで約百五十年にわたって陸奥の国府である鎮守府として機能したとされる城柵である。

遥か南のかなたには安倍氏の守った衣川の関もある。

未検証の残り十一柵があったとされている場所はほとんどが北上川を縫うように川沿いに位置している。それらを見ると、安倍氏にとって北上川がいかに重要な河川であったかが分かる。

中でも鳥海柵はそれらのほぼ中間に位置し、国府に最も近かったので、安倍氏の方では重要な拠点とみなしていたようである。上

<バスツアー順路>

スタート

1　鳥見柵跡
（胆沢郡金ヶ崎町）

2　藤原経清の母の墓所
（紫波郡紫波町）

3　安倍道遺跡
（同上）

4　陣ヶ岡史跡
（同上）

5　厨川柵跡・天昌寺
（盛岡市）

今回、鳥見柵跡の他に**黄海の戦跡**（一の関市藤沢町黄海）も見、**河崎柵跡**、**小松柵跡**と言われている所も廻ったが、案内者によると、両柵跡の実在はまだ認定されていないとのことである。

『陸奥話記』には陸奥国奥六郡の豪族安倍氏の関および柵は以下が記されている。
南から河崎柵（かわさきのさく）、小松柵、石坂柵、藤原業近（なりちか）柵、衣川関、大麻生野（おおあそうの）柵、瀬原（せはら）柵（前記二柵は白鳥村）、鳥海柵、黒沢尻柵、鶴脛（つるはぎ）柵、比与鳥（ひよどり）柵、嫗戸（うばど）柵、厨川（くりやがわ）柵。（『日本古典文学全集・陸奥話記』より抜粋）

『陸奥話記は』前九年合戦終焉の 1062 年頃に書かれた作者不詳の軍記物語である。物語だから、歴史上の事実とは一線を画するものとして、内容の信憑性には疑いが持たれているのは事実である。ではあっても、貴重な文献として読み継がれているのもまた事実である。

本文にも記したように、鳥海柵は最近の発掘調査（平成 21 年{2009 年} 6 月～12 月）で初めてその実在が確認されている。

――となると、残りの柵にも実在した可能性があるかもしれない。

安倍貞任には腹違いの兄弟が多数いたと言われている。各兄弟は柵（砦（とりで））を守っていたり、貞任の補佐をしたりしながら結束を固めていたのであろう。

各柵があったとされる地域の人々は、そこを守った安倍氏兄弟の名前を今でも次のように呼んで懐かしんでいる様子が見られる。例えば安倍貞任は「厨川次郎（次男だったので）」、宗任は「鳥海三郎」、正任は「黒沢尻五郎」、重任は「北浦六郎」、則任は「白鳥八郎」などという具合に。剃髪して僧になり、兄弟の菩提を弔った人もいた。敗者のため、賊将と書かれたが、陸奥のために散った彼らは昔も今も住人たちの英雄なのである。

下の柵同士が北上川を利用して、緊密な連絡を取り合い、一族の結束を固めていたのであろう。人馬や物資を運んで行き交う舟、舟上や川岸できびきびと働く往時の兵（つわもの）どもの姿が往彿とさせられた。

　これまでに鳥海柵だとされる疑定地は数ヶ所あったものの、特定されに足る決定的な証拠がなかったため、その実在性に疑いを持つ研究者が少なくなかったと聞く。それは即ち、柵の存在を記述している「陸奥話記」等の文献に対して、信憑性に疑問を投げかける人がいたということでもある。

　歴史の真実を明らかにするには、考古学上の厳密な検証ももちろん必要であるが、文献上から歴史の真実に迫ろうとする文献考古学ないしは文献史学の立場も尊重されなければならないのは無論のことである。

　双方が補い合うことによって、より生産的な歴史研究がなされてきたのは周知の事実であるから、文献を仮説と捉え、科学に補佐された考古学がそれを検証する、そういう歴史研究の態度が今後ますます重要になってゆくだろう。

　鳥海柵遺跡はシュリーマンの例をなぞるように、先に文献や言い伝え（仮説）があり、次に発掘調査（検証）がなされ、最後に実在確認（特定）がなされている。

　ドイツの考古学者ハインリッヒ・シュリーマンはホメロスの叙事詩「イーリアス」を読んで、古代ギリシャで起こったトロイア戦争は本当にあったと感じ、財産を投げ打って遺跡を掘り出し、その実在を証明した人である。

　そのように、発掘で証明されるずっと以前から、「陸奥話記」を信用するに足る史料として扱ってきた研究者、また、地元の言い伝えや所蔵資料等もないがしろにせず、研究の補助、ないしは有力な証左として丹念に扱ってきていた人々にとっては今回の特定はこの上ない朗報であったことと思う。

　のみならず、この朗報は東北史の真実を知りたいと願っているすべての人にとって、他の柵の特定にもつながる大いなる希望を与えてくれた。

　柵は堀に囲まれ、南から本丸、二ノ丸、三ノ丸跡と伝わってきているが、一部分が東北高速道と国道四号線（水沢バイパス）などの下に埋もれてしまっている。それは残念だけれど、その他の貴重な遺跡が埋もれずに陽の目を見たのは良かった。

　鳥海柵の発掘を皮切りに、他の柵の考古学的な検証が一日も早く実施されるよう望まれるのである。

　ちなみに、鳥海柵遺跡発見のきっかけは、北寄りの三ノ丸跡だった部分に立地する某工場の敷地のたった三〇センチ下からだったという。遠いと思われた過去は存外地表に近いところに眠っていたのだ。

　そこから大型の四面庇（しめんひさし）掘っ立て柱建物跡が出土したことや、周辺から十一世紀前～中期の土師器（はじき）の杯（つき）（椀型の器）や小皿が出土したことなどが柵特定の決め手となったとのことである。

　大型の四面庇掘っ立て柱の建物（四方に庇が付いている建物）については、東北芸術工科大の入間田宣夫（いるまだのぶお）教授（歴史学者）が、「ものすごく偉い客を迎え接待する迎賓館。今でいうと県知事が大臣や国会議員を迎える施設」と解説している。

（平成二二年三月一〇日付岩手日報夕刊「学芸余聞」欄より）

遺跡の入り口の看板には、

「ようこそ安倍宗任のふるさとへ」

とあった。遺跡の検証がなされたので、冥府におわす宗任や、「陸奥話記」の筆者なども安堵していることだろう。

　雨後で滑りやすい茶色い土の発掘跡を気を付けながら進むと、近くの藪の一画に小さく囲われた場所があるのを金野先生が指摘された。中に、六個の丸石が並んでいる。一番大きい石でも三〇センチほどの高さか。

　先生はそれらの石を「この柵で亡くなった人々の墓印である」とおっしゃった。粗末な形でも、このように葬られているからには、この柵にいた要人たちだったのだろうか……。

　宗任は陸奥の奥六郡*を束ねていた豪族・安倍頼良の三男であった。この要衝を任されていたことから、彼は豪胆かつ、知略に富んだ人物ではなかったかと想像される。俗名は地名を冠し、鳥海三郎（または弥三郎）宗任と呼ばれていたという。

＊奥六郡とは、南から胆沢・江差（江刺）・和賀・稗貫・紫波・岩手の六郡をいう。

　宗任の父・頼良は鎮守府将軍の源頼義と名が同音なのをはばかって、後に頼時と改名していた。

　しかし、安倍氏が滅亡する少し前に頼時は、義家に味方した北方の親族・安倍富忠との戦いに自ら出掛け、その際受けた矢傷が元でこの鳥見柵に戻ってから亡くなっていた。

　そのため、この柵を特に重要だと見ていた源頼義は、柵を攻め落としたことによって、「数年来望んでいた内部を見る機会を得られた」と無上に喜んだという。

　敗れた宗任は泥田に身を潜めていったん逃れたが、安倍氏滅亡を知り、後に降伏して出て捕虜となり、都へ連行された。

　都人は宗任のことを蕃夷の俘囚（朝廷に味方した蝦夷のことを言う）育ちだから、無教養で無風流であるに違いないと、はなから蔑んでいた。

　そこで庭に咲いた花枝を手折って宗任に見せ、蝦夷はその名など知らぬであろうと、花の名を問うたところ、宗任はためらうことなく、

　わが国の梅の花とは見たれども
　　大宮人は如何にか言ふらむ
　　　　安倍宗任

　私にはわが国の梅の花に見えますが、皆様方はなんと呼んでいらっしゃるのですか？

と詠んだとの故事逸話が伝わっている。

　その歌に絵が添えられた衝立が盛岡市安倍館町の一の倉邸に展示されているのを筆者は見たことがある。色あせた古い絵と文字であるが、粗末な衣服で跪いている宗任に向かって、梅の枝を突き出している尊大な都の貴族のようすがよく表されている。

　都人の傲慢さに比べ、宗任が、花の名はもちろんのこと、それを即座に和歌に詠みこんで慎ましやかに返答したので、その場に居合わせた人々は宗任が機知のある優れた教養人であることを認めざるを得ず、驚き、恥じ入ったということである。

　宗任はその後、伊予守（伊予は現在の愛媛県）として四国へ赴任と

なった源頼義に従って伊予へ配流となる。その三年後、大宰府（北九州）へ再配流となり、七十四歳で没したという。

宗任の娘は奥州藤原氏二代目・基衡の妻となり、三代目秀衡の生母になった。（後三年合戦の項の略系図参照）。

肥前（熊本）の松浦党（中世、肥前の松浦地方を中心に割拠した武士団）は宗任の後裔であるとの説もあり、現総理の安倍晋三氏は宗任の直系の子孫であるとのことである。

藤原経清（つねきよ）の母の墓所（岩手県紫波郡紫波町）

金ケ崎から北へ戻り、次に訪れたのは藤原経清の母の墓所である。

墓所は紫波町赤沢の白山神社裏手にあり、白山神社はJR東北本線紫波中央駅のすぐ傍、「日詰」の交差点から延びている県道二五号線（紫波川井線）を真東へ約六キロメートル行ったところの北側にある。

ここを訪れた理由は、藤原経清を語ることから始めねばならない。

経清を知る人は最近かなり多くなってきているように見受けられるが、少し前までは彼は一般にはあまり有名ではなかったように思う。

というのは、奥州藤原氏といえば、決まって清衡→基衡→秀衡→泰衡の四代が判で押したように繰り返し取り上げられているからである。

しかし、清衡をその初代というなら、清衡の父親・経清はその始祖ともいうべき人であるから、経清を抜かしたら奥州藤原氏は片手落ちになる感じがしないだろうか。

作家・高橋克彦氏の小説「炎立つ」がＮＨＫの大河ドラマになって放映されて以来、東北中に知れ渡るようになった経清であるが、先祖は大ムカデを退治したり、平将門の乱を平定したりしたことで知られている豪傑・藤原秀郷（ひでさと）である。

藤原経清は元もと朝廷側の役人で、陸奥守・源頼義に従って陸奥に赴任していた。

いささか長い引用であるが、経清については左記を参照されたい。

岩手大学人文社会科学教授で文学博士である樋口知志（ともし）氏の、「奥六郡安倍氏の興亡」という基調講演（平成二四年九月十六日・岩手県公会堂で行われた岩手県歴史研究会主催の「前九年合戦終焉九五〇年記念平和記念祭」）の折の見解によれば、

「藤原経清は「陸奥国のいわゆる在庁官人（国衙（こくが）（国司の役所）行政実務を担当した在地土豪＝武士）として亘理（わたり）郡を領した地方軍事貴族であった。（亘理郡は現在の宮城県亘理郡の辺り）

彼は前九年合戦が起こるよりも一〇年ほど前に、陸奥守・源頼清（よりきよ）（頼義の弟）の郎等（主人と血縁関係のない従者）として陸奥に下向し、そのまま亘理郡に住み着き、その後奥六郡安倍氏の当主・安倍頼時（改名前は頼良）の娘婿となった。

前九年合戦では源氏の敵方である安倍氏側に立って参戦し、その客将として大いに活躍したが、最後に厨川柵（くりやがわ）の戦いで武運が尽きた。

旧主頼清の兄頼義に捕らえられて、切れ味の悪い刀で時間をかけて首を切り落されるという残虐きわまりない処刑によって刑死したのであった。《中略》

経清という名も、おそらくは主君頼清より一字を拝領して本来の名より改名したものであろう。《後略》」

以上、( )内は樋口教授が補足した他に、読者に分かり易いように加藤が補足した部分もある。

樋口先生の基調講演は『前九年合戦シンポジウム―終焉九五〇年記念　平和祈念祭』岩手県歴史研究会編（ツーワンライフ出版）に掲載されているので関心のある方はお求めください。

前記の引用に見て頂いたように、経清は亘理郡を所領としていたため、亘理権太夫といわれていたという。金野先生のお話しによると、経清は衣川の渡り（渡し・関所）を守る役人として活躍していた由。

その経清が何の因果か、奥六郡の郡司（俘囚の長）・安倍頼時*（元の名は頼良）の娘であり、安倍貞任の腹違いの妹を妻とすることになるのである。多分、政略結婚であったとする説が専らではあるが……。（妻の名前は「吾妻鏡」によると「有が一の前」という）

＊安倍頼時は『陸奥話記』の中では自らを俘囚の長と言っていたとの記述があるけれど、事実はどうだったかは不明。

しかし、そのときから彼の運命は大きく狂い、前記のように結果的に悲惨な最期を遂げることになる。

以前、歴研のツアー（平成十七年八月）で、現奥州市江刺区岩谷堂にある経清の墓・「五位塚」へ詣でたことがあった。

街を外れ、隠れるようにひっそりと小高い林の中に立てられていた彼の供養塔の後ろには「従五位下」の位階が刻んであったことを思い出す。従五位下とは、国司に次ぐ地位であるから、経清は陸奥守・源頼義の次席を占める偉い人だったようである。

経清が亘理権太夫といわれていたことは前述したが、「太夫」は「たいふ」と読み、五位の通称であるとのこと。また、「権」は権（仮）に置かれた地位、または次席の地位の意。

当時の官位相当表に照らしてみると、親王一品（天皇の子で位階の第一位）をピンとすると、キリまで全部で三十四段階もあった。従五位下はその位階の中間あたりである。

そんな経清の墓および経清一族の墓がその江刺にあるのに、経清の母の墓がなぜ江刺ではなく、ずっと北の紫波にあるのだろうか？

それには深いわけがあったようだ。前述のように経清の妻は安倍頼時の娘である。彼は妻と、その間に生まれた、将来藤原清衡と名乗る幼い男児、そして恐らく都から呼び寄せたであろう自身の母親（名は不明）とともに江刺岩谷堂の高台にある「豊田館」に住まっていた。

前述の「五位塚」へ行ったツアーのコースにはその豊田館跡も含まれていた。

そこで暑い日差しを浴びながら金野先生の解説を伺って往時を偲んだことを思い出す。

その館で経清の母親は、息子が前九年合戦に明け暮れていたとき、嫁とともに幼児の清衡（幼名は不明）を守って日々を慄きながら過ごしていた時もあったであろう。

以下、今回のツアーでいただいた資料等を参照し、筆者の想像も加えて記す。

「ある日、豊田館へ慌しく駆け込んで来た男がいた。それは、いち早く経清の最期を知った遠山右近師重という人物である。彼は安倍氏の滅亡により、安倍氏に味方した経清の親族に類が及ぶのは必死と、急ぎ経清の館へ駆けつけて母親を守り、彼の親族のいる紫波へ連れてきたのである。

そのとき、経清の妻と幼い清衡は、豊田館にはいなかった。なぜなら、師重は母親のみを帯同していたからである。不在の二人は経清とともに厨川柵にいたと考えられる。

師重は紫波赤沢の阿弥陀堂の住職をしていた伯父を頼り、その地で経清の母とともに忍従していた。が、時経て経清の母は亡くなり、この地に葬られたのである……」

それが経清の母の墓が江刺の五位塚にはなく、紫波にある理由であった。

赤い鳥居の白山神社の脇から百メートルほど急坂を上ると、杉や灌木が茂り、夏なお涼しい木立の中に、墓というより、古碑のように見える石碑が神社の方角を向いて三基並んでいた。傍らには碑を見守るように山百合がひっそりと咲いている。

真ん中の碑は大人の背丈くらいの高さがあったろうか、その上部に阿弥陀三尊を表す梵字が彫られていた。下に供養文が刻まれている。

碑建立の日付は「嘉暦四年七月廿三日」とあった。その下、左右に願主と思われる「道成」の名と、願文申し上げますという意味の「敬白」の文字が並んでいる。

後に嘉暦四年は一三二九年、後醍醐天皇の治世であることが分かった。前九年合戦より二六七年後のことである。

金野先生は

「墓を、しかも女性にこんな大きな墓を立てるのは余程のことである」

とおっしゃった。――というくらいだから、経清の母が死後二〇〇年以上経ってもこの地の人々の胸に熱い思いをかき立てていたことが感じられたのである。

白山神社の鳥居。右側に経清の母の墓の案内標識があり、鳥居の奥に赤い鳥居と、白山神社の赤い屋根がわずかに見える。

藤原経清の母の墓（右）。

前述のように経清は厨川柵における最後の戦いで力尽き、敵方に捕らえられる。そして将軍・源頼義の前に引き立てられ、その命で、首を鈍刀でなんども挽かれてなぶり殺しにされる残酷な死に方をせねばならなかった。

頼義が、いかに経清を憎んでいたか、想像しても余りある。経清はなぜそのような斬首を賜ったのか。理由は大きく三つほどあった。陸奥話記から読み取れるのは次のようなことである。

一は、経清が国府の朱印がある赤符を使わずに朱印のない私的な白符を使って領民が国に納めるべき物資を自分や安倍氏のために調達し、頼義の怒りを買ったこと。

二は、元もとは頼義の家来筋であった経清が、義兄弟の平永衡（たいらのながひら）が殺されたのを見て我が身の危険を知り、頼義を裏切り、私兵八百余人を率いて安倍氏側についてしまったこと。

三は、その結果、頼義は安倍氏制圧のために散々苦労をさせられたと恨んでいたこと。

それらが、一挙に噴出し、経清は悲惨な最期を遂げねばならない仕儀に至ったのだと思われる。

その経清を偲び、中尊寺では二〇〇三年より毎年、経清の命日・九月十七日に追善供養を行っており、江刺区の豊田館では一九九三年から命日祭が行われているそうである。

二〇一〇年九月三〇日付の岩手日報の記事「経清しのび白符忌」（概略）によると、「経清の法要の名称は経清の象徴的な言葉『白符』にちなんで『白符忌』としている。

中尊寺での法要を発案した同寺の前貫主の故千田孝信さんは著書『花咲けみちのく地に実れ』の中で、経清について、『安倍頼時の娘と縁組した。ほれたからだろう。情は偽れるものではない』『単に女にほれただけではなかったはずだ』『みちのくの大地と生きざまにほれぬき、人生をかけたのだ』などと記している。（千田前貫主の）熱い思い入れがしのばれる」と記事を結んでいる。（）内は筆者補足。

そうだと思う。生気の緩んだ藤原一族や、己の立身出世しか眼中にない源家などと交わるより、一本筋の通ったみちのくの武将として経清は生きたかったのだろうと思う。

話は経清の母の墓詣でのことより、経清のことで満杯になってしまった。

覚悟はしていたとはいうものの、息子の最期の有様を聞かされたときの母の苦しみ、悲しみはいかようであったろうか。その悲しみを抱えてどのように余生を過ごしたのであろうか。

前九年の戦いは経清の母の墓へ詣でることによって、さらに我々に身近なものになった感じがした。

ここに付録として興味深い引用をさせていただく。

何の引用かというと、経清の母が葬られている場所は白山神社の裏手であると書いた。

その白山神社について記述している一文を筆者は『「蓮華寺の月」―九郎義経赤沢逗留記―』（発行は紫波町平泉関連史跡連携協議会）という小説の中に発見したので、そこからの引用を左にさせて頂く。作者は岩手県紫波郡紫波町在住の作家・三島黎子さん。

「ここ白山の社は、赤沢の里を望む音高山の山頂にある。平泉の代々に縁の深い社で、昔、清衡公の父経清公が、戦乱で荒れ果てていた白山の社を見て再建を決意、その社殿の落成を祝った御歌というのが、ご神歌として連綿と今に伝えられている。

風吹かば音高山の榊葉（さかきば）も
　色や増すらむ神の御稜威（みいつ）に
　　藤原経清

その経清公が前九年の合戦で殺された際、その母君を背負い守るようにして落ち延びさせ、この地に伴った白山別当遠山師重が、生涯母君を庇護したといわれる。以来、この社には平泉から相応の寄進も寄せられ、今の三代秀衡公も厚く意を用いていた」

(御稜威とは、稜威の尊敬語。天皇・神等の威光。強い御威勢)

そうだったのか、遠山師重はそれで経清に恩義を感じていたので彼の母親を救出したのか――。

これで経清の母の墓の項に花が添えられた。三島さん、ありがとうございます！

別当とあるのは、本職のある者が臨時に別の職に当たる意で、この場合は神主に相応する。そういえば、ツアーで頂いた資料の中に「白山別当の遠山敬三氏は三十六代の末裔と伝えられます」とあった。

三島さんは他に『「樋爪館炎上」ー太郎俊衡入道の選択ー』という歴史小説を書かれている。

樋爪俊衡は奥州藤原氏の二代基衡の甥に当たる人であり、妹・乙和御前は義経の家来・佐藤継信、忠信兄弟の母である。

本書は奥州合戦の際、藤原本家が四代で滅びたとき、降伏を選択して生き延びた俊衡とその親族の生き様について描かれている。ぜひご一読をお薦めしたい。

〔三島さんの小説については二〇一〇年八月三日付の岩手日報にも紹介されたので、関心のある方は「よんりん舎」(019・671・1755)までお問い合わせ下さい〕

さて、昼食を紫波の「芽吹き屋志和店」で済ませた後、次の目的地、東西に細長い紫波町の反対西側へ急ぐ。(お弁当に添えられた芽吹き屋のお菓子は自家製かつ美味だったので、お土産に求めた)

安倍道遺跡(岩手県紫波郡紫波町)

安倍道については、安倍貞任の大ファンであり、歴研の企画兼ガイド担当の細矢さんが、資料を用意して下さったので、助かった。(もちろん、どのコースについてもいつも詳細な資料をいただけるので有り難い)。

それによると、安倍道とは、

「もうそろそろ消えて失くなる懸念大の古代の道である」という。

今は車社会だし、仕方ないな、と思いつつも、そんな社会だからこそ、ゆっくりと自分の足で辿りつつ、自然に触れ、歴史に思いを寄せる……というのもいいではないか。そう、かの熊野古道のように。と、我ながらたまには良いことを思いつく、とにんまりしながら現地を歩いてみた。

歩いた、といっても、ほんの二百メートルほどであったから、偉そうな感想を言うわけにはいかないが。

私たちが歩いた安倍道は、紫波町の南西端、東北高速道と国道一三号線(盛岡和賀線)が交差する近くにある新山神社のわきを通ってまもなくの地点である。

炎天下、車道を横切って脇道に入り、夏草に足を取られながら緩やかな坂道を行くと、右手の杉木立の斜面の中に「紫波町指定文化財安倍道跡」と記された柱が立っている。

柱の裏側を見ると「平成五年七月一日紫波町教育委員会建立」と書かれていた。

その柱の後ろの藪の中に、辛うじて道と確認できる跡が伸びている。

歩いたら熊にゆき遭うのは必至と思う。道はやはりこのまま藪に閉ざされる運命か……。

金野先生の解説によると、前九年合戦終焉（一〇六二年九月十七日）の直前、十三日に貞任は七つの蔵全てを開き、農民に物資を分け与え、遠くへ逃れさせたという。

これは史書には書かれてなく、昭和二九年に雫石町と盛岡市の境にある人造湖の御所湖が水を湛える前、そこにある御所村が埋没しないうちに、調査員が村の老人から聞いた話であるとのこと。

また、貞任の弟・宗任は、一族を率いて安倍道を通って再起のため紫波に潜伏していたが、厨川柵で捕虜になった兵が大量に虐殺されたことを知り、それ以上の犠牲者が出るのは忍びないと、厨川落城の九日目にまた安倍道を通って敵将・源頼義の前へ自首して出たという。

資料によると、「安倍道を探る」（盛岡タイムス）を著した佐島直三郎氏が安倍道の調査をした期間は平成三年九月から三年間に及んだそうである。

安倍道の調査区間は、南は衣川村（現奥州市衣川区）から安代町（現八幡平市）の七時雨山（ななしぐれやま）まで直線にして一二〇キロメートルもあり、必ずしも一本道というわけではないそうである。

川を越えたり、湿地帯を避けたりするために奥羽山脈の東麓に形成されたということである。

安倍貞任たちの祖父・忠頼や、父・頼時（頼良）がこの地域を支配していた頃の通路であり、貞任が前九年の合戦で討ち死にするまでの約百年間、安倍氏の拠点を結ぶ陸上の交通路であったと考えられる、と佐島氏はその著の中で述べている。

陣ヶ岡史跡（紫波町）

陣ヶ岡こそは東北人にとって忘れられない地名である。

時代は安倍貞任らの活躍した時より一挙に百二〇年ほど遡る。

今から約八二〇年前の文治五年（一一八九）、源義経の逃げ込んだ先の奥州藤原氏を滅ぼさんと、義経の兄・源頼朝が自ら大軍を率いて鎌倉を出発した。そして藤原氏の本拠地・平泉を攻め滅ぼした後、北上して陣ヶ岡に宿営した。

そこに、主催者発表ではない、鎌倉幕府公式史書である『吾妻鏡』に記載の数字によれば、なんと、総勢二八万四千騎もの鎌倉側の兵が集結、宿営したと書かれているのだから、ただごとではない。

頼朝がそこに陣を敷いたとき、兵それぞれが白旗（源氏の旗印）を打ち立てて弓の傍に置いたところへ秋の尾花が色を添え、夕月が勢いを添えていたという。

それで、どんなに広い所かと現地に立って見たところ、緑の芝生が美しく、たしかに広くはあったけれど、どう贔屓目（ひいきめ）にみても、そこだけでは二八万は無理、無理。吾妻鏡の誇張は中国人より度がひどいと感じた。

となると、鎌倉幕府の記録係が嘘を書いたのだろうか？というような単純な疑問が湧いた。

安倍道跡（紫波町の南西端）。

地図を見てみると、JR東北線「古館駅」のすぐ南側の地域まで、かなり広く「陣ヶ岡」という地名になっているのが分かった。

標高一三六メートルの小山の上にある蜂神社を中心に、裾を広げている陣ヶ岡遺跡は、その陣ヶ岡という地域全体の中では西方に位置し、公圏として整備されている一部分である。

遺跡以外の「陣ヶ岡」地域は現在、田畑や家屋敷に占められているようすである。そして、蜂神社の他には高地は見当たらない。

ということは、かつて、頼朝の時代にはそのあたりはどこもかしこも、単にだだっ広い草地であった可能性が充分考えられる。

であったとしたら、二八万四千の兵が宿営できてもおかしくないし、それで陣ヶ岡という地名になったのかもしれない、

そう考えると、「吾妻鏡」の記述を信じて良いような気もするのだが……。

後で調べたら、陣ヶ岡の面積は二〇ヘクタールあることがわかった。一ヘクタールは百アールである。といっても、昭和前半生まれにはいま一つピンとこないので、苦手な数字を換算したら、陣ヶ岡遺跡公園は六万五百坪（約二〇町歩）あることがわかった。うーん、相当広い。

しかも、藩政時代には百ヘクタール（二千町歩）もあったそうであるから、二八万四千騎が宿営できたかもしれない。

といっても、その光景は想像を絶するので、この件についてはこれ以上突き詰めないで切り上げることにする。（いやしくも歴史研究会の会員なら、これで諦めてはいけないのかもしれないが。どなたか、この件で分かる人がいたら、教えて下さい）。

いずれにしても、一挙に藤原氏を滅ぼして鎌倉の威信を示した頼朝の鼻高々の顔が目に見えるようである。

周辺に地域住民こぞって参加を呼びかけられているという紫陽花（あじさい）の植栽など、陣ヶ岡遺跡は今まさに急ピッチで整備が進められていた。

金野先生は「陣ヶ岡は東北史上において、最重要な区画をなす地点である」

と言われ、陣ヶ岡に関わる東北史上重要な人物として次の四人を挙げられた。

一、**坂上田村麻呂**

田村麻呂は延暦二十年（八〇一）、アテルイを首長とした蝦夷軍と戦う東征の際、陣ヶ岡で野営している。

二、**源義家**

義家は康平五年（一〇六二）、厨川で安倍一族を最終的に滅ぼす前に陣ヶ岡で休憩している。これが後述の「日の輪・月の輪形」に関係している。

三、**源頼朝**

頼朝が陣ヶ岡で宿営しているとき、そこに文治五年（一一八九）九月六日、藤原泰衡の家来・河田次郎が泰衡を裏切ってその首を持参してきた。が、頼朝は河田を褒めず、「主殺しの大罪人である」として、河田の首をはねた。そして泰衡の首を安倍貞任の例にならい、眉間に八寸の釘を打ち込み、晒し首にした後、厨川へ入城した。日本の古代史がそれで終わり、その日は武家政治が始まる大変重要な節目の日であるとのことである。

四、**南部信直**（南部氏二十六代・初代陸奥南部藩主）

近世になって、天正十六年（一五八八）、南部信直は紫波稗貫（ひえぬき）郡を平定するために、この陣ヶ岡で高水寺城攻略の評定をして、足利氏の有力な分族・斯波（しば）氏を討った。

との解説を頂いたおかげで、陣ヶ岡は東北史上大変重要な区画をなす地点であると理解できた。

その後、源義家が前九年合戦のときに造営し、後に藤原秀衡が修造したという、日と月の形を模した「日月の輪形」の傍を通ったが、残念ながら先を急いでいたので、それがどんなものか、なぜ造られたのかなどについて確認しないままになってしまった。

後日、それに関する記述がネット上で紫波町観光交流協会がアップしているのを見たので、概略を転記させていただく。

「康平五年（一〇六二年）、前九年合戦終焉時、源頼義・義家親子は厨川柵の阿部貞任軍を攻めるために陣が岡に三万二千の兵を率いて宿営。このとき月明かりに照らされた源氏の日月の旗が堤に映って金色に輝いた。それを見た軍勢は士気を鼓舞され、源頼義は「吉兆なり」と喜び、戦に勝利を得る。

頼義は戦勝の礼としてそこに日月の像（土をその形に盛り上げたもの）を造らせたという。

後にこの地を訪れ、そのエピソードを聞いた藤原秀衡が傷んでいた像を修造した。このときの像が現在も原型を僅かながら留めており、見方によっては明確に確認できる」

とある。あー、せわしくてもやっぱり見ておくべきだった、と後悔したが後の祭り。

奥州藤原氏三代目・藤原秀衡は、敵方だった源氏の残したその像をわざわざ修復までさせて遺構を守ったのだ。秀衡の器の大きさが今さらながら偲ばれるではないか。

初代・清衡が中尊寺落慶（建立）時に奉納したといわれる「供養願文」の中には、敵も味方も無く、生きとし生けるもの皆に平等に響く鐘の音、その音に導かれて、戦で命を奪われたすべてのものたちの御霊が慰められ、極楽浄土に救われてほしい……。

といった願いが込められているという。

秀衡には祖父・清衡の意志がみごとに受け継がれていた。日月の像の修復はまさにその表れの一つではなかろうか。

さて、周辺で未だ色を放っている紫陽花を愛でるひまもなく、いささか息を切らせながら細い坂道を上ると、源義家が奉建したという蜂神社のある頂上に辿り着いた。

神社で参拝を済ませてから境内を見回すと、陣ヶ岡史蹟愛護会作成による「陣ヶ岡歴史公園武将略縁記」なる文字で埋められ

陣が岡史跡の中にある日月の輪形。
左の赤が日、右の黄色が月の目印。

紫陽花に迎えられて道を急ぐ。

陣ヶ岡史跡要覧

一、先住民族の住居跡
一、日本武尊、蝦夷征討宿営
一、王子森古墳（現）高水寺の祖
一、安倍比羅夫、東北征討宿営
一、道嶋の宿禰・東北征討宿営
一、坂上田村麻呂、東北征討宿営
一、安倍頼時、貞任陣ヶ岡大遊楽地造成
一、源頼義、義家、前九年の後、本陣
一、月の輪形、日の輪形、奉造御神木奉植
一、義家、八門遁甲の兵法の陣造成修練
一、藤原秀衡、月の輪形、日の輪形修造（現）
一、奥羽一万寺修道浄化の聖地造成
一、源頼朝泰衡追討本陣
一、泰衡首洗い井戸（現）
一、頼朝、義家の兵法陣跡調査源氏諸流の祖
一、北條宣時陣ヶ岡再興斯波氏代々奉護
一、南部信直、斯波氏攻略本陣
一、豊臣の先陣蒲生氏郷九戸の乱参陣
一、百姓一揆集会場
一、明治天皇、陣ヶ岡古文書、宝物拝観

平成十七年七月一日
陣ヶ岡愛護会

「陣ヶ岡史跡要覧」。20もの項目が並べられていた。

た説明板が目についた。

ほ、ほう、としげしげ見たら、陣ヶ岡に関係のある年代と武将の名、および簡略な事績がこれでもかと羅列してあり、大変興味深かった。よく調べ上げたものだと感心しながらメモを取っていたら、危うく集合に遅れそうになったので、慌てて皆の後を追った。

次の訪問先、高水寺・城山（紫波町）は、時間が押していたので、スキップせざるを得なかった。高水寺はかつて、岩手県内でも一番文化が展け、今の盛岡より暖かくもあったので南部氏はそこに築城を望んでいたが叶わなかったという場所である。高水寺の城山公園は桜の名所だそうなので、その季節に訪問するともっと楽しめるかもしれない。

厨川柵跡・天昌寺（岩手県盛岡市）

当初約束していた時間を大幅に遅れ、待機して下さっていたご住職さんや寺の方々に大変失礼をしてしまったが、三時五〇分、やっと天昌寺へ到着した。

同寺は盛岡駅に近く、JRいわて銀河鉄道と田沢湖線（秋田新幹線）にはさまれた場所にあり、裏手は国道四六号線（秋田街道）に面している。

またそこは北東に北上川、南に雫石川を望み、少し下れば雫石川が北上川と合流して、東北一の大河になっている地点のため、安倍氏にとっては絶好の要害の地であったと思われる。

そんな場所に天昌寺はある。

天昌寺町の北隣りは、そのものずばりの名称の前九年町。そのまた北隣りが安倍館町、安倍館町の東隣りは北上川をはさんで館向町と、この上ないほど前九年合戦の匂いがぷんぷんする地域で

安倍一族ゆかりの天昌寺入口。

ある。

　私事になるが、今から約十五年前に筆者が神奈川県から岩手県に越してきたとき、盛岡の地図を眺めてアッと驚いたのが「前九年町」の町名である。

　眼が点になってその地名を見つめているうちに、何ともいえない感じがしてきた。

　強いて言葉にするならば、

「ここに歴史が残っている」

といった鮮烈な感じであった。(だから、記念すべき町名は残したいものである)。

　そこからである、筆者が東北の歴史に興味を持ち始めたのは。

　ところが、住職さんのお話しでは寺のある場所は、

「厨川柵の比定地としては似ているが、なんとも言えない」

とのこと。聞きようによっては「あれ、もっと自信を持ってくださいよ」、と肩を叩いて励まして差し上げたいと思うくらいだが、別の見方からすると、公にまだ「特定」されているわけではない現今、うかつに胸を張るわけにもゆくまい、という慎重かつ奥床しい心情の表れであるとも感じられる。

　それとも、どっちつかずでいるのは寺の運営上にも差し支えるからだろうか。厨川柵跡であるならあるで、早く証明してもらえるといいですなあ、ということかもしれない。住職さんのお胸のうちを聞いてみなければわからないことだけれど。

　現に我々のように歴史に興味を持っている輩たちが不定期に押しかけてあれこれ聞きたがってご迷惑をかけているのだし、今後もそのような訪問者がパラパラ舞い込んでこないとは限らないだろうから……。

「比定」とか、「疑定」とか、「特定」などという言葉は、歴史学上の専門用語なのだろうか、不勉強なので意味がよく分からない。が、天昌寺を含め、隣接の一帯は厨川柵に関連のある館跡があったことが調査によって分かっているそうなので、比定という言葉は疑定よりは確信レベルに近い意味で使われているのだと感じられる。

　お寺で頂いた資料によると、

「厨川柵は、東は安倍館から西の方へ権現坂・天昌寺・里館・勾当館を含む広大な台地一帯であったということが、調査によって分かっているが、柵跡の全体はまだはっきりしていない。遺跡の大部分は今も地下に眠ったままになっている」とのことである。

(里館とは小さな館とか、見張りの館の意。勾当館は事務を司る所。貞任の兄弟に盲目の人(井殿)がいたので、その人がいた場所だと思われるそうである)。

　天昌寺の入り口は雫石川の方向に向かっており、入り組んだ急坂の上に本堂などがあり、よく整備されている立派な寺である。

　文政六年(一八二三)火災によって総ての物を失ったので、開山の年ははっきりしないそうだが、安倍氏の菩提寺であり、祈願寺でもあった天台宗天照寺を前身とする古い寺であるとのことであるから、安倍氏との縁が深い寺であることは間違いない。

　寺内でお話しを伺っている間中、外は激しい夕立に洗われ。境内はすっかり清められた。幸い、退出するときには雨は上がっていたので濡れずに済んだ。私たちが大幅に遅れて到着したにもかかわらず、終始笑顔で対応して下さった住職さん始め、天昌寺の皆様に感謝である。

書籍などに見る厨川柵落城の描写は壮絶で悲しい。

安倍一族を中心とした人々にゆかりがあると伝えられている場所は、厨川周辺には多々あるそうである。また関係する伝承・伝説も枚挙にいとまがない。機会があったら、それらを訪れるのも楽しいと思う。

ほとんどが東北に散った安倍一族。

貞任たちは私たちがそれらの伝承や場所に触れて、より深く彼らのことを知ってほしいと願っているかもしれない。安倍一族のことを深く知る人が多くなるほど、彼らの魂は彼らが失った東北にまた甦ってこられるのではないだろうか。

最後の目的地、天昌寺近くの「安倍館・一の倉邸」(盛岡市安倍館町)への訪問は時間切れで叶わなかった。

金野先生始め、お世話くださった方々、参加されて旅行を盛り上げて下さった皆様、大変お疲れ様でした。


〔平成二二年十一月二〇日発行「岩手県歴史研究会会報第十八号掲載」〕

「郷土の歴史を楽しく学ぶ」ことを合言葉に発足した岩手県歴史研究会は会員の高齢化もあり、残念ながら平成三十年をもって十五年間の活動を閉じ、解散している。同会での学びを通して筆者が特に大切だと思ったことの一つは、「歴史を知る目的は未来のためにある」ということである。お世話になった会の皆様や講師の先生方に衷心より感謝申し上げたい。

また、本誌の歴史紀行文三編についてはこの作品集に入れるに当たり、岩手県歴史研究会の会報に載せた原文を見直し、部分的に訂正、加筆し、編集し直してあることをお断りしておく。

天昌寺内で金野静一先生(元岩手県立博物館長)の講義を聴く歴研会員。

第四章　歴史論考・他（三編）

歴史論考

前九年合戦から平和を考える

開戦のきっかけは子を思う親心だった

天昌寺（盛岡市）における前九年合戦終焉950年慰霊祭。

永承六年(一〇五一)に始まり、足掛け十二年*後の康平五年(一〇六二)に終結した前九年合戦は、『陸奥話記』*によると、陸奥の俘囚長*・安倍頼時(頼良改め)の子の貞任が時の鎮守府将軍・源頼義から、あらぬ嫌疑をかけられたことから始まった。

*『陸奥話記』一巻。作者未詳。一〇六二年(康平五)頃成る。前九年合戦のことを格調高い漢文で記し、軍記物語の先駆。近年、記載されている安倍氏の「鳥海柵」が発掘調査により確定し、同書の内容に対する信憑性が見直されている。

*俘囚とは朝廷の支配下に入り、一般農民の生活に同化した蝦夷(えぞ)。同化の程度の浅いものは夷俘(いふ)と呼んで区別した。

●阿久利川事件…以下、『陸奥話記』から関連部分を現代語訳で抜粋する。

「国守の任期が終わる年に、頼義は鎮守府の任務を果たすために府(胆沢城)に入った。数日後、府内を巡検している間じゅう、頼時は頼義に頭を下げて仕えた。駿馬や金宝などを将軍の許に献上し、また頼義扈従の兵卒にも与えた。

かくして、陸奥の国府に引き返す途中、阿久利河の辺りで、夜半にある人が頼義の許に来て、密かに注進した。『権守の藤原朝臣説貞の子息光貞・元貞らは、野営していて従者や馬を殺傷されました』と。

将軍は光貞を呼んで犯人の心当たりを尋ねた。光貞は答えて、『頼時の長男の貞任が、先年、わたくしの妹を娶りたいと望みましたが、その一族を身分違いであると考えて、許しませんでした。貞任は深く恥辱と恨んだのでしょう。このことから考えますに、貞任がやったことでしょう。この他に恨みを受けることはありません』と申し上げた。そこで将軍は怒って、貞任を召喚して処罰しようとした。

*頼時は子や甥に告げて言った。

『人がこの世においてなすことは、すべて妻や子のためである。息子貞任は愚かであったとしても、とうてい親子の情愛は断ち切れない。ひとたび罰を受けて死ぬことになれば、わたしは堪えられない。衣川の関を塞いで言うことを聞かないのが一番だ。もし将軍がわれらを攻めたとしても、わが兵たちも防戦する力を持っている。まだ心配するには及ばない。仮に戦いが不利となって、われらが皆死ぬとしても、いいではないか』

と。すると、左右の者が異口同音に言った。

『殿のお言葉はもっともなことです。一塊の土で衣川の関を塞ぐことをお許し下さい。そうすれば、だれも攻め破ることはできますまい』と。

かくて道を塞いで進めぬようにした」

*有名な「人倫の世に在るは、皆妻子の為なり。貞任は愚かしと雖も、父子の愛、棄て忘るること能わず。……」のくだりである。

引用文献:『将門記、陸奥話記、保元物語、平治物語』(新編日本古典文学全集、小学館)

上記については、「それまで恭順の意を示していた頼時が、頼義の任期の終わる年に殺傷事件を起こしたことは疑問で、安倍氏追討使として奥州入りしたにもかかわらず、大赦でその目的を達せなかった頼義の起こした謀略である(三宅長兵衛『前九年役の再の復活を恐れた権守藤原説貞の謀略とする（新野直吉『古代東北の覇者』）説が引用文献の解説中に記されている。

　他に、今回の「九五〇年祭」*の基調講演*で示されたように、安倍貞任の台頭を快く思わない出羽の清原氏が、貞任を亡きものにして、その後に清原氏と姻戚関係にある宗任を擁立しようとして源氏に加担した、と推察する見方（樋口知志『奥六郡安倍氏の興亡』）もある。

*二〇一二年九月一七日に岩手県歴史研究会の主催により盛岡で行われた「前九年合戦終焉九五〇年記念　平和祈願祭および前九年合戦シンポジウム」（下の写真）

*前記九五〇年祭シンポジウムの折に岩手県公会堂で行われた、岩手大学の樋口知志教授（文学博士）による講演。本誌の歴史紀行文でも一部紹介させていただいているので参照されたい。

　いずれにせよ、頼時が開戦を決意した原因は、わが子貞任がむざむざ殺されるくらいなら、一族をあげて反抗を試み、よしんば負けるとしても悔いなしとする心であった。日本史上、幾多の戦いがあったが、開戦の理由としては珍しいケースではないだろうか。

　そこで、日本史上に見る主な戦さの発端について調べてみた。それらについては様々な説があると思われるが、以下、一般的に知られている、いわゆる定説あるいは通説と思われるものを「日本史上に見る主な戦」という一覧表（次ページ〜）にして記したのでご覧いただきたい。

上記シンポジウムの記録。天昌寺で行われた慰霊祭の模様や、前九年合戦絵巻（カラー）を含め、終焉 950 年記念平和祈念祭の催しのすべてが網羅されている。B-5 版 147 ページ（ツーワンライフ出版）

シンポジウムのパネラー。左から安倍氏子孫の安倍隆氏、源氏子孫の高木大明氏、盛岡市教育委員会の八木光則氏、樋口知志岩手大学教授。司会は県文化財愛護協会理事長及川和哉氏。暑い中、400 人を超える聴衆で盛会に終始。

日本史上に見る一般的通史

年代（　）内は日本年号	**戦いの名称**（△は対外国戦）	**開戦の発端**「　」内がきっかけ
神代		神倭磐余彦命（神武天皇）軍が、先住の長脛彦を頭とする近畿の**「土地を奪う為」**先住民に戦いを挑み、勝利。
587（崇峻天皇）	蘇我、物部宗教戦争	**「仏教採用を巡り」**、蘇我馬子が物部守屋とその一族を滅ぼす。
663（天智天皇）	白村江の戦い	日本、**「百済王子・豊璋を救援する為」**朝鮮南西部を流れる錦江河口の故名・白村江に軍を進めたが、唐の水軍に破れ、百済は滅亡した。
672（弘文天皇）	壬申の乱	大海人皇子（天武天皇）が**「勢力争いの為」**天智天皇の子・大友皇子軍を破る。
740（天平12年）	藤原広嗣の乱	**「藤原氏の勢力挽回の為」**広嗣敗れ斬首。
764（天平宝字8年）	恵美押勝の乱（藤原仲麻呂）	僧・道鏡が孝謙天皇に重用されるに及んで**「これを除こうとして」**挙兵。敗れ殺さる。
802（延暦21年）	蝦夷の反乱	征東将軍・坂上田村麻呂対アテルイを首領とする蝦夷軍の激突。朝廷軍が蝦夷を**「支配するために」**戦い、朝廷軍が勝利する。
810（弘仁1年）	藤原薬子の乱	平城天皇に寵愛され、天皇譲位後、**「その復位を企て」**失敗して自殺。
935（承平5年）	平将門の乱（承平の乱）	**「伯父・国香を殺し、関東近国を侵し、威を張った」**が平貞盛、藤原秀郷に討たれた。
939（天慶2年）	藤原純友の乱（天慶の乱）	伊予掾・純友は瀬戸内海横行の棟梁となり**「略奪、放火を行い」**、追討軍に殺された。
1051（永承6年）	前九年合戦	—本誌掲載により省略—
1083（永保3年）	後三年合戦	奥州の清原家衡・武衡と一族の真衡との**「跡目争い」**陸奥守・源義家が家衡らを平定。
1156（保元1年）	保元の乱	皇室内では崇徳上皇対後白河天皇、摂関家は藤原頼長対忠通との**「対立が激化」**。源為義らが味方した上皇方が平清盛、源義朝らの加勢した天皇方に敗れた。武士勢力が強まる。
1159（平治1年）	平治の乱	藤原通憲（信西）対信頼、源義朝対平清盛の**「勢力争い」**が原因で信頼は義朝と通憲は清盛と組んだ。源氏は平氏に敗れ平氏隆盛に。

年代（　）内は日本年号	**戦いの名称**（△は対外国戦）	**開戦の発端**「　」内がきっかけ
1180（治承4年）	源頼朝、義仲挙兵	頼朝伊豆に挙兵。石橋山で敗れ、義仲木曽に挙兵。頼朝富士川で勝利。義経の活躍で平氏、壇ノ浦に滅ぶ。**「源平の勢力争い」**。
1189（文治5年）	奥州合戦	藤原泰衡、頼朝の命で義経を衣川に襲う。後、泰衡、頼朝に敗北。**「奥州平定の戦い」**。
1200（正治2年）	梶原景時の乱	景時が下総の豪族・結城朝光（ゆうきともみつ）を**「讒（ざん）した為」**、朝光は諸侯と連署して景時を訴え、鎌倉から追放。景時、駿河に一族と共に討ち死に。
1203（建仁3年）	比企能員（ひきよしかず）の乱	妻が源頼家の乳母である能員は頼家と謀って北条氏の**「討伐を企てた」**が露見し殺された。娘・若狭局（わかさのつぼね）は頼家の子・一幡を生む。
1213（建保1年）	和田合戦	鎌倉幕府初代の侍所別当の和田義盛は北条氏の**「挑発に乗り」**挙兵して敗死。一族滅亡。
1221（承久3年）	承久（じょうきゅう）の乱	後鳥羽上皇が鎌倉幕府の**「討滅を図って」**敗れ、逆に公家勢力の衰微、武家勢力の強盛を招いた戦乱。後鳥羽上皇は隠岐に配流。
1247（宝治1年）	宝治合戦	鎌倉中期の武将・三浦泰村が執権・北条頼時、その外祖父・安達景盛と**「対立」**。幕府と戦い敗北。北条氏による鎌倉幕府の有力御家人打倒ほぼ完了。
1274（文永11年） 1281（弘安4年）	文永の役△ 弘安の役△	鎌倉時代、元の軍隊が日本に**「来襲」**した事件。元のフビライは日本の入貢を求めたが「拒否され」、74年元軍は壱岐・対馬を侵し博多に迫り、81年再び范文虎らの兵10万を送ったが、二度とも大風が起こって元艦の沈没するものが多かった。蒙古襲来。元寇。
1467～1477（応仁1年～文明9年）	応仁文明の乱	足利将軍家および管領（かんれい）畠山・斯波（しば）両家の**「相続問題をきっかけ」**として、東軍細川勝元と西軍山名宗全とがそれぞれ諸大名を引き入れて京都を中心に対抗した大乱。京都は戦乱の巷となり、幕府の権威は地に落ち、社会・文化を含めて大きな時代の画期となった。
1553（天文22年）	川中島の戦い	川中島は長野市南部千曲川と犀川（さい）の合流点付近。武田信玄と上杉謙信が53年以来、数回戦った。武田、上杉両軍の**「勢力争い」**。

年代（　）内は日本年号	**戦いの名称**（△は対外国戦）	**開戦の発端**「　」内がきっかけ
１５６０（永禄３年）	桶狭間の戦い	桶狭間は名古屋の東南。織田信長が今川義元を奇襲して敗死させた戦。信長の**「天下取りの野望」**の初戦。
１５７０（元亀１年）	姉川の戦い	姉川は琵琶湖の北東。信長軍と家康軍が、浅井長政、朝倉義景を打つ。**「同右」**。
１５７２（天正３年）	長篠の戦い	愛知県東部、長篠で信長、家康軍、武田軍を破る。鉄砲使用で武田軍の騎馬軍に勝つ。75年、82年ともに**「勢力争い」**。
１５８２（天正10年）	天目山の戦い	山梨県東部にある天目山。**「天下統一の為」**信長と家康軍、武田勝頼を討ち武田家滅亡。
１５８２（天正10年）	山崎の戦い	豊臣秀吉、明智光秀を討つ。秀吉の主君・信長を本能寺に襲った光秀への**「報復」**。山崎は京都府南部大山崎町と大阪府島本町の一部にまたがる地区の旧称。
１５８３（天正11年）	賤ヶ岳の戦い	賤ヶ岳は琵琶湖の北端。秀吉、**「勢力争い」**のため、柴田勝家を討つ。
１５８４（天正12年）	小牧・長久手の戦い	小牧・長久手は名古屋の東。家康、秀吉軍を破る。**「勢力争い」**。
１５８５（天正13年）～ １５９０（天正18年）	秀吉の全国統一	九戸政実の制圧をもって秀吉の**「全国統一の戦い」**完了。九戸は岩手県北部。
１５９２（文禄１年）	秀吉の朝鮮出兵開始△	秀吉、朝鮮出兵。**「勢力拡張のため」**。ソウル、ピョンヤンを制す。
１５９７（慶長２年）	秀吉、再度の出兵△	秀吉、再度の朝鮮出兵。**「同右」**。翌年、朝鮮より撤兵、死去。
１６００（慶長５年）	関が原の戦い	関が原は岐阜県西南。家康の東軍、**「天下統一の為」**、石田三成らの西軍を破る。
１６１４（慶長19年）	大坂冬の陣	家康が豊臣氏の拠る大阪城を攻めた戦い。**「家康による天下統一の為、方広寺の鐘銘事件を口実にして」**攻める。が、城堅くして落ちず、翌月一日和議を結んだ。
１６１５（元和１年）	大坂夏の陣	家康、堀を埋め立てた後の大阪城を再攻撃。**「あくまで抵抗する豊臣氏を滅ぼし、徳川の天下にする為」**。秀頼自刃して豊臣氏滅亡。
１６３７（寛永14年）	島原の乱	長崎、島原半島におけるキリシタン蜂起。益田四郎時貞を首領とし、**「信仰を守ろうとして徳川幕府の弾圧に抵抗した為」**。その徒２万数千が原城址に拠ったが幕府軍に敗北する。

年代（　）内は日本年号	**戦いの名称**（△は対外国戦）	**開戦の発端**「　」内がきっかけ
1669（寛文9年）	アイヌ族長シャクシャインの戦い	江戸前期、日高地方のアイヌ首長シャクシャインは**「松前藩の交易独占強化に反対」**するアイヌを率いて北海道各地で商船を襲わせ、さらに松前を攻めようとして謀殺された。
1837（天保8年）	大塩平八郎の乱	江戸後期の陽明学者、大坂町奉行所の与力。家塾を洗心洞と名付けた大塩平八郎は**「天保の飢饉に救済を町奉行所に請うが容れられず」**、蔵書を売り払い窮民を救う。大坂に民、幕府批判の兵を挙げ敗れて潜伏後、放火して自殺。
1868（明治1年）	鳥羽・伏見の戦い	戊辰戦争の開始を告げるとともにその帰趨を決した京都での戦い。慶応4年（明治元年）、**「薩摩討伐を名目に大坂より京都に攻め上ろうとした旧幕府軍と薩長を中心とする新政府軍」**が鳥羽・伏見で衝突、翌日前者が敗走。
1969（明治2年）	戊辰戦争終結	1868（慶応4年～明治元年）から翌年行われた**「新政府軍と旧幕府側との戦い」**の総称。鳥羽・伏見の戦い、上野の彰義隊の戦い（**「旧幕臣が新政府に反抗」**）、長岡藩、会津藩ら列藩（奥羽越同盟）との戦争、函館戦争で終結。新政府軍が勝利し、徳川幕府体制が終焉。
1877（明治10年）	西南戦争	西郷隆盛らの反乱。**「明治政府に対する不平士族の最大且つ最後の」**反乱。隆盛が征韓論（朝鮮遣使への賛否をめぐる論争、政変。隆盛らは遣使を主張したが敗れ下野し、政府は分裂）隆盛が鹿児島に設立した私学校の生徒が中心となって挙兵。政府軍の反撃で敗退。隆盛が自刃して終結。
1941～1945（昭和16年～20年）	太平洋戦争△	太平洋戦争のうち、主として東南アジア～太平洋方面における日本とアメリカ・イギリス・オランダ・中国等の連合国軍との戦争。十五年戦争の第三段階で、中国戦線をも含む。**「日中戦争の長期化と、日本の南方進出が連合国との摩擦を深め」**、種々外交交渉が続けられたが、一九四一年十二月八日、日本のハワイ真珠湾攻撃によって海戦。日本軍は優勢であったが、四十二年後半から連合軍が反撃に転じ、ミッドウェー・ガダルカナル・サイパン・硫黄島・沖縄本島等において日本軍は致命的打撃を受け、本土空襲、原子爆弾投下、ソ連参戦に及び、四十五年八月十四日、連合国のポツダム宣言を受諾。九月二日、無条件降伏文書に調印。戦争中、日本では大東亜戦争と公称。中国や東南アジア等アジア諸国を戦域に含む戦争であったことから、アジア太平洋戦争とも称する。

前記一覧表にざっと記した日本における主な戦争の中で、最後の太平洋戦争をもって、今のところ、我が国における戦争は終結している。が、未来永劫、あのような惨禍は絶対繰り返したくない。

参考資料：『広辞苑』（岩波書店）、『地図で訪ねる歴史の舞台—日本—』四訂版（帝国書院）。要約の文責は加藤。

表の中で、主な戦いの発端と思われるものは「」でくくってみた。しかし、それはあくまでもこのレポートを作成した筆者・加藤の判断が含まれているので、必ずしも的を射ているとは限らない。読者それぞれのご見解、ご判断も交えて読み解いて頂きたい。

次に、戦争のきっかけについて、戦争は人間が引き起こしているのは間違いないので、その辺を少し掘り下げて考えてみたい。

「戦争の発端は人間の様々な側面を端的に表している」

戦争のきっかけについては単純な理由はほとんど無いであろう。戦争は人間が引き起こす〝人為的〟なものであるからだ。人間は複雑な存在であり、人間個人や集団の感情、心理状態、生理状態など、様々な要因が戦争に大きな影響を及ぼしているのは明らかである。

前述の「戦争の発端」の一覧表からは、戦争の多くが領土（勢力）拡張や他者の所持しているものを奪わんがため、また、他者を自己及び自己の一族郎党の支配下に置かんがため、に引き起こされているのがわかる。いかに大儀名文があろうとも、その背後には人間の限りない欲望がむきだしに、あるいは間接的に見え隠れしている。

中でも、戦争を「仕掛ける側」の欲望はとてつもなく大きい。仕掛けられた方は自己生存上、いやでも応戦せざるを得ない一面がある。負けたら一族が滅亡するとわかっていても、立ち上がらざるを得ない場合もあったであろう。結果、憎しみが累積して次の戦争の火種となってゆく。戦争によって人智が揮われ、武器の発達が人間生活に応用されて役立ってきた面は確かにある。しかし、もうこの辺で戦争という愚かな行為には終止符を打ちたいものだ。

戦争という、どうみても愚かな行為を発生させないためにはどうしたら良いのだろう？

戦争が人間の心に端を発しているものならば、人間の心次第で戦争を無くすことも可能のはずである。ところが今に至るも戦争は根絶していない。その原因はどこにあるのだろう？

完全な平和はいつになったら達成できるのだろうか？

世界中のほとんどの人間は平和を欲しているはずだ。ところが、世の中にはおかしなことに戦争をしたがる輩（やから）や団体がいる。それは昔も今も変わらない。現代でいえば、武器や戦闘機を売るために、むしろ戦争を欲している人たちがいるのだ。

自国や友好国を守るためと言いながら、その実は他国を仮想敵同士にして憎しみを煽り立て、戦争を仕掛けてきた人たちもいるのではなかろうか。最も卑劣なのが、自らは手を汚さず、最前線にも立たずに、背後で戦いを操って利を得ている陰の真の戦争仕掛け人だ。その仕掛け人たちに知らずに踊らされ、嫌々ながら戦争に駆り出され悲惨な結果を味わわねばならない庶民こそ哀れな存在というべきであろう。

とはいうものの、戦争に駆り出される方にも落ち度はあるのだ。あくまでも平和を欲するならば、仕掛け人の挑発に乗ってはならず、戦を忌避するためならば同志と手を組み、地の果てまでも逃げよう、というくらいの気概をもっていなければならない。誰の心中にも巣食っている「闘争心」、それに火を点けられないよう、戦争に駆り出されないよう、仕掛け人の巨大な欲望に振り回されないように用心しなければならない。

本当の平和を実現するためには、まず我々一人ひとりが自分自身の心の中から闘争心を除去する必要があるだろう。闘争心は適切なルールに則って正々堂々と行われるスポーツなどに昇華されるべきだ。特に、オリンピックなどを観戦する度につくづくそう思う。無くさなければならないのは、命のやりとりをする醜い本当の戦争の方だ。それが地球上にまだ存在している限り、人類の進歩は完全なものではないと思う。

「東北人こそ、真の平和愛好者である」

翻って東北で行われた戦乱をみるとき、東北の民はいつも負けてきた。一時的な勝利はあっても、最終的にはすべての戦いが敗北で終わっているといわれ、情けない思いをしてきている。

だが、それらの戦いはこちらから仕掛けて敗けたのではない。すべての戦いは仕掛けられて止む無く立ち上がり、敗け続けてきたのだ。それは情けないことではなく、東北の民が、いかに平和を欲してきたかという証拠でもあるのだ。醜さが顕わになっているのは、戦いを仕掛けた方の側ではないか。「前九年合戦」の発端を見ると、どう見ても戦を仕掛けたのは源氏の方だ。武家、源頼義は彼の名誉心を満たし、朝廷での発言権を拡大するためには、どうしても陸奥で戦を起こし、戦いのプロたる自分の力を見せ付ける必要があったのであろう。（その源氏も、朝廷という陰の力に操られていたとは真に自覚していただろうか？）

一方、『陸奥話記』によると、安倍頼時（頼良）は、源頼義の陸奥での任期が切れるまで、ひたすら忍従を貫き、贈答の限りを（その家来たちにまで）尽くしていたというではないか。だから頼義が戦さを仕掛けようにも、きっかけが無かったのである。しかし、源頼義の方は武家として、何も「成果」を挙げずに、おめおめと都へ帰れるものではない。

そこで頼義は考えた。武家に策略はつきものである。こちらの挑発に相手を乗せ、戦さのきっかけを掴むにはどうしたら良いだろうか、安倍氏側に難癖をつけられるような落ち度が何かないものだろうか？　と。

そのように頼義が陸奥鎮守府将軍の任期切れを直前にして焦っているときに、運良く、「阿久利川事件」（前九年合戦の発端。一覧表参照）が起こった。

頼義はそれをうまく利用した。もしかしたら、おおかたの人が推測するように、事件そのものも頼義側の仕掛けたものであったかもしれない。

それにつけても、後代のことであるが、思い出すのは、徳川家康が豊臣家を滅ぼすために考え出した例の「鐘銘（しょうめい）事件」である。前述の一覧表にも含めたが、その事件をかいつまんでいうと、こういうことである。

京都市東山区にある天台宗の寺、方広寺は秀吉の発願によって着工された。秀吉の死後、その子秀頼が供養のために鋳造、寄贈した梵鐘の銘に「国家安康」の文字があったことに目が付けられた。目をつけたのはもちろん、家康側にいる知恵の回る側近であろう。

家康の名前が分断されている、というのである。秀頼にそのような細工をする理由、もしくは魂胆があったとは考え難い。魂胆があったのは戦いのきっかけを見つけたかった家康の方である。征夷大将軍（これは源氏にしか与えられない）の称号を持つ家康は、源氏の血筋を示す系図買いをしたという噂さえある。が、頼義といい、家康といい、両者は同じように「いちゃもんつけ」の名人であったようである。勝つためにはどんな策略もOK。勝てば官軍、覇者となればすべては肯定されたのである。そういう時代であった。

ともあれ、安倍頼時はみごとにはめられた。貞任の首を差し出すか、頼義と対決するか、二者択一を迫られたのである。

どちらにしても頼義にとっては手柄のチャンスである。面倒のないのは戦さ抜きで貞任の首を持ち帰る方だ。だが、安倍頼時は果敢にも対決を選んだ。それがあの有名な「人倫の世にあるは……」の決意である。

何もしないでいたら、わが子の命を奪われるのは必定。それより、一か八か、決死の覚悟で戦えば、勝利することがあるかもしれない。さすれば貞任の命は失わずに済む可能性もある。小さいかもしれないが、その確率に頼時は賭けた。親の情のストレートな発露である。一族郎党もそれに肯いた。　戦いの火蓋は切って落とされ、結果、安倍貞任は厨川柵で捕らえられて敗死。頼時もそれより前に戦い半ばで命を落とした。安倍氏は一族郎党の大部分、多くの兵、もしかしたら、みちのくの無辜の民まで巻き込んで滅んでいった。勝った源家側にも多数の死傷者が出たのはもちろんである。

もしもとか、仮に、は成立しない話であるが、もし仮に、安倍頼時が源頼義に、

「息子貞任の代わりに、老い先短い自分の首を差し出すから、それですべて勘弁してくれ」

と申し出ていたとしたらどうだろう？　そうしていたら残りの安倍一族は安泰だったろうか？　否、事はそう簡単にはいかないと思う。それで収めてしまったら頼義は目的が果たせない。どっちみち頼義は戦いをしたくて堪らなかったのだろうから。だから、仮に頼時がそう申し出たとしても、受け入れなかった公算は大だろう。

仮に頼時の首級を手にしたとしても、本当に怖いのはまだ若い貞任の方だ。頼義は朝廷には、「陸奥は私にお任せ下さい」とか旨いことを言って陸奥に居座り、次に貞任を頭に頂く安倍氏になんらかの「いちゃもん」を付けて開戦に追い込んだであろうとは容易に想像できるのである。

戦争仕掛け人の根性とはそんなものである。自己の欲のために他者の苦しみを顧みない。その根性が無くならない限り、犠牲者は限りなく生まれてしまうのだ。

源頼義軍も死傷者を出した。が、その勝利に朝廷側が報いたものは少なかったという。

都へ凱旋した頼義に与えられたのは伊予守（伊予は愛媛県の旧国名）の地位であった。

頼義はその子・義家とともに東国地方に源氏の地歩を確立したといわれるが、晩年剃髪して伊予入道と呼ばれたという。武家として多くの命を犠牲にしたことを悔い、供養する心境になったのだろうか……。

史上、多くの戦さがあるが、貞任の首を差し出せと言われ、進退窮まった頼時の心情は察して余りある。また、頼時を支え、ともに立ち上がった家臣、一族郎党の結束は哀しく、涙を誘われる。情を貫いてやむなく立ち上がった安倍氏。

一方、戦さを挑発し、己の名誉心と勢力拡大を望んだ源氏。東北人としてはやはり安倍氏の方に共感を覚えざるを得ない。安倍氏のめざしたところは、あくまでも平和、共存だったのだと信じているから。

蝦夷と大和朝廷との戦い以来、みちのくは常に虐げられ、搾取され、歯向かえば叩かれ、中央の力に引きずられてきた。それは東北人が弱かったからだろうか？　戦うことを厭い、平和共存を願うのは弱いことなのだろうか？

中央による地方の搾取は残念ながら形を変えて今に至るも続いている。労働力、生産物、戦闘要員、原発に至るまで。地方は、東北は、今まではほとんど唯々諾々と中央の権力に従ってきた感がある。従ってきたほうが悪い、という強弁に多少頷ける面はあるものの、それは屁理屈に近いというべきであろう。

しかし、もう限界だ。「お人よし」の東北にも矜持というものがある。今こそ、平和志向で共存を願う東北の魂が主導権を握るときだ。今は、安倍氏の魂も、源氏の魂も、時空を超え、平和を切に願ってきているのは間違いない。藤原清衡による「中尊寺建立願文」（一一二六年、天治三年三月）によるように、中尊寺の鐘の音は、都の兵とか蝦夷の兵とかの区別をせず、否、人間のみならず、あらゆる生きとし生けるものたちの上に平等に鳴り響いているのだから。

歴史は様々な見本を示して私たちに問いかけている。あなたが、私が、頼時の立場だったらどうしただろうか、そんな問いを持って歴史を振り返り、未来へのよすがとしたい。

「歴史研究今後の課題」

前九年合戦終焉および安倍貞任没九五〇年を迎え、過日、平成二四年九月一六日(日)に、岩手県歴史研究会主催、盛岡市後援、その他、マスコミや、多くの方々の賛同とご出席を頂き、「前九年合戦終焉九五〇年記念平和祈年祭」のすべての行事が盛大に行われた。主催した当事者の一員として、私などの果たした責務は余りにも微力であったが、多くの参加者に感謝し、まずもって、無事に終了したことを関係者一同とともに喜び合いたい。

しかし、この祈念祭の意味が本当に成就するのはこれからだ。多数の人々とともに平和を祈念した以上、歴史研究の今後の方針は自ずから定まっている。

真の平和のために、われわれは何をしたらよいのか、それを求めるのが今後の大きな課題の一つではないだろうか。そして、求めて得られたものを多くの同胞と共有して、未だ人類が実現し得なかった真の平和への端緒をわれわれの世代で開くことができたら、歴史研究の醍醐味、これに尽きることはないといっても過言ではないと思うのである。

これに関して図らずも、郷土の碩学、宮澤賢治は言っている。

「世界がぜんたい幸福にならないうちは、個人の幸福はあり得ない」(「農民芸術概論綱要」より)と。

その通り、われわれ日本のみで平和を築けることなどあり得ない。しかし、われわれ日本から世界全体の平和、幸せを実現するための努力をしないで、だれがそれをするというのか。

われわれ日本からこそ、平和はこうすれば実現するのですよ、ということを発信すべきではなかろうか。

昨年(二〇一一年)三月十一日に起きた東日本大震災のときに、多くの被災者がとった行動がそれを端的に示している。

あのような極限状況にあったら、普通なら大パニックが発生してもおかしくない。ところが被災地では、食料を求めて暴動は起きず、整然と行列を作って配給を待ち、少ない物資を互いにやりくりして助け合った人々がいた。

あれこそが平和を実現できる成熟した人間の集団だと感じた。それが世界に示されたのだ。そこまで成熟してきた日本人すべての日常の行動、思い、が争いのない世界実現のために生かされるのを今、世界は待っているのではないだろうか。それを伝えて行かなければ、日本という国の存在すら将来危うくなる、そんな岐路に世界はあるのではないだろうか。

われわれ日本人はそんな立場にいる、と思う。その自覚を持って、まず東北のわれわれが先駆けて平和のための日々を過ごすのでなければ、今回、大層なイベントを果たした意義が薄くなってしまうのだ。弱小の一歴史研究会が、身の丈に余る大きな行事をなし終えた、その安堵感に浸っている余裕はあまりない。遅まきながら、真の世界平和実現のために、われわれは今後何をしていったら良いのか、真剣に考える時期に来ていると思うのである。

「平和の鍵は人間を知り、個々人が成熟すること」

繰り返すが、戦争は人為的なものである。

それなら、戦争を無くすには、人間を深く知り、何が戦争の原因になっているのかを突き止め、それを解決すれば良い、ということになる。だが、理屈通りにならないのが世の中だ。人間を知る、といっても、一筋縄ではいかない。これは大変難しい命題なのだから。数学の難題を解くより難しいのが、「人間を知ること」ではないだろうか。

人間を知るには、まず自分自身を知ることだ、とはよくいわれている。なぜなら、他人を知ることは非常に難しいが、自分を知るのはそれよりは、た易いと思われているからである。だが、それも容易なことではない。以下、いささか私事にわたるが、このテーマに関連しているのでお許し願いたい。

繰り返すが、自分のことを自分で知るのは意外に難しいものだ。自分が周囲の状況によっていかに変わり易いか、それを知っているからだ。そんな、状況次第でころころ変わってゆく自分を掴むことはとても難しい。それでもなお、自分を知る努力を続けていれば、段々自分の心が掴めてくるような気がしないでもない。私自身はそれに希望を持って、毎日、他者に対峙するとき、自分はどんな風に感じ、思い、どんな風に行動してゆくかを少しは第三者のように冷静に見られるようにはなってきた。

だが、若い頃はそうではなかった。自分の意に反することがあると、特に家族に対してはすぐカッとなった。無茶なことを言い、ときにはとんでもない行動をして、後で後悔することもあった。若気の至りともいうべき暴言を親に吐いたりしたことさえある。

今になってみると、自分が他人と諍いを起こすときは、大体、気分が優れないときが多かったように思う。気分とは、つまり、体調いかんによって、普段ならさりげなくやり過ごせることが、笑って済ませられないときのことを言っている。そのとき、手を上げるような暴力とまでは行かなくても、酷い口論に走ったり、何日も無言を決め込んで相手を当惑させたりすることもあったりした。

それは、どちらが悪かったか、はっきりしているときでもそうであったから、ましてどちらに非があるか、はっきりしないときには諍いがエスカレートすることが多かった。

古希を過ぎた今になってすら、たまにはそういう状態になることが残念ながらある。ゆえに、自分は成熟にはまだ程遠い人間なのだという自覚が十分ある。だから、成熟するということを心中に据えて生きるのが今後の人生の課題の一つである。

それを敷衍すると、個々人が人間として十分成熟すれば良いのではないかと思っている。世の中の諍いごとを減らし、戦争を無くし、平和な世界を実現するには、十分成熟した人間を増やせばいいのではないだろうか。成熟した人間を増やすには、体調を含め、人間の様々な感情や精神状態を的確に感知し、不調なところは治して、諍いに持ち込まないように効果的な手をお互いに打つ、それが対策だと思う。

そう口でいうのは容易だが、これは他国にさきがけて、なんとしても日本人が達成しなければならない努力目標なのではないだろうか。成熟した人間関係を目指してお互いに頑張ろう、ということを国民の目標に据えたっていいのだ。いみじくも、ブータン国王が言っていた。「ＧＤＰを上げることよりも、国民の幸福度を増すほうが大事だ」と。

国王は稀に見る優れた指導者だと思う。彼の言葉には深い含蓄がある。それを真似して、日本は、「ＧＤＰ上位を維持しながら、国民の成熟度を引き上げる」というようなキャッチフレーズを普及してもよいのではないだろうか。

「源氏と安倍氏の和解のセレモニーは歴史的な快挙」

諍いを減らすのはまずわが家庭から、である。家庭内の諍いを無くせないようでは、世界平和云々を語る資格はない、と自戒する。内に正義感を秘めながらも、他者には思いやりの気持ちを持った、成熟した人間を目指して今後も頑張ろうと思う。このレポートを書いているうちにそういう気持ちが益々強くなってきた。同志がいたら心強い。日本は東北人から、まず手を取り合って、成熟した人間性をめざしてがんばっていこうではありませんか。

「成熟した人間がここには一杯いますよ。だから、安心しておいで下さい。日本にはおいしい食べ物もきれいな景色も、便利な機器もたっぷりありますけれど、何よりすぐれて優しい〝おもてなし〟の心を持った人がいたるところに満ち溢れているのですから」と。

そんな風なことを、胸を張って世界に発信できる国になりたいものだ。

いささか面映い大言壮語を吐いた。

しかし、何も目標を持たないで生きるより、何か目指すものを持って生きた方が楽しいのではないだろうか。成熟した人間性を獲得するために後半生を生きたいと思う。そんな目標は今更という感じもするし、青臭くもあるだろうけれど。このレポートを読んで下さっているあなたは、平和のために何をしようと思っておられますか？　と、問うてみたい。

今回の九五〇年祭の中で、源氏と安倍氏の子孫の代表的な方々に出席していただき、同じ酒盃を傾けて和解のセレモニーが行われた。それを単なるセレモニーや、パフォーマンス（演技）だと思ってはならない。その気になれば、和解はだれとでも出来ることをこの儀式は示してくれた。仕掛け人は岩手県歴史研究会だったけれど、両氏はそれに気持ちよく乗って下さり、レセプション参加者八〇人も前で固い握手を交わして下さったのだ。

源氏と安倍氏、双方の子孫が示してくれたこの行為は新聞にも取り上げられたけれど、これは特筆大書すべきことだ。日本の歴史上、画期的なことが行われたのだといっても過言ではないだろう。今回の和解を無に帰することのないようにしたい。

これを和解の象徴として捉え、現在険悪になっている我が日本の対中国、対朝鮮など、ともすれば対立関係になりがちな諸国に対し、和解できる方策を求めて、歴史研究家たちが立ち上がる今は好機なのだと捉えよう。市井の研究家たちにも、素人なりに物申したいことがあるはずだ。みんなの知恵を結集して難問に当たれば意外な解決策にぶち当たらないとも限らない。日本と深い関係にある隣国と仲良くできる良策はきっと見つかるだろう。それが見出せないようでは、日本の成熟度はたかが知れていると思う。

以上、九五〇年祭を契機に、平和について私なりに考えたことを率直に述べた。

最後になったが、「前九年合戦終焉九五〇年記念平和祈年祭」を成功に漕ぎ着けた関係者、また応援して下さった多くの方々、そして、参加して行事を共有して下さった一般の方々に、衷心から感謝と御礼を申し上げる。そして、東北の復興、発展のため、天界の諸神、諸霊が向後もわれらを見守り、正しい方向を示して下さるよう、心より祈念して結びとしたい。

［平成二五年一月一日発行・終焉九五〇年記念平和祈年祭記念誌『前九年合戦シンポジウム』に掲載］

平成 24 年（2012 年）9 月 16 日（日）岩手県公会堂で行われた前九年合戦終焉 950 年記念平和祈念祭・記念講演会・シンポジウムのポスター

会場の隣室では**「前九年合戦貞任絵巻」**（吉川保正　画・レプリカ）が展示された。敗者の立場から描かれた絵は見る人の胸を打つ。

950 年祭シンポジウムが行われた県公会堂は 400 名を超す聴衆で賑わい、講演などに聴き入った。

盛岡八幡宮祭典の山車「厨川・や組の」の皆さんによる「貞任音頭」では安倍氏一族を偲んだ。

レセプションの参加者 80 余名。慰霊のひと区切りができた。

ホテル東日本におけるレセプション。谷藤裕明盛岡市長も参加。衣川から講談師・佐藤もと凛さんも駆け付け、講談「前九年合戦」で盛り上げてくれた。

950 年を越えての和解の握手が行われた。右は源頼義・義家の末裔・高木大明氏（大阪府壷井八幡宮宮司）、左は安倍一族の末裔・安倍隆氏（盛岡市）。

世界平和は、
いつ花開く？

歴研ツアーで訪れた写真ア・ラ・カルト

左の国宝・五重塔は野晒しになっているので古びるのも早かったと思うが、健在であった。とはいえ、そこへ辿りつくには難儀した。かなり平均年齢の高かった一行も、連続する下り坂に膝をがくがくさせながらも、貴重な建造物を観たい一心で全員落伍せずに拝観させて頂くことができたのは幸いだった。

平将門（たいらのまさかど）（?～九四〇）が創建、最上義光（もがみよしあき）（一五四六－一六一四）が再建したといわれるこの塔がいつまでも聳えていて地元民の心の拠り所になっていてほしい、と祈ったのであった。

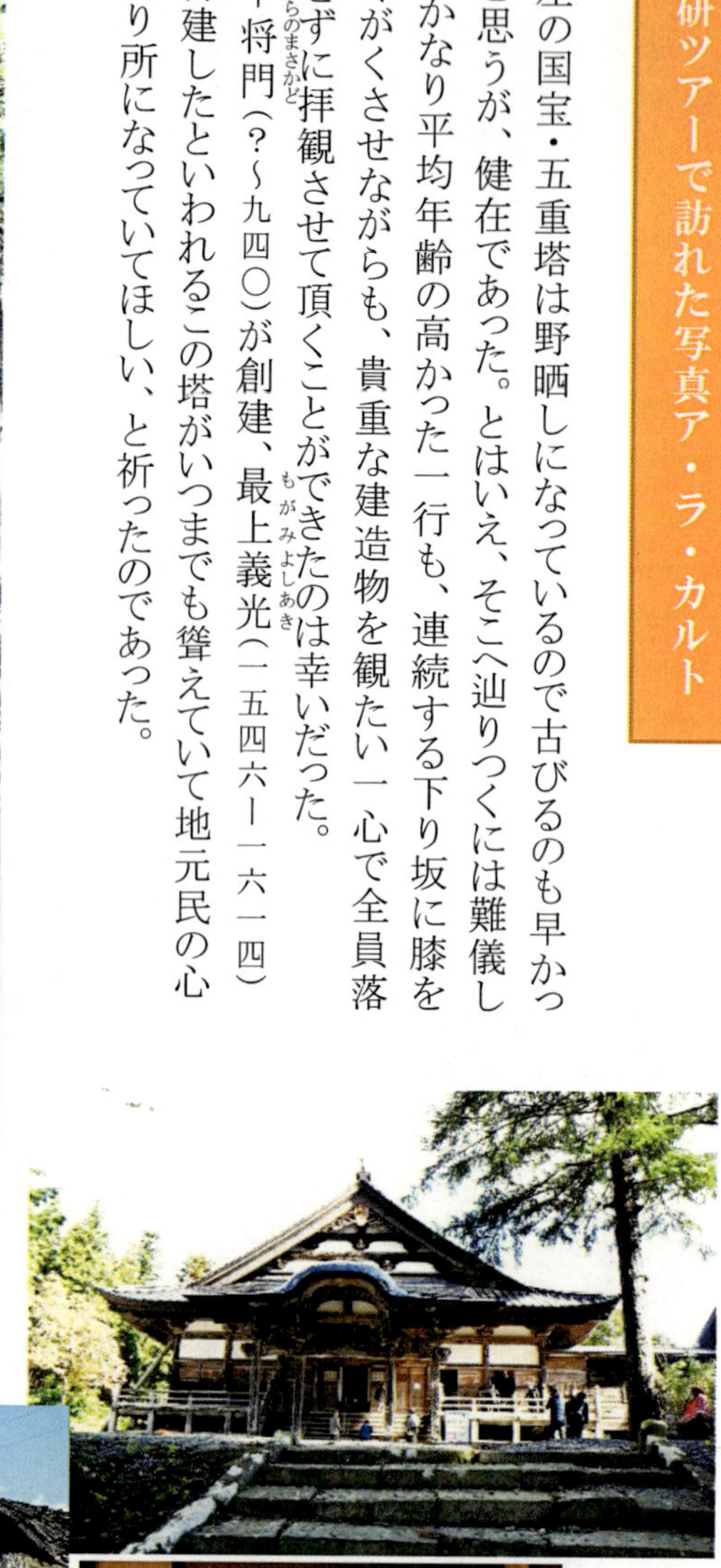

山形県鶴岡市の羽黒山五重塔の前で。右は鶴岡市の湯殿山注連寺。即身仏の鉄門海上人が安置されている。

御所野遺跡（岩手県二戸郡一戸町岩館）にある復元された縄文時代の竪穴式住居。ユネスコの世界遺産登録を目指している。

羽黒山参籠斎館（鶴岡市）で頂いた一汁六菜の精進料理。山菜などが中心で、手前左はゴマ豆腐。

論考

真の復興は安心安全な農業の普及から

『八幡平レポート・命を守る農業』を出版

『八幡平レポート・命を守る農業』は巻末の既刊著書でも紹介。


幼児期「苦いもの」や、「酸っぱいもの」を味わっていない子どもは、成長してから性格が偏り、他人とうまく付き合うのが苦手になる傾向が見られる。

また暴れたり、授業に集中できない傾向も見られる。

従って、食事が偏っている児童は、他人の気持ちが理解しにくく、偏屈な人間になる恐れがある。

（「マクガバン・レポート」の補足部分より）


今の日本の農業は、人の命を本当に守ってくれているのだろうか？

経済優先の社会に追随している慣行農業が作り出しているものは、「かたち優先、命は二の次」の農産物ではないだろうか。

健やかな社会の実現のために、今こそ生産者も消費者も一体になって、安心安全な農業に目を開き、できる行動を興して行こうではないか。


上記及び左記は、加藤美南子著『八幡平レポート・命を守る農業』からの転載。

昨今の、特に風水による災害を見ると、地域を問わず、時期も問わないで起こっている感がする。

しかも何十年に一度とか、古老が「こんな経験は生まれて初めてだ」と驚くような大規模なものが多い。

そうした災害の多くは天災と言われ、自然災害だから仕方がない、と半ば諦めが先に立っているように思う。

従って対策も後追いになり、貴い人材が失われ、営々と築き上げてきた物的財産の復旧も困難を極めている、そんな状況が繰り返されているのではないだろうか。


自然災害と思われるものも、実は人間が原因になっている「人災」に入るものも多い。人災だから、良策を講じれば被害も最小限に抑えられるという発想から、車の排気ガス対策や冷蔵庫のフロンガス対策などが実行されてきたのはその一例と言えよう。

しかし、人間が生活の利便のために創り出した人工物が地球温暖化を加速する原因になり、それが異常気象を引き起こして人間を襲ってきているような「大人災」に対してはどう向き合ったら良いのだろうか。


これはある宗教家から教わった考え方であり、一見、突拍子もない発想のように思われるであろうが紹介する。

それは、「人間によって作り上げられ、積み重ねられてきた土壌や環境の汚染(それには人間が発している愚痴・不平・不満・怒り・罵り等の余り望ましくない心言行も含まれ、それらは空間に蓄積されてゆく)が限度を超えた時、天がお掃除を開始する、それが異常気象の真相だ」という考え方なのであるが、それが本当なら、それこそ「天災＝人災」のカテゴリーに入るであろう。

例えば土の汚染である。


手間暇をかけずに量産でき、あるいは消費者が見かけの良い物の方を購入するからという理由で、第一次産業(主に農業生産者)は化学合成肥料や化学合成農薬を使い過ぎてはいないだろうか。

土の汚染の場合、それをお掃除するには風水で洗い流すのが一番手っ取り早い。ときどきお掃除をしないと、汚染された土で作られた農産物を消費せざるを得ない私たちの健康が保てない。それを憂えた天が大規模な風水害を起こして汚染を洗い流してしまう。それも風水害の役目ならば、忌々しきことではあるが致し方ない、ということになる。けれど、それならそれで、まだ対策を立てる余地はあるが、どうだろうか?


上記のような考え方が的を射ているかどうか、検証されるのは今後におくとしても、一方、既に米国で一九七〇年代(フォード大統領の時代)に社会科学的方法によって検証済みの人的災害のレポートがある。

その内容は端的に言えば、

「狂った食事が作る狂った頭」と言う報告である。災害と言えば、風水害や地震による災害を頭に浮かべ勝ちだが、昨今の無差別テロや身内の殺傷沙汰等による被害の多さを見ると、罪も無い人が突然に命を奪われるという状況は、自然災害に劣らぬ人的災害の最たるものではないだろうかと思う。

この「再生」*の趣旨とは少しずれるかもしれないが、本書は上述の、米国で検証済みの報告書「マクガバン・レポート」をベースに、汚染された土壌で生産された農産物や、過度の添加物を加えられた加工食品が「食源病」を作り、狂った頭を作るので、それが犯罪の元、あるいは知識はあっても善悪の区別を弁えられない「叡智」

の無い、社会生活に適合しにくい人間を作る大きな原因の一つになっているのではないかと報告している。

過度に汚染された生産物を長い間摂り続けると、人体は次第に蝕まれて健全な生活を営んでいきにくくなる。それはＭＲＡ（Magnetic Resonance Analyzer・磁気共鳴分析器）という波動機器による測定によって明らかにされている。

筆者自身、子どもが強度なアトピー性皮膚炎を発症した上に、精神的にも病んで、家族全員が酷く悩んだ経験があり、子どもが良くなるためには転地療養がいいとのアドバイスを得て、一家を挙げて神奈川県から親戚のいる岩手県へ移住し、ようやく問題を解決している。

上記の波動機器との出会いにより、子どもの病気は汚染された土でできた農産物や、無用な添加物の多い加工食品等、健康に良くない食生活をしてきたことと、親の過干渉によるストレスなどが主な原因であるのが判明し、対策を立てられたのが結果につながった。

本書では安心安全な農業を提唱し、有機栽培や自然農法、自然栽培法等を確立した先人を紹介すると共に、現在岩手県でそれらを実践し、成果を上げている篤農家や、ホリスティック医学（統合医療）を推進している医学者への取材を通して学んだ情報を記している。

実際、日本の有機栽培農業の普及率は二〇一五年の統計によると、残念ながら世界で八五位という低さである。これでは多くのインバウンド（訪日外国人客）の来訪を願っても片手落ちではなかろうか。災害後の真の復興は、先ずは命を預かる農業が変わり、提供する食事が健康に良いものに変わることが含まれねばならないのではないだろうか。

農業の役割は大きい。今からでも遅くない。安心安全な、命を守れる農業を目指して農業者に目覚めてもらい、消費者もそういう農家を応援して、災害の予防に積極的に加担して頂きたいと強く願っている。

［平成三十年九月発行ニューズレター「再生」三五号（東北再生経済研究所）掲載］

＊「再生」とはA-4版4ページ（写真）年一〇回ほど発行のニューズレター。東日本大震災後、「東北の復興無くして日本の真の繁栄はあり得ない」として、東北再生経済研究所を立ち上げた伊藤裕造氏（元朝日新聞社経済部長、東日本放送会長などを歴任）が代表で発行しているダイレクトメッセージ。編集・発行は東京で行われているが、内容は東北六県の首長をはじめ、日本政府の要人ら多岐に亘る各界のリーダーへのインタビューを始め、復興に役立つ物作りの技術開発をしている企業や防災関係者などの談話などを幅広く取り上げている。「再生」の連絡先は☎030・6206・6877

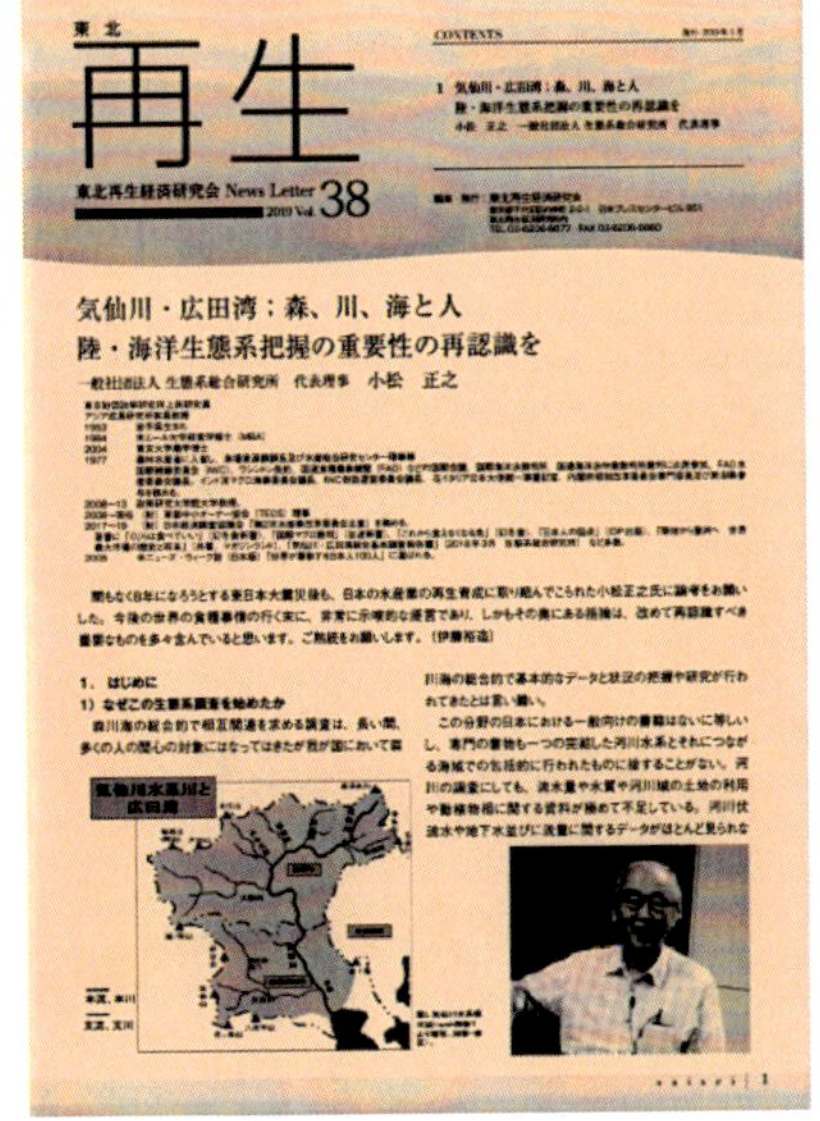
東北
再生
東北再生経済研究会 News Letter 2019 Vol.38
CONTENTS
気仙川・広田湾：森、川、海と人
陸・海洋生態系把握の重要性の再認識を
一般社団法人 生態系総合研究所 代表理事 小松 正之

東北「再生」ニューズレター
2019年1月発行 Vol.38。
気仙川、広田湾等の状況について識者の意見を載せている。

左は秋の、上は夏の七滝（八幡平温泉郷
県民の森地内）。

柳沢の滝（八幡平市松尾寄木
松川支流）。

いのちの源の水。

かくも大切な水をはぐくむ森林に恵まれ、水に恵まれている私たちの国。いつもありがたいと思います。

いつまでもその清らかさを守ってゆくために私たちができることは何か？

水は私たちの心に敏感に反応するといいます。

それなら、まずは自分の体内の水分に明るい思いを送ってあげよう、と思いつきました。

身体の中の水に、「ありがとう」と言ったら、体調がなんだかアップしたような気がしました。

清流でないと育たない梅花藻。

歴史論考

天災を考える

菅原道真の怒りは天を動かしたのか？

カット・加藤美南子

天神様

天災とは何だろうか？

天が下す災害、すなわち、人間を超えた存在がもたらす災害で、普通、人が「自然災害」と呼んでいるもののことを言うのだろうか？

天災と言うと、平安時代の菅原道真が思い出される。

道真はご存知のように、雷になって自分を讒言した関係者を懲らしめたと言われている。当時の人々は、落雷のような、天から来る災害を「天災」であり、それはまた往々にして、「罰」でもある、と感じていたようだ。

道真は讒言によって不遇になった。

讒言とは、「人を陥れるため、事実を曲げ、またいつわって、（目上の人に）その人の悪口を言うこと」である。

道真のその方面の話は有名なので、省略しても良いが、「天災」を考えることと関係があるので、一応おさらいしておこう。

平安時代、菅原道真（八四五～九〇三）は能吏だったため、宇多天皇（在位八八七～八九七）の宮中で頭角を表し、トントンと出世して、位、人臣を極めた。

当時最高の学識者であり、かつ、次代の醍醐天皇（在位八九七～九三〇）の信任厚い右大臣として大活躍していたというから、飛びぬけて優れた人だったのだろう。

そんな彼を猛烈にライバル視していた左大臣・藤原時平が妬み、天皇へ讒言して一味とともに引きずり下ろしたのだというのが通説になっている。

道真の側にも落ち度が無かったとは言い切れないだろうが、醍醐天皇が時平などの讒言を信じた時から道真の不幸が始まった。

「道真は宇多上皇の子、醍醐天皇の弟・斉世親王（道真の娘婿）を皇位に就けようと画策している」

と、時平が醍醐天皇に告げ口をしたのである。

「身に覚えがない。我は無実だ」と道真が必死に抗弁したにも関わらず、彼は遂に京から遠く隔たった筑前国（九州・福岡県中西部）の太宰府へ左遷の身になり、不遇を嘆きながら失意のうちに九〇三年、五十九歳で没してしまう。

九〇五年、道真の墓所の上に祠廟が創建されるが、
九〇六年、密告に加担した首謀者の一人と目されていた藤原定国が四十歳で急死する。
九〇八年、同じく密告に加担した首謀者の一人とされていた藤原菅根が死亡する。（一説には菅根は雷に打たれて死んだともいわれている）。
九〇九年、首謀者の中心人物、藤原時平が病に伏し、加持祈祷の甲斐なく三十九歳で没したので、道真の祟りではないかと噂された。

衣冠を奪われて、道真に与えられたのは名ばかりの役職。妻子とも引き離されて辛い生活を送っていた彼は、もの凄い憤怒の怨霊になって恨みを果たした。つまり、道真は潔白だったから時平などを恨んだのだ、との噂が流れたのだ。

天皇をはじめ、政（まつりごと）に携わっていた人々は慌てふためいた。

「これはいかん。菅公（道真のこと）の霊はなんとしても鎮めて凶事を

繰り返させてはならない」

と、延喜五年（九一九年）、勅命によって太宰府の道真廟（墓所）に道真を祀る太宰府天満宮（太宰府神社）を建立して祀った。

だが、それだけでは足りなかったのか、疫病、日照りなどの天地異変が多発した。

九二三年、時平の甥（醍醐天皇の皇太子・保明親王）が二十一歳で卒した。（広辞苑によると、「卒」は特に四位，五位以上の人が死去したときに使われた言葉）。
それに恐れおののいた醍醐天皇が同年、道真の左遷文書を取り消すも、
九二五年、時平の孫（保明親王の子で醍醐天皇の孫、次期皇太子の・慶頼王）も僅か五歳で他界してしまう。その後、
九三〇年、宮中・清涼殿に落雷があるなどの暗い「事件」が続いた。
その落雷によって、道真の左遷に関わったとされる人々の死傷が続出、失火騒ぎとなったばかりか、三ケ月後には醍醐天皇が崩御*されたため、道真怨霊説が確実視されるようになった。

＊崩御は、天皇・皇太后・皇后の死去を敬って言う言葉。昔は上皇・法王にも用いた。なお、薨去は、皇族または三位以上の人が死去したときに使われる言葉。

当時は御霊・怨霊思想盛んな頃だったから、それらを見た世人は、道真は雷神になって天から報復したのだと感じたのだ。

爾来、彼は「天神様」と畏怖されるようになった。

九四二年（平安時代中期）、京の西に住まう、多治比文子（生没年不詳）という巫女に道真の霊が憑かった。

「都の北野に我を祀れ」

と。それと、その後に続いた他の霊憑りもきっかけとなって、同七年に僧侶などの協力*を得て京の北野に道真を祀る霊祠が建てられた。それが北野天満宮の創始だという。

太宰府天満宮も北野天満宮も共に、「天神様」・菅原道真を祀る神社として、現在も多くの人々の崇敬を受けている。

＊天満宮とは、道真の、「怒りが天に満ちた」というお告げに由来するそうである。

今でこそ両神社は道真の学識にあやからんと、受験の際の神頼みに参詣する学生やその親たちで賑わっているけれど、元はと言えば、凄まじい怨念の塊になり果てたと信じられた道真の怨霊を封じるための神社だったのである。

以上が菅原道真怨霊説のあらましである。


道真左遷と同時に彼の家族はバラバラにされる。

長男・高視は父に連座して九〇一年、土佐（高知）に左遷されるが、五年後に帰京し、大学頭に復して従五位上に叙せられるも三十八歳で卒する。

道真の正室（島田忠臣の娘・宣来子または、せきこ）と三人の子、および従臣らは九州と反対方向の、これまた都から遠く離れた、奥州胆沢郡母体（現・岩手県奥州市前沢区生母？）に配流され、そこで

終焉を迎える。筆者はまだそこへ行ったことがないが、同県一関市東山町の田河津という所に、墓所とされる石碑「菅公夫人の墓」と彫った石碑が安置されているのをネットで見ることができる。

その情報によると、菅公夫人は、吉祥女（きっしょうひめ）と言われ、九〇六年（菅公没後三年）、悲嘆に暮れながら四十二歳で亡くなった。墓所は今も現地の人々によって手厚くお祀りされており、平成十七年には菅公没後一一〇〇年を記念して「御神忌一一〇〇年祭」が開催されていると聞く。

道真のように、落魄（らくはく）した人に寄せる日本人の情の深さには並々ならぬものがある。後に「判官贔屓（ぴいき）*」という言葉が生まれたが、そんな心情かもしれない。

*兄・源頼朝に冷遇され、最後は衣川の館で敗れた源義経が、天皇の護衛役等を司っていた検非違使（けびいし）の尉（じょう）（判官）だったことから転じて、敗者に同情して肩入れすることを言うようになった。

それは、敗者イコール罪人ではなく、落ちぶれた側にも十分な言い分があるという感覚が日本人には特に強くあるからだろう。

道真に関して言えば、東北に「管」という字を含む苗字が多いと言われるのは、道真の親類縁者だけではなく、彼のファンが多かったからではないだろうか。

明治になって、庶民にも苗字が冠せられるようになり、「管」を自家の苗字に選んだ家が多数あるのは、菅原道真の人気が衰えていなかった証拠だと思う。道真は潔白だったのに、不遇にも、ということで。

長々と書いたが、菅公の話を下敷きにしたのは、「天災」はあくまでも我々とは関係の無い、自然による災害で、被害を受けても諦めるより仕方のないものかどうか、という点を考えてゆきたいからである。

台風による被害は天災か？

「天災」イコール「天罰」が下ったのだと感じていた純な人々が多かった昔はいざ知らず、科学の洗礼を受け、何事も科学的に考える理屈教育を受けた現代の人々は、「天災」という言葉に無頓着だと思われる。

まるで、自分はそれに無関係だという顔をしているように見えるのである。天災はイコール自然災害で、それはイコール自分とは関係のない原因不明のものがもたらす不可避の災害、という受け止め方をしている人が多いのではないだろうか。

その証拠には、大部分の日本人は何か災害に遭うごとに、

「自然災害には抗（あらが）えないから」

とか、

「天災だから仕方がないよね」

などと口にして憚らないでいる。

そのように言われている災害が本当に、「天災」＝「自然災害」だから仕方がなく、不可避なものなのかどうか。そんな疑問を私は持っているので、以下、検証してみたいと思う。

例えば風水害である。

風水害をもたらす代表的なものとして「台風」がある。台風は気象学的に言えば、「熱帯低気圧」を言い、勢いが半端ではない。

広辞苑を紐解くと、

「日本列島などに襲来する台風は、中心付近の最大風速が秒速一七・二メートル以上の熱帯低気圧を言い、それ未満のものは弱い熱帯低気圧と呼ぶ」とある。

台風が日本列島に上陸してもしなくても、勢いが弱まると温帯低気圧に変わって消え去り、進路に当たった地域では皆ホッとするのが台風シーズンの国民感情である。

甚大な被害をもたらすのは、そのまま勢力を保って通過する熱帯低気圧だ。

そんな大型の低気圧がなぜ発生するのか、なぜ大きな被害をもたらすのか？　分かり切っているようなことだが、これも確認しておきたい。

その前に、まず、次のことを理解しておく必要がある。

天気予報の中で、よく、「低気圧」、「高気圧」という言葉が使われるが、「低気圧」とは、地表にかかる空気の圧力が周囲より低く、その域内では周りから風が吹き込む。「高気圧」は地表にかかる圧力が周囲より高いところを指して言っている。また、どちらも閉じた等圧線*で囲まれている。

＊等圧線とは、気圧の分布を示すために気圧の等しい地点を連ねた（結んだ）線（ほぼ楕円形）のことを言い、一般的には4hPa（ヘクトパスカル・圧力の単位）毎に引かれ、枝分かれはなく、天気図に使用されている。低気圧の場合、発達した低気圧ほど、楕円形の等圧線の数が多い。1気圧は海水面上で1013hPa。

地球は太陽の周りを公転しながら自転している。

「低気圧」の場合、低気圧内は、周囲より気圧が低いため、四方ら風が吹き込む。この時に空気は地球の自転の影響で、真っ直ぐに低気圧の中心に向かうことができずに、渦を巻いて中心に向かう。従って、北半球では風が中心に向かって反時計回り（上空から見て左回り）に吹き、南半球では反対に時計回り（上空から見て右回り）に風が吹き込む。ために、**上昇気流**が発生し、上空の断熱冷却によって雲ができて雨になるので、低気圧内では普通は天気が崩れる。*

ちなみに、「高気圧」の場合、北半球では風が時計回りに吹き出し、南半球ではその反対に中心付近から反時計回りに風が吹き出して**下降気流**が発生するため、雲ができにくく、晴れの天気になる。

どうしてそうなっているのかって？

そんなこと、聞かれても困る。宇宙の仕組みがそうなっているのだから。

＊幾つかの辞典によると、「低気圧」は、人の機嫌が悪いこと、また、穏やかでない気配が感じられることの例えになっていることも挙げている。例えば、「このところ、彼は低気圧らしい」とか、形勢が不穏になることの例えにも低気圧は使われている。これらの意味を心に留めておいてほしい。

以上が理解できたところで本題に入ろう。

なぜ台風が発生するのかというと、北西太平洋域および南シナ海の低緯度地域（熱帯地方）の海水温が高まると、上昇し、雲を形成する。そうなると、台風の芽（目）ができ、その熱帯低気圧の域内最大風速が毎秒一七・二メートルを超えると、気象庁が、「台風〇号が発生しました」と天気予報で伝えてくれるのである。

台風は発生すると、まるで生き物のように進路を探り、時には低迷しながらも大風・大雨を伴う勢力*になって突き進み、進路に当たった地域には大きな被害を及ぼすことがあるので、要警戒となるのである。

*勢力がさらに発達するためには、海水温が二八度以上の海域を通過することが重要だとされている。

特に最近は地球温暖化が進んだせいで海水温の上昇が著しいと言われているので、大型台風が発生し易い環境になっているのは周知の事実である。いきおい、台風の進路を予報する気象庁の役目は益々重くなってきている。

そのため、精度の良い予報を期待されている気象庁は、気象情報収集のために使用している従来からの様々なツールに加え、地球上空を回る気象衛星の数を大幅に増やし、性能アップしたコンピューターを駆使するなどの技術を高める努力を重ねている。それらにより、大容量かつ、高速に情報を処理することが可能になった結果、天気予報も、台風予報も余り外れなくなっている。

余談になるが、以前の天気予報は外れて当たり前、の感覚があった。

つい一昔前まで、うっかり悪い物を食してしまったときなどに、

「気象庁、気象庁、気象庁」

と、三度唱えると、当たらないで済む(食当たりしなくて済む)と冗談めかして言われるほど、気象庁の天気予報は当てにならないものだった。

だが、近頃の予報は違う。すこぶる信頼できるのである。従って、天気予報を目安に行動を加減できるので、私たちはすごく便利である。気象の歴史上、こんなに良く当たる情報が得られるようになるとは、ありがたい限りなのである。

昔、どこにでも居た、「お天気占いの名人」に頼らなくても良いようになったのだ。と　いうことは、そういう名人の頭の中はコンピューターのようになっていたのかもしれない、と今にして思う。

そんなふうに、歴史上かってないほど天気予報が当たるようになってきた現代に暮らす私たちには、気象学の発達はとてもありがたいと思う反面、それでもなお、台風による被害が依然として頻発するのはなぜだろうという疑問はある。

気象予報が当たることと、被害を回避することとがあまり比例していない感じがするからである。大型台風の発生を抑えたり、被害を最小限に抑えられたりしているかというと、必ずしも望み通りに行かないのが歯がゆい。

確かに予報に従って、避難行動を早めに起こしたり、障害になりそうな物を片付けたりしておくなどの予防措置はできる。それはありがたいのだが、台風自体のコントロールはまだ不可能で、被害の頻発を食い止められないでいる。

気象学の歴史、つまり、気象学の進歩とともに被害を減少する方法も発達すればよいのだろうが、それが往々にして実現していないと感じられるのはなぜだろうか?

台風禍を減らす根本的な対策は、言うまでもなく、大型台風の発生を最小限に抑えることである。それにはまず、地球の温暖

化を食い止めねばならない。それは分かっているし、その対策を実行することが重要なポイントであるとは皆、知っている。

地球温暖化の原因は人間にあるのだから、その点では台風禍は人災だと言える。

だから、温暖化の増大を食い止めねばならず、科学的に考えられるあらゆる対策が講じられねばならない。とは、誰も異論がないであろう。

とはいえ、科学技術によって開発された暖房・冷房機器も、冷蔵庫も、その他諸々の便利な物を必要としている人間は多いし、一部の例外を除き、そういう物を使わざるを得ないのが現代人である。

それらの中には、公害を出したり、地球温暖化に拍車をかけたりする弊害を生じていた物が多々あった。

だが、科学技術は、それらの弊害を最小限に食い止める技術もまた、可能にしてきている。困難であろうとも、便利さを享受している以上は、可能にする努力をするのが科学の、いや、ともに地上に生きている人間の役割だからだ。

だが、その他に対策は無いのだろうか？

科学的な解決が第一の対策ならば、

第二の対策として考えられるのが、科学の陥り易い盲点に焦点を当ててみるのはどうかということである。

科学万能を信じている人にとっては耳に快くない話だと思うが、科学は、実は、目に見えない心や精神、あるいは霊といわれるようなものの世界をまだ測りかねている。

心や精神や霊魂は目に見えないので、測る尺度がまだ見つかっていないからである。近年、精神科学という言葉が生まれてきたけれど、それらはまだまだ発展途上の領域である。

以下、そのような目に見えないものをここでは、ひっくるめて「心」として話を進めてゆく。

人間の「悪心」が台風に関わっている？

その、「心」を持った人間が暮らしている地上や海上を台風はなぞって行き、心身に深いダメージを与える場合があるのだから、もうそろそろ、「心」を含めた災害対策を考えてもよい頃ではないだろうか、と筆者は思っているのである。

何を言いたいのかというと、つまり、人間の「心」が台風の発生～襲来に加担している部分があるのではないかということである。これはあくまでも仮説の段階の話であるけれど、簡単に言うと、

人間の「心の悪い部分」が原因の一つになって、台風発生～襲来を呼んでいるのではないだろうか。

ということである。

ここで言う「心の悪い部分」とは、筆者の個人的な分類でいうと、以下のようなものである。必ずしも万人が認めるものではないかもしれないけれど。その点をご承知いただくとともに、「心の悪い部分」を以下、「悪い心」と省略して記して行くこともご了解いただきたい。

「悪い心」とは、望ましくない精神状態でいること。例えば、
嘆き・不平・咎（とが）め・理不尽な怒り・妬み・羨み・蔑み・過度の執着心・憎しみを募らせたり、焦ったり・苛々（いらいら）したり・不愉快だったり、不機嫌だったり、過度の苦しみを抱えたりしている等々の心の状態をいう。

また、それらの心が心のうちに留まっているだけならまだしも、行動に転じてしまうと、厄介なことになるのは誰もが経験済みだと思う。

行動に出るとは、言葉や動作に出してしまうということである。

例えば、

愚痴をこぼす・人の悪口を陰で言う・告げ口をする・約束を破って他人を裏切る・暴力を振るう・嘘をつく・威張る・ヒステリックになってわめく・度が過ぎる言い訳をする・自分さえよければという自己愛から出る行いをする・虚勢を張る・見せびらかす・人をなじる・上から目線でものを言ったり、人を馬鹿にしたりする・極端に自分を卑下する・何かをしつこく押し付けたりする・怒鳴る・何でも盲信する・ずるく立ち回る・無茶をして人に迷惑をかける等々。

まだまだあると思うが、キリがないのでこの辺にしておこう。

まるで道徳のテキストかと誤解されんばかりの、およそ、マイナスのイメージを与える色々な心の状態、あるいはそれが行動に出た状態を並べてみた。

それにしても、こんなにすらすらと思いつけるとは、何を隠そう。程度の差こそあれ、ほとんど全て、筆者が体験済みのことだからである。若気の至り、あるいは、年をとっても未熟なせいで、筆者が自分で経験してきたことばかりだから、自信を持って（、？）並べられたのである。

以上のような「悪い心」や「悪い行動」は、人間だから、たまには仕方がないかもしれない。けれど、それらが習慣的に積み重なると、それらを発している人の心身が次第に歪められ、病気の発生元になる可能性もあるだけでなく、その人の周囲の空間に漂う空気も濁り、歪められてくる。

そのような「悪い心」から発生する行動が他人の心や体を傷つけると、傷つけられた人から、怒り・悲しみ・恨み・憎しみ等の「悪感情」が返って来る。

それらの「悪い心」や「悪感情」は目には見えないけれど、発している人の周囲の空間に蓄積し、「いやーな雰囲気」を醸成してしまう。そういう場所は、普通の神経を持っている人ならば、長居したくなくなる「場」だと思う。

読者にはそんな状況をありありと想像して頂きたい。

そんな「場」が周辺に蔓延したとき、人はいたたまれなくなり、そこから逃げ出したいと感じるのではなかろうか。少なくとも、正常な感覚を持っている人ならばそう感じると思う。

悪感情を抱かせられたら、人はその感情をもたらした人へ反逆心を起こすものだ。いつか報復してやろう、と心密かに思ったりするのではなかろうか。嫌なことをされて、何の反抗心も湧かない聖

人君子など皆無であろう。

先述した宇多上皇と醍醐天皇との間にも確執はあったであろうし、菅原道真を陥れた藤原時平にだって言い分があったのかもしれない。

道真と、時平の間には相当な軋轢(あつれき)があったのではないだろうか。その場に居合わせたわけではないから何とも言えないが、歴史の表には出てきていない色々な出来事が積み重なって道真の左遷に繋がったのだと思う。

上述のような、そんな確執や軋轢は目に見えないエネルギーとなって周囲の空間を大いに乱したのは間違いないと思うのである。

そんな確執や軋轢がひとたび発生してしまったら、何らかの手を打って消滅させない限り、エネルギー不滅の法則に従って、周囲の空間に放出されて行くのではないだろうか？

確執や軋轢などの荒っぽい、マイナスイメージの心や感情は、いつまでも「心の内」に溜めておけず、望ましくないエネルギーとして放出されるばかりか、いつかは藤原時平らが醍醐天皇に讒言したような行動にまで発展してしまうような場合もあるのではなかろうか。

こんなふうに、**心はエネルギーそのもの**だと定義されたら、顔をしかめる人が出てくるかもしれない。しかし、「心のエネルギーが枯渇する」とか、「心のエネルギーを充填する」とかのように、日常的に心はエネルギーと関係している、あるいは、エネルギーそのものの状態だと認識されているのだから、目には見えないけれど、ここでも敢えて、心はエネルギーの一種であるとしておく。

「エネルギー」という言葉を辞書で引いてみても、

① 活動の源として体内に保持する力。活気・精力。「—を消耗する」

② 物理的な仕事をなし得る諸量（運動エネルギー・位置エネルギーなど）の総称。物体が力学的な仕事をなし得る能力の意味であったが、その後、熱・光・電磁気や、さらに質量までもエネルギーの位置形態であることが明らかにされた。

とあるように、①が、まさにエネルギーそのものを指して言っているのは明らかだから間違いないと思う。

心の生き生きとした状態、それが活動源としての力・エネルギーだと言っているのだから。

よって、喜びや笑いや感謝に満ちたプラスイメージの「明るい心」を「**正(せい)の状態のエネルギー**」だと仮定し、マイナスイメージの「悪い心」や「悪い行動」は、「負(ふ)の状態のエネルギー」であるとしてもよいと思われる。

そのような「負の状態のエネルギー」を好ましく感じる人はともかくとして、大多数の人々は明るい、「正の状態のエネルギー」の方が好きだ。どちらかと言えば、その状態が満ちている場の方を選ぶのではないだろうか。

「**負の状態のエネルギー**」は暗く、荒っぽく、とかく不快感を与えがちだ。

それは気圧で言えば、「**低気圧状態**」だと言える。

ここで思い出してほしい。

「低気圧」の辞書的定義の中に、
「低気圧は、人の機嫌が悪いこと、また、穏やかでない気配が感じられること、あるいは、形勢が不穏になること」の例えにも使われていることを。

また、「低気圧」は、雨や風をもたらすので、日照りの後のやさしい雨は嬉しいけれど、蒸し蒸しする湿気は、暗く、荒っぽく、とかく不快感を与える「負の状態のエネルギー」である場合が多いということを。まして、熱帯低気圧である台風のような、とても強い風雨、雷さえ伴っている大きな低気圧は、荒っぽいこと、この上ない様相を示しているので、「負のエネルギー」そのものだと言って良いと思う。

ここまで来ると、敏感な人はこう思うかもしれない。

「菅原道真が、ここで言っている『(酷い)負の状態のエネルギー』を持って死に、あの世(?)から、そのエネルギーを雷に変換させて地上に落とし、宿敵らを滅ぼしたり、病で落命させたりした、と筆者は言いたいのか?」と。

その通り。だと言いたいところだが、まだ、「そうだ」と断言はできない。なぜなら、あの世というものの実在がまだ証明されていないからである。ただ、実感として、多くの人があの世があることを感じたり、信じたりしているのは確かなのだけれど、本当のところは死んでみなければ分からないから、断定はできないのである。

かく言う筆者は、あの世の存在を信じている一人ではある。

が、「信じている」という状態は、厳密にいえば、「曖昧模糊としているものに寄せている個人的な心情」だと言った人がいた。筆者もそう思う。だから、世界中の人々が認めざるを得ない「真実」として、あの世の存在が疑いえないものになっていない限り、道真があの世から雷神になって時平などを懲らしめたとは軽々に言えないのである。

確かに平安時代の人々は生活の中で、死後の霊の存在を信じていたのだろう。なぜなら、菅原道真左遷に直接に関わった人々ばかりか、直接関わりのなかった親類縁者までが、不運な運命をたどったのを見たのだから。

人々は、道真の怨霊が強大なエネルギーとなって彼らに襲い掛かった。と、感じたからこそ、鎮魂のため、太宰府天満宮や北野天満宮の建立をせざるを得なかったのだと思う。

引き合う低気圧同士

先ほど来、「負のエネルギー」が、「低気圧の荒っぽさ」に例えられていることを示唆してきたのは、道真の怨霊が、雷を伴うような酷く荒っぽい「低気圧」に例えられると思ったからである。

「類は友を呼ぶ」の諺や、「似たもの同士」、あるいは、「同じ波動は引き合う」等の言葉がある。波動とは、物理学上の用語で、周波数のことを言い、同じ波動のものが引き合うとは、「周波数が同じものは引き合う」という、物理学上の法則と同義である。

すなわち、これら三つのフレーズは同じことを言っているのである。それは例えば、NHKの番組を聞こう(観よう)と思ったら、ダイアル(またはリモコン)などを操作して、NHK(の発信している周波数)に合わせれば良い、ということである。他局の番組を希望するなら、他局の周波数を選べばいい、と、だれでも知っていることを言っているのである。

それでは、「周波数」とは何か、というと、これも物理用語で、一般的には「振動する電圧・電流または電波・音波などが一秒間に向きを変える度数をいい、単位はヘルツ(Hz)またはサイクル毎秒(C/S)。振動数」のことである。

辞書を見るとこんなふうに記されている。これだけでは筆者のような理系音痴にはちょっと分かりにくいので、補足する。

「一秒間に向きを変える度数」とは、同じ状態で発せられている振動(波)の山と山(一番高い部分)、または、谷と谷(一番低い部分)を結んだ距離(波長)を一単位とすると、その数が一秒間に何個数えられるか、それを表しているのが「単位はヘルツ(Hz)またはサイクル毎秒(C/S)。振動数」のことである。

これでも分かりにくいと感じられたら、どう説明したらよいだろうか。

ひとまず、人間は、人間に限らず、存在するものは皆、その存在特有の波動(周波数)を発している、と思ってもらえばよい。周波数には、強いものから極めて微弱のものまで色々ある。が、それらの周波数は通常、目に見えず、手に取ることはできない。見えないけれど、発散されているエネルギーなので、それを受け取ろうと思ったら、発している対象にこちらの周波数を合わせればよいという理屈である。

その理屈を道真に当てはめてみると、彼の怨霊はどう見ても、波の粗(あら)い、強大な周波数を発していたと思われるから、その周波数に匹敵するほどの、雷まで伴う、波の粗(あら)い、強大な周波数を持つ暴風雨を引き寄せ、結果的に、道真が「雷神」になって関係者に報復したような印象を世人に与えたのだと思えるのである。


「何だ、それでは、菅原道真の怨霊による祟りを、お前も肯定しているのだな」

と感じられる読者がいることと思う。

その通り、前にも書いたように、筆者は、目に見えない空間かどこか分からないが、「あの世」イコール「死後の世」というのは存在していると信じている。それゆえ、そこから発せられている死者の思い(それも周波数を持つエネルギーの一種だ)は消えずに存在しているし、変化もしていると確信しているのである。

つまり、人が死んだ後、心や魂(霊魂)は肉体から抜け出て、目に見えない世界へ移行し、その世界で生きづいており、必要ならば、「この世」の縁者へ何らかの思いを送ってくることもあるのだと信じているのである。

亡き人の魂の存在を信じているからこそ、世人はその人に、思いを馳せ、生前好きだった物などを供えて御魂を慰める行為をしているのだと思う。

中には、「負のイメージの心」をもったまま生を閉じ、関係者から十分な供養を受けられずに、いわゆる「未成仏(みじょうぶつ)」のままでいる死者もいるはずだ。

そのような死者の「負のエネルギー」が、「あの世」に溜まったまま、滞(とどこお)っていたり、仮に、その滞りが長い間放置されたりしていたらどうなるだろうか、と考えてもらいたい。

見えない世界のどこかが、「ゴミ屋敷」のような状態になって、悪臭まで放って(?)、にっちもさっちもいかない状態になっているのではないだろうか。

目に見えない世界がそういう「負のエネルギー」で満杯になったと

きに、最悪の場合、道真に濡れ衣を着せて左遷した関係者らに起こったような拙いことがどこかに起こって来ないとも限らないではないか。ゴミ状態は、いつまでも放置しておくことはできないのだから。

生者も発している「負のエネルギー」

「あの世」のことは不確定なので、ひとまずこの辺にして、他に目を転じてみよう。死者ではなく、今、生きている人々が発している「負のエネルギー」はどこへ行くのだろう、ということである。

一説によると、それらは発している人の身体の周囲に滞り、見えない雲のようにまとわりついているのだそうだ。

一般人には見えないけれど、ごく稀に、人の身体の内外にある滞りが見え、それを指摘できる人がいる。

筆者は以前、テレビ番組で、ロシアにそういう少女がいるのを見たことがある、医学的な見地などからも色々と検査された結果、彼女の指摘した箇所が、具体的な病気の症状を発していると分かったので、指摘された人はもとより、客観的な第三者にも納得がいく番組であった。

一人でもそういう人がいるということは、見逃してはならない点だと思う。将来的には、見える人が増えるという可能性があるのだから。

その可能性が現実になったら凄い、と思う。

でも、そういうものが見えない普通人でも、敏感な人は、だれか「負のエネルギー」を発し続けている人がいると、その人の周囲に、見えない汚い雲のようなものが取り巻いているのを感じ取れるのではないだろうか。酷い場合には、ゴミ屋敷のような状態を呈している、などと、感じられるのではないだろうか。

「いや、私には感じられない」

と否定する人でも、そういう状態を想像することはできると思う。

想像できればしめたものだ。

以下は筆者の想像している話だから、その想像を追いながら読んでいただければ幸いである。

台風は「負のエネルギー」の掃除もしているのではないだろうか?

今まで、「負のエネルギー」は、「マイナスイメージの心」、すなわち、望ましくない、いわゆる、「悪い心」の状態が発しているエネルギーだと述べてきた。

だが、「負のエネルギー」は、実は、心のあり方ばかりではなく、環境の汚れを作るあらゆるものから発せられているのである。

すでに分かっているものに、自動車や工場などから出る各種排気ガスによる汚染、電気製品から発せられている電磁波、化学合成農薬などの散布による空気汚染、化学合成肥料使用による土の汚染、核開発や核使用から出る放射性物質による汚染等々が主なものである。詳しく調べればまだまだあるのだが、キリが無いのでこの辺にしておく。

以上のような環境汚染の原因になっているものは、法規制により、かなり改善されてきたものもあるけれど、依然として解決の見通しの立っていないものが多々あるのは周知の事実である。

それらによる「負のエネルギー」が臨界点に達したとき、どんなことが起こってくるだろうか？

ここでいう臨界点とは相対的なものである。例えば、いい加減な人には我慢できるゴミでも、綺麗好きな人には我慢できない汚れ具合というものがあるように、せっせとお掃除しないといられない人の臨界点と、前者のようないい加減な人との臨界点は異なるということである。

それは分かってもらえるとしても、人の臨界点と、「天」の臨界点とはだいぶ異なるようだ。とは、筆者が感じていることなので、それを分かっていただけるかどうか、分からないけれど。

ここで言っている「天」は「宇宙意志」、あるいは「宇宙の仕組み」という言葉に置き換えられと筆者は思っている。

従って、人間の臨界点と天の臨界点とが同じなら、めでたし、めでたし、なのだが、両者はあいにく、同じではない場合があるとも感じているのである。

人間は、自分自身の臨界点を感じたときに、自分で(あるいは他力も借りて)お掃除を行っている。掃除をするかどうかはあくまでも人の自由意志だから。

けれど、台風が**「天の意志による地上のお掃除役」**だとしたらどうだろう。そう言うのは、台風が、人間の思うとおりに来たり去ったりしていないからである。

例えば、台風が来そうなとき、自分の地域を通って欲しくない。どうしても通るなら、できるだけ被害が最小限であってほしい。と、だれもが願っている。

けれど、そんな願いに関わらず、台風は台風自身が臨界点と感じた地域を通って行っているように私には感じられるのだ。あたかも大掃除をしているかのように。

そんなふうに、台風のことを感じたことはないだろうか？

人間が怯えて、被害がないことを願っていても、台風は容赦なく、場合によっては願わしくない小被害や大被害を置き去りにして通り過ぎて行く。

それが天・宇宙の意志による「台風の役目」だとしたらどうだろう？

掃除をすべき、と感じる、天の「臨界点」が来たら、台風によって掃除が始まるような宇宙の仕組みになっているとしたら。

「え～、そんなぁ。と言いたいところだが、もしかしたら、へえ～、そうか。そういうことも考えられないでもないなぁ。百歩譲って、そうだとすると、日本人は毎日風呂に入りたがるほど綺麗好きな人が多いから、天は、台風を送って、特に日本を度々掃除してくれているのかな？」

と、感じるのは勝手だけれど、変なうぬぼれはいけない。台風は日本ばかりではなく、世界中どこへでも出向いて風水害は起こっているのであるから。

ご存知のように、熱帯低気圧は台風(タイフーン)、ハリケーン、サイクロンと、三つもの別名を持っている。名前が異なると、どこの地域に熱帯低気圧が来ているのか、あるいは来たのかが分かり易いから、別称になっているのかどうか、よく分からないけれど、そんな区別になっているのである。

その方面の情報によって詳細を記すと、北西太平洋域(北半球の東経１００～１８０度)においては、熱帯低気圧の域内最大風速が毎秒一七・二メートル（34kt*〔knot・ノット〕）を超えると「台風」と呼ばれ、北大西洋および北東太平洋（北半球の西経180度以東）では「ハリケーン」、南北インド洋や南太平洋では「サイクロン」と呼ばれている。

つまり、三つとも、同じものなのである。

熱帯低気圧が襲うのは日本ばかりではない、ということである。

＊ノットは船舶・海流などの速度の単位。毎時一海里（1852m）の速度を一ノットという。

よく言われる災害の最たるものに、地震・雷・火事・親父が挙げられているが、初めの三つはともかく、昔から比べると、親父の怖さは格段に減じ、風水害や津波の方がよっぽど恐れられている昨今である。

「悪心」と台風との関係

ここまで来たところで、最も肝心な、「悪い心」の集積ともいえる、「負のエネルギー」がどのように台風と関係しているのか、について焦点を当ててみよう。

以下はあくまでも筆者の推測、仮定であるから、読者は気楽に読んでもらいたい。

とは言うものの、ここで一つだけお願いしたいことがある。

間違っても、台風で被害に遭ってしまった気の毒な人のことを、「お掃除されちゃったんだ」などという目で見たり、思ったりは、決してしないでほしいということである。人の心がどのくらい汚れているかなどは神様以外にはだれにも分からないのだから。

このお願いを守っていただけるのなら、話を進めて行ける。

シーン。

筆者の心の目に、読者が真面目にうなずいてくれているのが感じられた。これならオーケーだ。前へ進もう。

前の繰り返しになるようだが、台風は、気象映像を見れば一目で分かるように、高気圧に囲まれて、その狭間（はざま）になっているところ、つまり、周囲と比べて相対的に低気圧になって等高線で囲まれているところを進路にして、北半球では、上空から見ると左回りに周囲の空気を巻き込んで突進して行っている。

気象用語を交えて言えば、台風の進路は、主に、「太平洋高気圧」、「偏西風」、「貿易風」の影響で季節によって変わるものの、日本へは大体七月から十月にかけて多くなっており、ちょうど、水が高い所から低い所へ流れて行くように、低気圧を進路にして通り過ぎて行っているのである。

念のため、「台風」または「台風の進路」でネット検索すると、ほとんどの情報に、「台風は、低気圧を進路にしている」と記してあるので間違いない。

そうか。そうなのか。

それは、換言すれば、海上や、こっち（日本）にある低気圧と、台風の低気圧が低気圧同士、ウマが合うから、そっちへそっちへと台風が進むのだ、と言っても構わない、ということになるのではないだろうか。

ウマが合うとは、惹きつけ合う、親和する、と同義である。

それはまた、だいぶ前の方で記した、「類は友を呼ぶ」や、「似たもの同士」、「同じ波動（周波数）を持つものは引き合う」などの意味と同じではないか。

同時に、低気圧は「荒っぽい」のだから、荒っぽいもの同士、惹きつけ合って、進路が決まって来る、と言い替えることもできるのではないだろうか。

でも、これは、牽強付会かもしれないから、もう少し考えてみよう。


台風の進路というと、何か、谷間を選んで通って行くようなイメージが湧いてしまう。水ならば低きに従う、のだから分かり易いけれど。

だが、気圧の場合は水とは異なるのだ。

そうなると、筆者に浮かぶ低気圧のイメージは、「空気の密度が薄いところ」というフレーズくらいで、高山のてっぺんがそうだっけ？　しか浮かばない。

であるなら、台風、いや、台風の中心の「目」のところは、高山の上を進路にして進んでいるのかな？　くらいしか考えられないのが情けない。

「あーあ、理系の頭に生まれていればよかった……」と嘆くと愚痴になる。これでは「負のエネルギー」の増大にしかならないので、やめよう。

困ったときの神頼み、は辞書を引くことである。

手元の電子辞書で「低気圧」を引くと、

①　気体の圧力が低いこと。
②　大気圧が周囲より低い所。地上天気図では閉ざされた等圧線で囲まれた低圧域を指す。低気圧圏内では上昇気流が生じて、一般に天気が悪い。↕高気圧。とある。
他の辞書には、前の方にも引用したように、低気圧は、
③　荒っぽいこと、人の機嫌が悪いこと、また、穏やかでない気配が感じられること、あるいは、形勢が不穏になることの例えにも使われている。

とあるから、前記三つ全部に当てはまる場所が台風とウマが合う、台風の進路になっていると仮定しても良いのではなかろうか。

高山のてっぺんが、空気が薄い（気圧が低い）のは事実だ。つまり、低気圧状態であるから、①は当てはまっている。

では、高山のてっぺんは荒れているかと言うと、荒天のときもあれば、上天気のときもあるから、②と③は該当しない。

となると、台風の目は必ずしも高山のてっぺんを選んで通ってはいない。通ることもあれば、通らないこともあるということになる。


テレビで「台風の進路」を見ると、海上から上陸するや、山あり谷あり平地あり、の、でこぼこの地上を通って、散々、激しい雨風で我々を悩ましてから温帯低気圧に変わってやがて消え去って行く。だから、高山も含め、色々なところを通って行っているわけだ。

その通り道は、①〜③全部に当てはまる「低気圧帯」を縫うように進んで行くのではないだろうか。

口幅ったい言い方をすると、台風は、親和性を感じる荒っぽい「低気圧帯」に引き寄せられ、壁のような高山にぶつかると雨を落

とし、それが土砂崩れや洪水を招き……ということになっているのではないだろうか。

台風は結果的に、荒っぽい空気が漂っている所、居心地の悪い、汚い場所をお掃除して、役目が終わると去って行く。容易にお掃除できない場合は、長くそこに留まることで、掃除を念入りにして行く。そんなふうに感じるのはおかしいだろうか？


ここで筆者は「荒っぽい」の他に、「居心地悪く、汚い」という言葉を加えた。

理由は前にも述べたように、そういう場所は周波数が荒く、荒っぽいのは、汚く、居心地悪い、に通じるからだ。

汚い場所や言葉はザラザラしている。繊細ではなく、荒っぽいのだ。

ここまで来ると、筆者の言いたいことが、読んでいる人にはかなり伝わってきているのではなかろうか。

そうなのだ。

「荒っぽい」、「汚い」は、筆者の分類では「負のイメージ」、「負のエネルギー」のうちに入り、「類は友を呼ぶ」ふうに同居し易いのだ。

読者の中には、「そんな分類は勝手だ。止めろ」、と言いたい人もいるだろう。

確かに、荒っぽい言い方をしても、暖かさや誠実さの伝わる場合もあるだろう。

けれど、そういう微妙な場合はこの際は外して、筆者が「負のエネルギー」に入れているのは、あくまでも、人を傷つける結果になる荒っぽさのことであると理解していただきたい。

つまり、前の方に書いた、心が発する「負のエネルギー」を多く溜め込んでいる人が多い空間は、「負のエネルギー」濃度が濃いから、荒っぽさの濃度も濃く、イコール「低気圧」状態になっていると言えるのではないだろうか。


低気圧状態と言っても、周囲と比較しての、相対的な状態であるのは言うまでもない。従って、台風は、相対的に「負のエネルギー」度が大きい所を選んでいるかのような進路を辿っている、ように見える。と言ってもおかしくないのではなかろうか。

でも、そうだとしても、地元に台風禍がなかった場合、アー良かった。自分たちの所は「負のエネルギー」濃度が低かったからだ。などとうぬぼれてはいけない。

「うぬぼれ」は「負のエネルギー」に入るのだから、いつかはそれが増大してその他の「負のエネルギー」とともに「天」の「臨界点」に達して、今度は自分たちが台風にお掃除されてしまわないとも限らないのだから。その他にも、予期しないことが多々あるだろう。だから、「そうか、そんなら、謙虚になって「正のエネルギー」を努力して増やしていくか」と感じて、頑張れるなら、頑張った方が絶対いいと思うのだが、いかがだろうか。


それでも、人力ではどうすることもできず、あいにく台風でお掃除されてしまう場合だって無いとも限らない。そんな場合には、「正のエネルギー」濃度がまだ、「天の意志」に合うほどに満ちていなかったのだ、と観念するしかない。と感じて観念できたら、ダイヤルを「天の意志」に合わせよう。

『「正のエネルギー」』をもっと増やしますから、台風でお掃除しないでください」

と前向きに切り替えれば正解なのだ。と筆者は信じている。

仮に自分の地域が台風の進路予報に当たって通り過ぎても、結果、被害が少なかったり、台風が温帯低気圧に変わってほとんど被害に遭わなかったりしたら、そんな場合も、

「ああ、ありがたい」

と感謝して、「今後も『正のエネルギー』を増やすべく努力する」ことを誓って精進すればいいのではなかろうか。そうすれば、台風の荒っぽい周波数と合わなくなるから、お掃除される必要も無くなるという理屈になるわけで、台風は、「きれいなそっちには行けないなあ」と、なるのではないかと筆者は感じているのである。

「正のエネルギー」とは、言うまでもなく、先述したように、「負のエネルギー」の反対のエネルギーのことである。明るく、穏やかで、楽しく、前向きで、というような。

もし、この展望が当たっていたら？

いかがだろうか？

ここまで読んでくると、

「ふ～ん。この人、偉そうなこと言って、一体、自分を何者だと思っているん？」

と、こう問い詰めたくなりませんか？

私だったら、間違いなく、問い詰める。

「何じゃ。神様でもないのに、言いたい放題言って。こっちを馬鹿にすんな！」と。

読者がそこまで思ったかどうかは分からないが、今まで言ってきたような話は、筆者一人で思いついたわけではない。当然、話の出所がどこかにあると思っていただいていい。但し、出所を明かすと、「そんな解釈をして！」などと、迷惑がかかる向きが出て来るといけないので、それは秘しておく。

只、そこから重要なヒントをもらったのは事実である。

しかしながら、科学的（？）なアプローチでそのヒントを解きほぐし、分かり易く提供したのは、（――と思い込んでいるだけかもしれないけれど）間違いなく筆者である。

そこは、胸を張って言える。

もしも読者が、このような展開に興味を感じられ、共感を覚えていただいたとしたら、書いた甲斐があるというものである。

台風その他の、「自然災害」あるいは「天災」と感じられる災害に、無力感を覚えていらっしゃる人がいたら、「当たるも八卦、当たらぬも八卦」である。

もし、筆者の愚直なアドバイスが当たっていると感じられ、恐恐るでもいいから、そのアドバイスを実行して得することがあったら、いいではないか。

お節介かもしれないが、こんなふうに考えている人もいる、ということを頭に入れておいていただけると、とても嬉しいのである。

最後になるが、この文章中に頻繁に登場していただいた菅原道真様には深く感謝申し上げている。道真様にはとても重要な役目を果たしていただいたのだから。

道真様は、比類なき大学者でいらしたから、今頃はあの世で、すべての復讐心（それも「負のエネルギー」に入る）をそぎ落とし、清々しい心で宿敵だった方々とも和解し、手を取り合って楽しく過ごして

いらっしゃるのではないだろうか。

ご登場いただいた上に、こんなことを言ってしまったら、「天罰」が当たるかもしれないが、ひょっとしたら、もしかしたら、道真様、あなた様が、この文章を書くのまで導いてくださったのではありませんか?

いや〜。――そんなわけはないですよね。それこそ誇大妄想もいいところ。(ではない。うぬぼれというもので、「負のエネルギー」の仲間に入ってしまうではないか)。

道真様、ご気分を害されたらお許しください。ともかく、このあたりで拙文は終了とさせていただくので、最後の最後に一つだけ、お願い申し上げます。どうぞ、生意気な筆者だけには雷を落とさないで見逃してくださいませ。クワバラ、クワバラ。

[平成三十年十月十九日岩手県歴史研究会発行「会報『歴研いわて』でたどる『岩手県歴史研究会十五年の軌跡』に掲載]

『古今和歌集』に載り、「小倉百人一首」にも選ばれた菅原道真の歌。(任天堂カルタより)

余録

本書を編纂しているうちに元号が変わり、「令和」ということになった。新元号には『万葉集』の中で大伴旅人が詠った和歌の序文中にある言葉が採用され、にわかに万葉集に注目が集まった。

旅人が太宰府帥(長官)として九州に赴任した折、都を偲んで酒宴で詠んだのが次の歌である。

わが苑に　梅の花散る　久方の
天より雪の　流れくるかも

菅原道真も梅の花を愛していた。太宰府へ配流のときに庭の梅に、

東風吹かば　匂ひをこせよ　梅の花
主なしとて　春な忘れそ

と詠むや、梅が主を追って九州まで飛んだという「飛梅説」があるくらいだ。

太宰府と言い、梅といい、ふたりには共通点が窺える。

それぱかりか、道真の母方は大伴氏である。

大伴旅人の子は万葉集編纂者の一人、大伴家持で、家持は延暦三年(七八四年)持節征東将軍に任じられ、陸奥国へ赴任している。家持には、聖武天皇が東大寺の大仏建立の折、詠んだ有名な次の歌もある。

天皇の　御代栄えむと　東なる
陸奥山に　黄金花咲く

道真の妻子はみちのくへ追いやられ、家持は役人として来ている。菅原氏と大伴氏、縁は浅くなさそうだ。

第五章 短編小説（二編）

短編小説

早池峰の鹿

遠野市と花巻市の境界に位置する早池峰山(1917m)を雲海の彼方に望む。手前は岩手山。八幡平（1613m）頂上から下るアスピーテラインから写す。

謎の鹿

およそ千二百年もの昔。

東北がまだみちのくと呼ばれていた頃のことである。

そこの郷(さと)の一つに遠野という所があり、四角藤蔵(しかくとうぞう)という男が住んでいた。

年はまだ二十歳そこそこだったかもしれない。業(なりわい)は猟師である。郷の北辺に、ひときわ高く聳えている早池峰山(はやちねさん)の頂きを朝日が染め、すり鉢状の盆地の上をなで始める頃、藤蔵はもう目覚めていた。外を窺うと、深い靄(もや)が立ち込めている。

「あやー、なんたらいい日だべー。今日ごそは行ぐぞぅ」

靄は快晴の印だ。藤蔵は素早く身支度を整え、いつものように数本だけ矢を括り付けた弓を背負って外へ出た。

わらじ履きの足を踏み出し、両腕を上げて伸びをすると体中に力が漲ってくる。

「兄(あに)やー、どごさ、いぐだあ？」

弟の小次郎だ。足手まといになるといけないからこっそり抜け出したのに見つかってしまった。

「キョキョキョキョッケッコッ！」

人の気配を察して騒がしく餌をねだる鶉(うずら)の声と、弟のすがる目を蹴飛ばすように藤蔵は急ぐ。今日の餌やりは小次郎の番だ。卵を見つけたら取っておけよ。

露を含んだ夏草から足を乱暴に引き抜きながら藤蔵は早池峰の頂上を目指す。うまくいけば昼前には着くだろう。

「あぞごでおれが見だ鹿は、体中真っ白い毛で、でんび（額）に金色の星のような印が付いていだ」

藤蔵は呟いた。

遅れれば獲物をあやつにさらわれるかもしれない。

その頃の早池峰山は、たまにマタギと呼ばれる地元の猟師が足を踏み入れるだけで、普通人が歩いて行けるような登山道はまだ全く整備されていなかった。

およそひと月前。今日のように晴れた日に藤蔵は早池峰の山頂近くまで足を伸ばして狩りをしていた。狙った山鳥を首尾よく射止め、腰にぶら下げて意気揚々と下山しかかったときだ。

まったく何の気なしだったが、山頂を振り返ったらあの鹿がいたのである。角が短いので雌と知れた。遠目にも関わらず、額に金色の星印がくっきりと付いているのまで分かった。

「何だぁ、あれは？」

藤蔵が見詰めているのに気付くと、鹿は風格のある肢体を翻してすぐに視界から消えた。それが目に焼き付いていまだに忘れられないでいる。

運よくまた出会えたらぜひ撃ち取りたいと意気込んでいるが、猟師の感で、あの鹿は出会ったときのように、うんと晴れた日以外には現れないような気がする。それでそういう日を待っているのだが、その後はあいにく雨や曇りの日が多く、なかなか早池峰の頂上へまでは出掛けられないでいた。

「くそっ！　いづまで待だねばねえんだぁ」

苛々と脾肉の嘆をかこちながら家に居て、鷹の羽をせっせと篠竹に取り付けて矢を拵えていたが、母親に頼まれれば畑仕事の手伝いなどもしたりして過ごしていた。

狩りに出掛けるとき藤蔵は矢を多く持たない。それは、同じく猟師だった父親がいつも口を酸っぱくして言っていたからだ。

「余分に矢を持つと、それを頼みにして気が緩む。これしかねえと思えば、一本の矢にすべての気迫を込めて獲物を狙う。打ち損じた上に、矢を取り返せずに虚しく帰ったら、お前や家族の食べる物はねえと思え。そう思えば嫌でも弓の腕を上げざるを得めえ。絶えず鍛錬するんだ、藤蔵」

　藤蔵はうなずく。

「それからな、万一、矢を失くしたときに熊にでも襲われたら、これで身を守るのだ」

　父は大切にしている鋭利な小刀を藤蔵に手渡した。それはいつも藤蔵の腰の鞘(さや)に収まっている。それに触れると父親に触れているような気がした。

　そんな厳しくも温かい父に見守られて藤蔵は怠らずに鍛えてきたつもりだ。

　だが、父親は藤蔵が十六歳になって間もなく、狩りの時に崖から滑落したときの怪我が元で死んだ。

　残された母親と小次郎を養うのはおれしかいない。

　藤蔵は矢を握り、奥歯を噛みしめていた。


　白鹿を見て半月ほど経た頃、夏も盛りの時分に藤蔵は別用で早池峰の麓にあるツキモウシ村（現在の遠野市附馬牛(つきもうし)町。以後、附馬牛(つきもうし)村とする）へ出向いていた。用向きが首尾よく済んだので帰ろうとしていると、ばったり顔見知りの若者に出会った。

「久しぶりだな、藤蔵。これがらおれだぢの村の若衆組の集まりがあるんだが、せっかくこっちさ来たんだがら、一緒に出てみねえが」

　若者はくったくなく満面の笑みを浮かべている。

　思いがけない誘いは嬉しいが戸惑った。

　そこと藤蔵の住んでいる来内(らいない)村（現・上郷町(かみごうちょう)来内）は五、六里（二十数キロメートル）も離れている。

　来内村からは猿ケ石川沿いに北へ向かう道を辿るのだが、藤蔵の足なら六刻弱（三時間）ばかりで往復できる距離である。とはいえ、山あいにある遠野は日暮れが早いので、急がないと暗くなってしまう。

「うーん。出てえ気持ちはあるが……」

「大丈夫(でえじょうぶ)だ。遅ぐなるようだったら、おらほさ泊まればえかべな」

「そうが。そんなら厄介になっかが。夜道で霧に迷うのは真っ平御免だがらな。ところで、その集まりには飛び入りでも構わねえんだな」

「もちろんだども」

　ということで、若者の好意に甘えて加わってみたのである。

　若衆たちの打ち合わせが終わった後、藤蔵は腕のいい猟師として紹介された。

「こいつはハア、猟に出掛ける時は矢をいっぺえ持(けえ)たねえんだ。んだども、狙った獲物は外さねえ。必ずしとめて帰る。いわば遠野で一番の弓取りっちゅうごどよ」

　顔見知りが藤蔵の肩に手を置いて持ち上げる。

「おおそうが。そいつは大(てえ)したもんだ。さ、遠慮なく飲めぇ」

　そんな具合に歓迎され、気分よく酒を交わしているうちに次のような話を聞いた。

「猟師って言やあ、御山(おやま)の西っ側の大迫(おおはさま)村の田中兵部(ひょうぶ)っつうマタギが、近頃妙な白鹿を夢中になって追っがげでいるどよ」

　御山とは早池峰のことである。

　居合わせた若衆の中でも年嵩に見える一人が遮った。

「んにゃあ、あいつはマタギでねえ。山伏だ。頭に兜巾を被っているから間違いねえ」

「トキン？　そりゃあ、何のこった？」

他の若衆が訝しげに訊く。

「兜の代わりみたいな小っこくて平べったい、つぅか、蓋つきの曲げ輪っぱみたいなもんに紐がついている被り物だぁ」

年嵩は額の上に兜巾の形を両手で作ると、見えない紐を顎の下で結ぶ仕草をして見せた。

「へえー。そうが」

妙な白鹿とは、あの、自分が見かけた鹿に違いない。その鹿を追っているという男のことが話題になったので藤蔵は若衆たちの噂に耳をそばだてた。

「山伏ってば、都から流れてきた僧侶のごどを言うんだべ？」

だれかが年嵩に確かめる。

「んだ。普段は加持祈祷やらで儲けているんだどよ」

「へえー？」

連中が目を丸くしているので年嵩がまた説明する。

「『加持祈祷』っていうのはな、祈って仏の力を借りて人の病を治すってごどだ」

「それで治るなら便利だなぁ」

「都ではそれが当たり前だどよ」

「つまり、仏の力が神を凌いでるってごどか」

「みちのくだの、蝦夷だのって蔑まれているおらだぢには腑に落ぢねえ話だなあ」

若衆たちは勝手にがやがやとしゃべっている。

「何でも、二百年以上も前に入って来た仏の教えってえのに都の人は夢中なんだど」

「それと、山伏らぁは、金鉱探しもついでにやってるってえごどだぞ」

「ハア、何でだ？　何で金なんか探してるんだ？」

「薄く伸ばした金を仏の像に貼り付けるど、ピカピカ光るべ。それで有難ぐ思わせるためだどよ」

「そうが」

藤蔵には耳慣れないことばかりだ。

その頃の遠野にはまだぼちぼちとしか都の文化は入って来ていない。

山伏風情だというそやつは、本当はいったい何者なんだろう？

山伏が何で鹿など追っているのか？

白くて珍しいからか？　それとも他にわけが？

様々な思いが藤蔵の頭を駆け巡った。

不審な顔をしている藤蔵に顔見知りが教えてくれた。

「そいづは、年はお前より十歳ぐれえ上がな。別名を藤原何某って聞いでいる」

だが、酔いの回った藤蔵の頭には初めに聞いた田中兵部という名前の方が残った。

田中兵部の話はそれきりで、後は思い思いの雑談に移って行った。

以来、藤蔵はその男のことが気になってしようがない。

なんとしてもあやつより先にあの鹿に出会ってしとめたい。

鹿肉はめったには食えないし、独特の臭みを好まぬ人もいるが、歯ごたえと味わいがある。一頭しとめれば大御馳走だ。来内村はもとより、世話になった附馬牛村の若衆にだってふるまえる。ついでにおれの弓の腕が大迫の方にまで知れ渡るだろう。

白鹿だからな。珍しいと評判になるはずだ。サヨだって驚くかもしれない。

　藤蔵がときおり行き逢う来内村の娘のサヨは色白だが、鼻がほとんどぺしゃんこで、それがまた愛嬌になっていて可愛い。――でも、サヨは俺のことをどう思っているのか……。

　そんなことも思いながら、急坂へ差し掛かったところで藤蔵は立ち止まって竹筒の水で喉を潤した。だが休憩を取ったのはそれきりで、大小の岩の間を巧みにすり抜けて登って行った。

兵部との出会い

　汗をかきかき藤蔵が山頂に辿り着くと、大岩の向こうに何か動くものがある。

「ちえっ、先んじられだが！」

　藤蔵は焦った。あの男かもしれない。

「兵部だったら、こっちもあの鹿を狙っているど知られでは拙い。どうしたもんだか……」

　藤蔵は少し下がって別の岩に隠れ、動くものを見極めようとした。

　だが、それは人ではなかった。あの鹿、だ。

（う、こっちの動きを悟られぬようにすねば……）

　早くも鹿を見つけた喜びに浸っている暇はない。

　藤蔵は背中の弓を前に回し、矢を静かに抜き取ると番(つが)えて大岩の方に忍び寄った。

　微風が耳朶をかすめる。

　風下から近づくべきだったのに、おれとしたことがうっかりしていた。やつはすぐにおれの臭いをかぎつけるだろう。

　と感じる間もなく、岩陰から全身を現した鹿が真っ直ぐにこちらを見た。

　毛並みは雪のように白く、額に金色の星印がある。

　まさしくやつだ。

　首を狙い、大急ぎで弓を引き絞ったが足元が定まっていなかった。矢は間に合わず、大岩の向こうへ消えた。鹿の姿はもちろん、もうどこにも見えない。

「くっそー、逃げられだ！」

　特別な相手だからか、今日はなぜか感が狂っている。矢をすぐに拾いに行く気にもなれずに、藤蔵はへたへたとその場に座り込んだ。

　あいつはしばらくここには現れないはずだ。無駄足に終わったのが悔しいけれど、もう帰るしかない。と思ったとき、視界がいきなり翳った。

　ビクッとして顔を上げると、目の前に人がいる。

「だ、だれだ？」

　慌てて立ち上がると、陽光を背に見知らぬ男が藤蔵を凝視しているではないか。

　日焼けはしているが、この辺では見かけない、のっぺりとした顔立ちだ。

　弓を背負い、何本か矢の入っている靫(ゆき)(矢筒)も背負っているので、猟師と分かる。

　相手が、手にしている矢を不愛想に前へ突き出したので藤蔵は反射的に受け取った。

「それはおぬしのものだろう。おぬしもあれを追っているのだな？」

名乗りもしないで、鹿が逃げた方向をあごで示し、低い声で質したのは噂の田中兵部に違いない。兜巾のようなものは付けていないがきっとそうだ、と藤蔵は思った。

弓の礼も言わず、男の問いも無視して藤蔵は訊いた。

「おめえは大迫の田中兵部でねえのが?」

「おお、そうとも。よく知っているな。おぬしは?」

「おれは、来内村の四角藤蔵だ」

「そうか。藤蔵か。苗字に合った角張った顔をしているから覚えやすい。ところで、おぬしは、何であれを追っているんだ?」

「そ、それは。そいづはおれの方が聞ぎてえ。おめえごそ、なすてだ?」

藤蔵がどもりながら訊くと、兵部は細い目尻を下げた。

(こいづ、笑ってるじゃ。おれのごど、なめてかかってるな)

藤蔵の心中などどうでもいいらしく、兵部は腰の後ろに下げている獣皮を尻にあてがうと、藤蔵の目前の岩へどっかと座った。

「まあ、いいからおぬしもそこへ座れ」

戸惑いながらも藤蔵が同じように手頃な岩に腰掛けるのを待って兵部は口を開いた。

「これからの相談だが、あの鹿をおれとおぬしと二人で追う、ていうのはどうだ?」

いきなりの申し出だ。

やっと自分を取り戻した藤蔵はきっぱりと返した。

「おめえがあれを追っているわけを先にしゃべれ。それに納得がいったら合力しねえでもねえ。まず、それを聞いでがらだ」

「ほほう、条件をつけてきたな」

自分よりずっと年下のようだが、藤蔵の言い分には筋が通っている。そう兵部は感じたようだ。身を乗り出すと、さっきよりもっと低い声になった。

「あの鹿にはな、秘密があるのだ」

「秘密?」

早池峰の謎

秘密と聞いて藤蔵は自分の地元の来内村の若衆組の集まりに初めて参加した折に聞いたことを思い出した。

早池峰のことをよく知らなかった藤蔵は、みんなにとっては当たり前らしい知識を今更知らないとは言えなくて、「んだな」などと適当に調子を合わせていた。

ところが、それを先輩面してそっくり返っている若衆の一人に見破られてしまった。新入りの藤蔵はそいつにじっと観察されていたらしい。

そいつがにじり寄って来て馬鹿にしたように、

「おめえはな、御山のことをほとんど知らねえんだな。んだらば教(おせ)てやるか?」

と囁いたとき、驚くとともに一瞬ムッとしたが、顔に出すのはまずいので、

「教えでけろ」と態度を低くしてうなずいた。

「御」が付くからには、この地域で一番高い山だからか、と想像してみたが、そんなありきたりな理由からではないだろうと思った。

答はやはり違っていた。

先輩はもったいぶってこう言ったのだ。

「あの山には神様が宿っておるがらよ」

「神様がぁ、ふーん。どんな神様だべ？」

「それは……」

先輩は藤蔵が聞き返すとは思っていなかったらしい。なぜか言い淀んでいる。

(何だ、知らねえのが)と藤蔵は思った。

別の先輩がそいつに目配せをし、藤蔵を見据えて口を添えた。

「つまり、山そのものが神様、ってごどなのよ」

と言ったきり、皆の話題は他へ移って行った。

山そのものが神様か。ほうー。でも、それはどういうことなんだ？　他とは違う聖なる山だということか。だから、「御山」と言われ、ほとんどだれも足を踏み入れていないのか。それはいつ頃からなのか？　早池峰へたまに狩りに行くおれや、おれの仲間の猟師たちは、山を踏みつけにしているのだから、いけないことをしているのか。そんなことは気にしたくもないが……。

そのようなことをとつおいつ考え、それと、あの鹿のことを思うと、藤蔵の胸には何かざわざわするものが蠢いてくる。それは小さい頃、親に隠れて何か悪さをしようとするときに感じる後ろめたさ、に似ていると思ったが、なぜそんな気持ちになるのかはさっぱり分からないでいた。

若衆たちから聞いていた話のせいか、今しがた兵部からも、「白鹿には秘密がある」などと聞かされたりしたためか、それらを考え合わせると、もしかしたら、自分の胸のざわめきは「御山」の神に何か関係があるのだろうか、と藤蔵は思った。

いや、そんな面倒なことは考えないでおこう。聖なるだろうが何だろうが、おれはあくまでも猟師なんだから、と、そんな考えはすぐに追い払ったのではあるが。


とは言うものの、後日、藤蔵は村の古老の一人に尋ねてみたことがあった。

「早池峰はいづ頃がら『御山』なんぞと呼ばれで、特別扱いされるようになったんだ？　覚(おべ)でるだったらおれさ教えでけろ」

「ほほう。藤蔵にせれば、珍しいごと訊くでねえか」

古老は面白がってこんなことを教えてくれた。

「話せば長ぐなるからうんと縮めで語るが、昔(むかす)も昔、何百年も前(めえ)の大昔のごと。三人の姫っこが遠野さやってきた。その中の一人が早池峰山をもらった。後の二人はそれぞれ石上山(いしがみさん)と六角牛山(ろっこうしさん)をもらって姫神―女神になったんだど。女神が住んでるがら、それがら、三つの山は神宿る『御山』と語られるようになったどいうごとだ」

「へえー。三つとも遠野にある山でねえが」

「んだ。んだ。それで、その三つの山は『遠野三山』と呼ばれるようになって、特別な山どされでいるんだ」

「それで、その三人の姫だちの名前(めえ)は？　姫って語るがらには、都の方がら落ち延びで来たのが？」

古老は首を横へ振った。

「そごまではわがんね。色んな話(はなす)っこがあって、確かなごどはわがんねえんだ。おれも、年寄りから聞いた話でうろ覚(おべ)えだがら、これ以上は勘弁してけろ」

「そうが……」

魂上げ

あれから藤蔵は田中兵部と力を合わせて白鹿を追うことにな

った。

晴れた日にはこの前と同じように二人とも自分の家から早池峰の頂上を目指し、昼前に合流したら、あの鹿を見つけ次第撃ち取るか、できれば生け捕りにしたいものだ、と話し合っていた。どちらが成功しても二人の手柄にしようと決めたはずだった。少なくとも藤蔵はそう思っていた。

ところが、それから初めての晴れた日、用心のため矢を増やして背負った藤蔵が勇んで山頂に着くと、兵部がもう着いていて、この前の岩に腰を下ろしている。弓矢を脇には置いているが、すぐに鹿探しに行こうという雰囲気ではない。

兵部が無言で前の岩を指さすので、藤蔵も逸る心を抑え、戸惑いながらこの前と同じ岩に腰掛けた。

兵部には何か言いたいことがあるらしい。今日も兜巾とやらは付けていないから、こいつはやっぱりマタギなんじゃないかと改めて思いながら、こちらも無言のまま目で促す。

兵部は藤蔵の不審を払うように話し出した。

「あの鹿は、もしかしたら偉い神さんの化身だっていうことも頭に入れておかなきゃなんねえ。だってよ、額に金色の星印を付けている白鹿なんて、めったにいねえだろう。だから、もしわしらが神さんを殺っちまったら、面倒なことになるかもしれねえからな」

（ん……？）

兵部は今更おかしなことを言う。と藤蔵は思った。弓の腕前がおれに劣るかもしれないと恐れたからか。それで弱気が出て、狩らない言い訳を考えだしたのか？　この期に及んでいったい何だよ。

藤蔵はぶすっとして投げつけた。

「うまくしとめて食ばいいんでねがったのか？」

兵部は目を丸くしている。

その言葉が、地元の民が言っていることを思い出させたからだ。

地元民はこう言っている。

「獣はハァ、熊でも何でも、人間に食われで役に立づのが、むしろ誉なんだど。食われっと、『よぐ役に立った』と、あの世でいい待遇になるがらなんだってよ」と。

だから彼らはよく熊や鹿の魂祭りをやっているのか。「肉は食って、魂は元来たところへ還してやるって」な。だから肉を食うことに抵抗がないのかもしれない。でも……。

わけあって都からこっちに来てみた兵部には、理解し難い地元民の祭りの心であった。

彼らのやりかたは言ってみれば、積極的な肉食礼賛ではないか。

それに引き換え、奈良や、最近都が移った京のようなところで育った兵部は、「動物を殺生することは、先祖が信じてきた仏の慈悲心に背く行いだから、なるべく菜食がいいのだ」と教えられてきている。仏教は基本的に殺生を戒めているのだから無理もない。

だから、こっちの地元民から魂上げのことをあっけらかんと聞かされても簡単にはうなずけないのだった。

当惑の表情を浮かべている兵部に藤蔵の方がむしろ驚いたくらいだ。

わけを聞かされてその心情は認めるとしても、藤蔵は譲らなかった。

「おれは狩りが好きだが、おれだぢだって獣を殺すのがいいとは決して思ってねえ。殺されるどきのやづらの苦しみを見る度に、うんと可哀そうだど思う。んでも、熊だの鹿だの猪だの山鳥だぢの命をもらわながっだら、おれだぢ人間は生ぎで行がれねがらな」

その言い分はもっともだ、と兵部も思った。

　藤蔵は重ねた。

「んだがら、いっつも後ろめだい思いで狩りをして、肉を食らっている。そんなわげで、心さ、いづも澱(おり)のようなものが溜まっているのよ。――ところで、それだらお前はんは、なぜ、おれと一緒にあの鹿を撃どうどなんて言い出したんだ？　そのくせ、さっきは変なごどをしゃべっていだな。あの鹿はもしかしたら偉い神さんの化身だどが、あれを撃つと面倒なごどになるかもしんねえどか。もしかしたら、お前はんは、本当はあの鹿を撃ちたくねえてが？」

「……」

「な、それがお前はんの語った、あの鹿の『秘密』とやらに関わっているんだば、わしは、撃とう、どうだ、隠さずにみんなしゃべってしめえよ」

「わしは、撃とう、と言った覚えはない。一緒に追おう、とは確かに言ったが」

「ハア？」

　藤蔵は仰天したが、ぴしゃりとはねつけた。

「おれにとって『追う』ど、『撃つ』どは同じごどよ。お前はんもそうでねのが？」

　藤蔵は腹が立って来た。が、兵部が顔をしかめているところを見ると、よほど言いにくいことがあるのだろう。と、察してそれ以上問い詰めるのは止めた。

　自分の方が間違いなく兵部より年下のはずなのに、今は目上になったような気分だ。

　足元から涼風が立ち、岩陰で小花が揺れている。

「カナカナカナカナ」

　遠くの樹林から上がって来る蜩(ひぐらし)の声にここは間(ま)を預けるしかない。

　しばらく沈黙が続いた後、兵部がやっと口を開いた。

「分かってもらえるかどうか分からないが、わしの知っていることと感じていることを洗いざらい言う。聞くのがいやだったら、途中で遮ってくれてもいい……」

　藤蔵は黙ってうなずいた。よほどの大事を兵部は言うのに違いない。唾をのみ込もうとしたが、喉がひっつきそうに乾いているので急いで竹筒を傾けて水を飲んだ。

　兵部も自分の竹筒で喉を潤してから語り出した。

藤原氏の落人

「普通の獣だったら、わしも狩りが好きだし、得意だとも言われているから　躊躇なく射るし、食らうのもお手のものだ。後でその供養と言うのもまとめてしているから祟られるなどという心配もない。そうやっておけば獣どもには恨まれない。と仏を奉じている長老たちから教わっているから」

　兵部が開口一番に言ったのはそれだ。

「それが、さっきお前が言った仏の慈悲というやづがらきていることなのが？　そんなら、おれらが狩りの後に必ずやっている魂上げと大して(てぇ)変わらねえんではねえが」

　藤蔵が問う。

「そう、かもしれないな……。詳しく探って行くと異なる点が出てくるかもしれないが。ま、わしも大きなことは言わぬ方がいいかもしれない。わしだって、わしの知っている僧侶たちだって、表向きは菜食だと言っているが、陰では後で供養するから良いと肉をむさぼっているし。都にはそんな生臭坊主はうんといるからな」

「ハハ、その方が人間らしくていいじゃねえが」

「そうだな。ハハ」

　藤蔵はあくまでも明るい。一緒に笑った兵部も、その大らかさを自分も持ちたいものだ、と思ったようだ。

　兵部はああ言っているからには神についても心得ているかもしれないが、自分の方はほとんど何の知識も持ち合わせていない。ましてや、もっと知らない仏のことなど、兵部と知り合わなかったら決して触れ得ない世界だ。と藤蔵は思った。

　兵部は苦笑している。

「そうだ。仏の慈悲と言うのは、とどのつまりは自分を救うためにあるのだとも教わっている。わしは仏を信じる者らしく、できれば菜食だけで生きて行けたら、とは思って頑張ってみたが、どうやらそれだけでは生きて行かれないと分かったのだ。だから、都からこっちへ来たとき、普段は山伏として生活しているが、狩りをしに山へ登るときはマタギになりすましているのだ」

「んだから兜巾を外しているのだな？」

　藤蔵の口から兜巾と言う言葉が出たのを聞いて兵部は目を丸くした。

　うなずきながら兵部が懐からそれを出して見せたので、藤蔵はしげしげと実物を観察できた。兜巾は黒い布製の丸く平たい箱様のもので、中央が少し尖り、襞が寄せられてできていた。「修験者が山川を跋渉する際に悪気から身を守るための頭巾だ」

と兵部は言った。なるほど。噂は本当だった。兵部の芯のところは都からやってきた仏教徒なのだ。しゃべり方からして、根っからの地元の民ではない。

　藤蔵に自分の実情を知ってもらって安堵したのか、兵部はだいぶ打ち解けてきた。

　だが、藤蔵は容赦しない。

「その仏教徒のお前はんがなぜ、偉い神さんの化身かもしれねえなどいうあの鹿を追っているのだ？　しかも、おれと一緒に追いてえ、なんどど言い出したのはなぜだ？」

　兜巾を懐へ戻すと兵部は「フフフ」と小さく笑った。

「何を笑ってる？」

　訝る藤蔵に兵部は、

「おぬしは真っ正直ないい若者よ。わしは好きだ。わしにもそういう頃があった」

「そんなことで笑っていだのか？」

「そうだ。半分は羨ましくてな」

「羨ましい？」

　今度は藤蔵が苦笑する番だった。

「おぬしのくったくのない真っ正直さに降参してわしも正直に言うが、わしは実は都から出てきて大迫に住み着いている藤原成房と言うものだ」

　藤原成房？　ん、聞いたことがあるぞ。――そうだ。確か、おれがたまたま飛び入りで参加したことがある附馬牛村の若衆組の集まりで聞いた名だ。おらほの方ではめったにねえ名前だがら苗字だけはうっすら覚えていだ。そうが、言われて見れば、こいつには都から何かわけがあって落ち延びてきたような風がある）

「そうだ。わしは都に居られなくなってこっちまで流れて来た藤原一族の成れの果てだ」

（けっ、こいつ、おれの心を読み取っている。自分から流れ者だと白状した。こいつぁ、本当のところはいったい、何者なのだ……）

藤蔵は兵部、いや、実は藤原成房だと言った相手に底知れぬ不気味さを感じながら、まじまじと顔を見ているしかなかった。

「その藤原の落人が、なぜあの白鹿を追っているのだと言いたいのだろう？」

藤蔵の胸の内を読み取れるかのような藤原成房はなおも語ろうとしている。


ぐずぐずしていると陽が高くなって白鹿を探すのは難しくなる。早池峰の山の頂上のように岩だらけの所では、鹿の大方は、昼間はエサを求めて緑の多い下方の林の中に隠れてしまうのだ。狩りの適時を逃してしまう、と藤蔵は焦った。

だが、藤原成房、いや、面倒臭いから元の兵部に戻す。兵部の話から察すると、あの白鹿は普通の鹿ではやっぱりなさそうだ。

――となると、二人で手分けして林に入っても見つかる公算は少ないだろう。と藤蔵は思った。ならばどうしたら良いのか。

藤蔵は兵部に念を押してみた。

「あの白鹿は只の鹿ではねえんだな？」

兵部はうなずいている。

「んだとしたら、普通の探し方では見づがらねえんでねえが。――お前は山伏だ。と言うことは、あの白鹿を呼び寄せるやりかたなども心得てるんではねえが？　もしそれを知っているなら、やってみたらどうだ」

藤蔵にけしかけられ、兵部は微かにうなずいたが止めた。普通の白鹿ではない、と念を押されたところまでは藤蔵の言った通りで合っている。だが、呼び寄せる方法などは自分でとっくに何度もやってみているが、結果を出せないでいる。だから、それはもうやるつもりがない。それで中途半端なうなずきかたをしたのだ。

「おぬしと出会えてわしは嬉しい。おぬしの力を借りれば多分、あの鹿に出会えるかもしれない、と思ったのだ。それで、おぬしに合力してほしいと持ち掛けたのだ。だから……」

と言われても、藤蔵にはまだよく分からない。

それで、もしかしたらと思ってあの心中のざわめきのことを打ち明けてみた。

すると、兵部は、

「それよ！　それこそおぬしがあの白鹿に縁のある証拠よ。これで決まった！」

と、小躍りせんばかりでいる。頬まで紅潮させて満足気なようすだ。

「……？」

（あのざわめきが「白鹿と縁がある証拠」とは何なんだ？）

藤蔵にはさっぱり分からない。白鹿が聖なるものだということか？

「何だ、それは？」

藤蔵の率直さに兵部はまたも苦笑いしながら説明した。

「おぬしとあの白鹿とは目に見えないところで繋がっているということよ」

「おれが繋がってる？　あの白鹿ど？　何でそう思うんだ？」

「そうよ。あの白鹿は額に金色の星型の印を持っていただろう。あれこそは、あの鹿が尊い神様のお使いだという印なのよ。おぬしと縁があるからおぬしの胸がざわめくのよ」

「……？」

ますます分からなくなってくる。

あの鹿がおれとどんな縁があるというのか、皆目見当がつかないで戸惑っているおれを見て、兵部があんなに喜んでいるところを見ると、何かよっぽどの理由があるのだろう、と思わざるを得ない。

自分のあの「ざわめき」の告白を聞いてからの兵部の態度は急に変わったと藤蔵は思う。あれから兵部は自分にほとんど無条件に心を許しているように感じる。午前中に鹿を見つけるはずだった計画を諦めて、藤蔵は腰を据えて兵部の話に付き合おうと腹を決めた。

神の使い

「話せば長いことになるがな……」

と前置きして兵部が語ったことは次のような話だった。

白い鹿ならたまにはどこかで見かけることがあるかもしれないが、珍種であることは無論である。その上、額に金色の星印が付いているなんていう型のものはざらにいるものではない。だから自分、兵部は追っているのだ。

なぜなら、さっきも言ったように、あの白鹿は尊い神様のお使いで、その神様は藤原一族の崇めている奈良の春日大社の主祭神、「武甕槌命」という神様が、常陸国の鹿島神宮（今の茨城県の鹿島神宮）からやってきたとき、—それは分霊を勧請、つまり、おいで頂いたということなんだが—そのときに白い鹿に乗ってやってきたからなのだ。それで「神の使い」として尊ばれているということなのだ。

「ほおー、なぜ馬や牛じゃあねくて、鹿なんだ？　鹿じゃあ、重たいものを乗せられねえんじゃ……」

「突っ込みが鋭いな。そこまで聞くなら話してやろう。乗せる相手は目方の軽い小さい神様だからだ。小さくても滅法、力のある神様でな。それで藤原一族は勧請したのだが。それとな、鹿は泳ぎが得意、と言うか、切羽詰まると、泳いでも目的のところへ辿り着く獣だからよ」

「そうが。では、そのわげは？　何か泳げる鹿を選ぶ必要があったんだな？」

兵部は目を剥いた。

これは、これは。隅には置けない若者じゃ。これこそ選ばれた者、ということじゃや。と感じたのかどうかは分からないが、口元に笑みを湛えながら続けた。

「繰り返すが、昔、わしらの先祖の藤原一族が、氏神として迎えたその武甕槌命という武神に常陸国からおいでいただくとき、命が住んでいる所が水に囲まれていて誰も近づけなくて困っていたそうなのだ。それで、先祖が天の一番偉い神様にどうしたものかとお伺いを立てたところ、『天の鹿という神を遣わせば良い』とのお返事を頂いたのだ。天の鹿とは、つまり、鹿のことだが。それで特別に白鹿を選んでやったところ、無事に神様をお乗せしてお迎えできたということなのだ。そういういわれがあるということなのよ』

「はー。それで鹿が選ばれだというわげが」

「そのため、藤原一族は昔から特に鹿を大事にする習慣を持っている」

「そうが。ふーん。でもまだ分がんねえな。」

「何が、だ？　まだあるのか」

藤蔵が「分からない」を連発するものだから、兵部も段々面倒臭くなってきたらしい。

岩から立ち上がると、ウーンと背伸びをしている。

「腹が減ってきたな。まずは何か食い物を探してからにしようか」

と、もう辺りを見渡している。

何だ。偉いという神様の話から随分人間臭い話になったな。兵部も人の子、ということよ。

時節だからと言って、兵部は生で食べられる榛(はしばみ)なんか探しに下まで降りるつもりじゃないだろうな。それともカスミでも集めて来るってことか。

藤蔵が苦笑しながら、

「ここにあるのを少しだが分け合おう」

と背中の袋から稗(ひえ)混じりの握り飯を差し出す。

すると兵部は「有難い」と言うより早く、飛びつくように一個を掴むや、ぼろぼろこぼしながらむしゃぶりついている。

「喉を詰まらせるぞ」

注意した藤蔵も残りの一個に齧(かじ)りつき、「うまい、うまい」と笑い合って食った。

「チチチ」

「チュチュチュ」

ひとまず腹ごしらえできた二人の目の前の地面に、どこから飛んで来たのか番(つがい)らしい小鳥が寄って来て、人を恐れずにこぼれた稗飯をついばんでいる。

「こいづら、可愛(めんご)いな」

目を細めた藤蔵だった。が、ふと、自分が今日は何の獲物も得ていないと気づいた。

「いけねえ。せっかく狩りに来たのに、このまま手ぶらで帰(けえ)るわげにはいがねえ。兵部よ、白鹿の話を聞くのもええが、まずは先に何か獲物をしとめておがねが？」

飯を分け合ったためか、今まで兵部のことを「お前(め)はん」などと言っていた藤蔵が相手を名前で呼び、返事も待たずに自分の弓矢に手を伸ばす。と兵部も、

「おお、そうさな。まずはお互いに何か獲物を確保してから話の続きをするとしようか」

心得た。と早速自分の弓矢を手に取る。

二人は陽があまり傾かない内に戻ってくることを約束して、それぞれ獲物が居そうな道へ分け入って行った。

ほぼ二刻（一時間）後、早くも藤蔵が射止めた野兎の耳をぶら下げて戻ってみると、間もなく兵部も綺麗な羽をした鳥の両足を紐で縛ったものを掴んで現れた。雄の雉(きじ)だ。

「ほおー、おぬし、やはりかなりの腕前だな」

兵部が藤蔵の獲物を見て褒める。

足の素早い野兎は、よほどの腕前でなければ射止められないのを知っているからだ。

「兵部、お前ごそ。結構いい腕前ではねが」

「結構はよけいだぞ、藤蔵」

「ウハハハ」

豪快に笑う藤蔵。対照的に兵部の笑いは「フフフ」と控え目だったが。

それぞれ獲物を得た安心感もあり、すっかり心の隔たりがなくなった二人は、前と同じように向かい合って岩に腰掛け、白鹿の話の続きに入った。

「あの鹿の星印はな、実は太白星（金星）を指しているのよ」

兵部が言い出した。それまで笑みを浮かべていた顔はなぜか神妙に変化している。

「タイハクセイを指している？　何だ、それは」

藤蔵は面食らってオウム返しに尋ねる。

「太白星を知らないのか。太くて白い星と書くのだ」

「おれに文字を言っても分がんねえ。都の貴族だったづぅお前はんとは違うがらよ」

「ひがむな。その星はな、ほれ、夕方、日が沈むか沈まない頃から西の空に一番先にピカピカ光り出すのがあるだろう。あれだ」

「ああ、あの目立つ星のごどを言ってんのが。そう言えば、あれは明げ方にもまだ光っているごどが多いな。日が射していても、うっすら見えるごどすらある。星らしくねえ星じゃねが。――でも、鹿の額にある印があれを指しているっていうのはどういうごどなんだべ？」

「それはな……」

兵部は口ごもっている。

藤蔵には分からないことだらけだ。

あの星印が即ち、そのタイハクセイだというのか？

無理もない。高い空に他のどの星よりも明るく輝いている星と、天から見たらほんの一地域に過ぎないこの山に現れた白鹿の額にある星印とが、何で同じものなんだよ。同じだと思えという方が無理だ。

しかめっ面をしている藤蔵に兵部が探るように訊く。

「あの印がなぜ白鹿に付いているのか、あるいは、だれが付けたのか、と言いたいのか？」

藤蔵は首を横へ振った。

「いんや。誰が付けたのが、なんて。まさが人が付けたわげではねべ。星印はあの鹿が生まれだ時から自然に備わってる模様に決まってるんでねが」

「そう、かもしれんな……。だが、じゃあ、なぜおぬしはあの鹿に特別な思いを感じているのだ？　胸がざわざわするとか、あれを撃つのは後ろめたい気がするとか」

「そ、それは……。早池峰の神に関係しているらしいと知ってがらのごどだ」

「そうなのだな。それがまさにあの星印が早池峰の神に関係しているということなのだ。

――と言うよりは、あの鹿そのものが偉い神様だという印なのだ。そんな神様を撃とうとするのが間違っているから、おぬしの胸がざわざわしたり、後ろめたい気持ちになったりするのだ」

自信たっぷりの兵部だ。

「ってごどは、あの鹿が、神様だっつうごどなのが、まさが！」

藤蔵は立ち上がって叫んだ。

「しーっ！　そんな大声を出すな」

藤蔵の短絡に苦笑し、唇に指を立てて制しながらも兵部は深くうなずいている。

「こんたな山のてっぺんでだれが聞いでるというのが。はっきりしゃべろ。はっきり」

そう兵部に迫っている藤蔵もなんとなく辺りに目を配って人影がないのを確かめている。

兵部は身を乗り出し、いつも低い声を一層低くして囁くように言った。

「そうだ。毛並みの白い鹿が選ばれたのはさっき言った太白星の白を意味しているし、金色の印が付いているのは、あれがその太白星、大きく明るく輝く星を象徴しているからだ」

「ハア、象徴？　分かりにぐぃな。おれにも分がるようにしゃべってけろ」

　藤蔵が眉をしかめているので、兵部は言葉が通じないもどかしさを感じたようだ。

「つまり、言い変えればだ、な。ここではっきり言ってしまうとな。あの鹿は、太白星とされている偉い神様そのもの、つまり神の化身だということなのだ」

「只の鹿じゃあねえし、『神の使い』だけでもねえっていうごどなんだな。それをおれにそのまま信じろってが？」

　兵部はうなずいたが藤蔵は腑に落ちない。

「な、なじょして、あの鹿が偉い神様なんだよっ？」

　藤蔵が問い詰める度に兵部が白鹿の謎を解きほぐしてやる。というような展開がしばらく続き、二人の問答―共同作業―によって、白鹿の本体は次第に明かされていったのだった。

「偉い神様と言うのはな。太陽にも匹敵する大きな力を持っている神様だからよ……」

「太陽って、あのお天道(てんと)様のごどが？」

　藤蔵は西に傾き出している太陽を指さした。

「そうだ」

　ずばりと言う兵部は威厳に満ちているように藤蔵には感じられた。

「ハアーーー？　あの白鹿が？　とても信じられる話でねえ」

　到底納得がいかず、吐き出すように言った藤蔵はぺったりと岩の上に腰を落とした。

　兵部は身を乗り出したまま藤蔵の目の奥を見つめ、幼子に諭すように言葉を継ぐ。

「われら藤原一族は他から見ると一枚岩のように見えるかもしれないが……」

　太陽と聞いて立ち直れないでいる藤蔵は待ってくれ、と手を横へ振った。

「内々のそっだらごどはおれにはさっぱりわがんねがら、聞いでも無駄だ。だども、それがどうすたんだ？」

「まあ聞いてくれ。同族だからといって、皆同じ考えでいるわけではないということだ。それと、都人(みやこびと)はずっと以前は昔からの神を崇めていたが、新しく入って来た仏の教えとの間に争いが起こって、最後は仏を奉じる側が勝ったことくらいは知っているな？」

「うん。それはなんとなぐ」

　前に附馬牛村の若衆から聞きかじっていたことが微かに甦ってくる。

　それなら、と兵部は続けた。

「都の民が信じている神にも、色々あるし、あったというのはどうかな？」

「何も知らねぢゃ」

　藤蔵はぶっきらぼうに答えた。

「そうか。手っ取り早く言えば、藤原一族は民が前に信じていた神を押し込めて、新しい神をみんなに信じるようにさせたのだ」

「へえー。神様だ、仏様だ、古い神様だ、新しい神様だ、とよぐ変わるもんだな」

藤蔵は呆れ、兵部は苦笑している。

「これは余り大きな声では言いたくないが、神や仏は、権力者たちが自分らの力を振るうために都合よく利用しているフシもないではない」

「それはつまり、神様や仏様を敬うのではねくて、それを盾にしているっづうごどか？」

「まあ。そんなとこだ。我ら貴族は、いやわしは、元貴族の成れの果てだからそんな権力とは縁がない。が、特に藤原一族の上の方の輩は、その権力を笠に着て、やりたい放題をしてきたのだ。身内の悪口を言うのは偲びないが、権力と言うのは恐ろしい。力のない民は権力を握った者たちに振り回され、いいように操られてしまうのだから」

「そうなのが。そんたな権力を持つ側にいだお前はんがなじょしてこっちゃまで」

「流れてきたのか、というのだな。権力の上の方にいて民を意のままに牛耳っていた輩が皆に信じるように押し付けた神と、わしらが前から信じていた神とが違ってきたからだ」

「それでいづらぐなって遥々こっちゃまで？」

「そうだ。信じると言うのはそのくらい厳しいものなのだ。昔ながらの神を捨てられないでいるわしは都に居辛くなってきた。そればかりか、都の近くにいたのでは抹殺されかねない、とまで感じてきた。それで仕方なく、北へ、こっちへ逃げてきたのだ。だが、ここまで来たらもう安全だとわしはふんだ。それでわしが前から奉じていた神を祭りたいと思っていたのだが。それも……」

「もう安全だと思ったらば、勝手にその、太白星の神様とやらを祭ればいいんでねぇが」

藤蔵の率直な言いように兵部は只々驚いている。

「そう簡単に言うな。神以外にも、仏の教え、というのもあるのだから。藤原一族は世の流れに先駆けて仏教を取り入れ、大きな寺を建てて仏をも奉じているのだ。それでわしも仏教を学ぶことができたのだから有難いと思うべきだが。だが、さっき言ったように、昔ながらの神を捨てられない流れ者にも身過ぎ世過ぎは必要だ。そのためには仏を奉じている方が暮らしやすいのよ」

兵部がややうなだれ、伏し目になっているのは己を恥じているのか。

（噂に聞いた「加持祈祷」の真似事をして暮らしているのだな。それで病人が治っているなら別に良いではないか……）

ここまで聞かされて藤蔵にはやっと合点がいった。

苦労しながら生きている兵部の気持ちは分かった。兵部の信じている神は兵部にとってはとても大事なものなのだろう。だが、あの鹿と、兵部が信じている太白星の神とが同体というのは、いまひとつ信じきれないのが正直な気持ちだ。何かそれと信じられる目の覚めるような証でもあれば別だが……。

早池峰の神

そんな複雑な気持ちを兵部に告げたものかどうかと考えているうちに、それまで萎れていた兵部が何を感じたのか、いきなり立ち上がると頭を上げ、目を大きく見開いている。

そればかりか、藤蔵の背後の方を指さしてわなわなと震えている。

「と、藤蔵、あ、あれを見ろ！」

反射的に藤蔵が振り返る。

何としたことか、すぐ近くの岩の上にあの白鹿が悠然と立っているではないか！

雪のように白い姿の額には金色の星印が付いている。紛れもなくあの鹿だ！

藤蔵も立ち上がった。

だが、鹿は逃げようとしない。

逃げるどころか、落ち着いてこっちを見ている。

声も出せない二人が立ちすくんだまま呆然と見つめていると、白鹿は歩き出した。東の方向へゆっくりと歩を運んでいる。何歩か進んだ後、すっと後ろを振り返った。大きな双眼は二人に注がれ、まるで二人に、「後を付いておいで」とでも言うような素振りである。

鹿と自分たちが見えない紐で結ばれていて、それに引っ張られてでもいるように、二人は鹿の後ろを辿って行った。

岩だらけの道なき道を何十歩か歩いた頃、東の崖の近くに小さな岩屋が見えた。

するとと鹿は後ろを振り返り、もう一度じっと二人を見つめてから、その岩屋の中へすーっと吸い込まれるように消えて行った。

「ん？　あん中さ入（へぇ）って行ったぞ」

我に返った藤蔵から声が出た。

「中を、覗いてみるか？」

兵部の声は上ずっている。

「でも、おかしいぞ。あの岩屋は前（めえ）に見たごどがねえ」

「そう言えば、わしも初めてだ」

「鹿が入（へぇ）って行ぐには小さ過ぎねえが？」

「うん。あの鹿が入れる大きさじゃあない」

でも、鹿があの岩屋の中へ消えたのは確かだ。

二人は顔を見合わせてまた岩屋の方を見た。

と、岩屋の中から燦然と輝く光がフワーッと溢れ出てきたのである！

光は見る間に辺りに広がり、益々明るく煌めいている。

「ウワー！」

「ヒエー！」

腰を抜かした二人の指は空（くう）を掴むだけだ。

「あれは、あ、あれこそ、わしが奉じてきた神様だっ！」

兵部が叫んだ。

同時に藤蔵も叫ぶ。

「そ、空を見ろ！」

「ア、　アアーー！」

二人は絶叫した。

藤蔵が指さした西の空は異様に明るい。

空にも輝く光があった。

太白星だ。

太白星が地上の光と呼応するように、明るい空よりさらに明るく光を放っている！

「ひ、兵部よ、おらは信じる。信じるじゃ。お前（め）はんの神様を！」

岩屋から漏れている光も、太白星から発している光も混然一体となって、二人はすっぽりとその中に包まれていた。

二人はその場に膝をついた。

震えの収まらない声で藤蔵が確かめる。

「兵部、お前はんの信じでる神様をおれは一緒に見でるんだな！」

「そうだ。そうだよ。わしらは『瀬織津姫命（せおりつひめのみこと）』様に出会っているのだ！」

　ほとんど叫ぶように兵部は自分が信じている神の名を明かした。

「『セオリツヒメノミコト』としゃべったな。それがこの光、あの鹿の本当の姿だど？」

「そうだ。『早池峰の大神』は、瀬織津姫命様で間違いない。わしはこれでもう、いつ死んでもいい」

「何、気早いごどを。この光っこを見で、そのヒメミコトの神を信じられだがらには、おれも、あれを奉じて生ぎで行ぎてえ」

　藤蔵も兵部も目に涙を溢れさせている。

　早池峰の大神は、こうして「御山」の頂に再び降り立ったのだった。

喜平じいの話

　ここで時代はぐんと下り、舞台は西暦二千年代の初め頃の遠野に移る。

　市中を外れた山間部に、通称「喜平じいの家」と呼ばれている、かなり大きな田舎家がある。近寄って中を覗くと、しゃれた家具などは置いてないが、常居（じょうい）、つまり家族が常に集まって来る居間の真ん中に、今時珍しい囲炉裏のあるのが目立っている。

　話し声がする。

「ねえねえ、早池峰の神様を見た藤蔵と兵部はそれからどうしたの？」

　尋ねているのは子どものようだ。

「まあ焦（せ）ぐな。今、話して聞かせっから」

　家の主、喜平じいが囲炉裏の前であぐらの膝に乗せている子どもの顔を覗き込んでいる。まだあどけなさの残っている子どもは、じいの孫の彦太郎だ。

　じいはこの細っこい孫が可愛くて仕方がない。彦太郎が坂道の下にある地元の小学校へ通い出して三年になるが、内孫で一人っ子だけに甘やかされて育っている。

　そんな孫だが、せがまれるとじいは嫌といえず、いつも、とてつもなく面白い話を聞かせてやらなければならないと思うのだ。

　それが楽しみでしかたがない彦太郎は明日、学校が休みだと言う前の晩は決まって、

「ねえねえ」と催促するのだ。

「結（けつ）から先に言うとな」

「だめだよ。それじゃあ、話の面白みが減っちゃう。途中のこともちゃんと話して」

　彦太郎は口を尖らせている。

　昼間、野良仕事に精出したため、気が遠くなりそうな眠気に襲われていたじいは話を端折りたい。でも、彦太郎にはとっては耳新しい話だから詳しく聞きたい。

　二人の心のせめぎ合いがちょっと続いたが、孫の熱に負けてじいが折れた。

「まんず、結（けつ）は後回しにして、あれから藤蔵がどうなったかっていうとな……」

　彦太郎はじいの顔を見上げてにっこりしている。

　囲炉裏の反対側では彦太郎の母親のハツがせっせと縫いものをしながら、耳はこれもじいの話にすっかり取り込まれていた。ハツは夫の勝（まさる）の帰りを待っているのだが、じいのおかげで全然退屈しない。

　さっきまで静かだった外では風が迷っているらしく、屋敷林（いぐね）の杉が唸り出している。

じいは話に戻った。

「早池峰は今を去ることおよそ一二〇〇年前の大同元年、西暦でしゃべれば、八〇六年。今から千二百年も前のことだから、うんと古い話だ。平安時代の桓武天皇の皇子で、第五十一代の平城天皇っちゅう天皇の御世に開山されたんだと」

彦太郎がじいをつつく。

「じっちゃん、『カイザン』って、何？」

「おお。開山か。それはな、「山開き」とは違う。夏になってくるど、山の麓とか頂上に神主さんをお迎えしてみんなで登山の安全祈願するべ。あれは「山開き」で、「開山」というのは、人が楽に頂上へ行げるように登山道を整備することだ。藤蔵と兵部はそれをやってくれだんだぞ」

「開山と山開きとは違うんだ。うん、分かった」

彦太郎が繰り返し、よしよしとじいは話に戻った。

「その開山の中心人物が話に出ている四角藤蔵だと言われでいるのよ。藤蔵は後に、『始閣』と苗字を変えたということだがな。その翌年には山の向こう側から来た田中兵部、別名、藤原成房なるものが開山したとも言われているがな。兵部は後に山影兵部と言う名に改めたどの話も聞いているが。ところで、藤蔵も兵部もその頃すでに苗字を持っていだというのは、二人とももしかしたら武士だったのだべが。田中兵部のほうはともかく、藤蔵までなぜ四角という苗字を持っていだのがな？　あの当時の蝦夷の民は、苗字というものを皆、持っていだのがどうか分らねえがら何とも言えねがな。いや、そんなことはどうでもええが……」

「じっちゃん、今のは、独り言？」

「あ、すまん。今のは、話の大筋とは関係のねえこどだったな」

「謝ることはないけど」

孫にあしらわれて頭を掻いたじい。「オホン」と咳払いを一つして続けた。

権現様

「それで、だ。二人が早池峰山を開き、藤蔵が先ず遠野の附馬牛村に早池峯神社を、兵部が大迫村に早池峰神社を創建したのは、藤蔵が権現様を奉じ、瀬織津姫命を来内の伊豆神社にお祭りした後のことだった。『権現様』っていうのはな、後に神楽で舞われている獅子の頭をしていて、神様がそこに乗り移って来られる被り物のこどだ」

じいは彦太郎から「権現様って？」と訊かれる前に説明をした。

（もしかしたら、大昔の権現様の頭は「鹿」だったのではないか？　だったとしたら、獅子に変わったのは獅子の強さに惹かれたためか、それとも、鹿は鹿踊りなどと言うように、「しし」ともいうから、それが獅子に変じてしまったのだろうか？）

と、じいは心中で思ったが、それは声に出さなかった。それこそ話の大筋から外れていると思ったから。

「瀬織津姫命が乗り移られるという権現様を頂きに、藤蔵は遠野からずっとずっと離れた伊豆国へ赴いたんだよ。伊豆国っていうのは今の静岡県だもの。新幹線のなかった時代にはさぞ遠かったべな。

なんでそんな遠くへ行ったがというど、何としても瀬織津姫命を自分の近くにお祭りしたいと願った藤蔵が、その思いを兵部に打ち明けたからだ。

すると兵部が、

『そこまで言うなら、教えてやろう。ここからは遠いが、瀬織津姫命は伊豆国の伊豆山神社に祭られているはずだから、そこへ行ってお願いしてみたらどうだ』

とか言ったのかもしれない。兵部はそこまでの道順やら行ってからのお願いの仕方などを藤蔵に伝えたんだろうな。それで藤蔵は行けたんだと思う。

でも、その後、伊豆山神社の主祭神はいつの頃からか別の神に変わっていて、現在は瀬織津姫命ではない神様になっているそうだよ。神様を祭る側にも色々変化があったのかもしれないね。

さてそこへ行った藤蔵は「権現様」を奉じて、またてくてくと遠路を帰宅した。

もしかしたら、海路を辿ったということも考えられなくはないが、とにかく無事に遠野に帰り着いたんだそうだ。

——という話がある一方で、権現様を持って来たのは藤蔵ではなく、伊豆山神社の修験山伏が早池峰の神秘なできごとを聞いて遥々権現様を遠野まで届けに来たと言う説もあるんだ。

それで遠野の早池峯神社—峯の字が両神社で異なるけど—の創建が大同元年(八〇六年)で、大迫の早池峰神社のそれが翌年の大同二年(八〇七年)になったと言われているのは、藤蔵の行動力を讃えて遠野に花を持たせた、ということなのかもしれん。

藤蔵は後に出家したと言うことだが、兵部は僧侶を装っていただけかもな。

本当のところはどうなのか。繰り返して言うが、何しろ、気が遠くなるような古い時代のことだから、伝承からだけで深いことを読み取るのは難しいというのが真相だど思う」


じいの腕に彦の頭がカクンと触れる。

「ん？　彦、眠ぐなってきたのが？」

話が込み入ってきたからなのだろう。

とろんとしかかっていた彦太郎の目を見やって、じいはこの辺が切り上げ時だと、膝から孫をはがそうとした。

「この続きはまた来週、きっとすっから。な」

「うん」

眠気には勝てず、素直に立ち上がると彦太郎は覚束ない足取りで寝床部屋へ消えた。

「じっちゃん、おらもそんな話っこ初めて聞きあんすた。長年遠野に住んでいても知らねえことはいっぺえあるもんだなす」

ハツが感心したようにじいに言い、縫物を脇へ置いて子の後を追って行った。

「クエーン、クエーン」

近くでキツネの声がする。餌になる野ネズミでも捕まえたのだろうか。

さっきまで眠気を我慢して彦太郎に語っているうちに目が冴えてしまったじいは、彦が寝巻に着がえて布団に入るのを見届けたハツが戻ってくるなり、彼女を掴まえて、これはおまけのつもりだと言って、滔々とこんな話を聞かせたのだ。

「わすらの遠野は岩手県の中央、ぺっこ南寄りに位置している街じゃ。人口およそ三万人。星型の地形をしておるがら、まどまっていで通行の便がいい。——と言いたいところだが、実のところ、冬場は道が凍って不便っていうこともあるよなあ。ただよ、市の北のはずれに聳えておる早池峰山こそはわすらの最大の目玉、いや、シンボルだ。高さは一九一七メートルもあっから、岩手県では二番目、東北全体でも五番目だか、六番目だかに高い。山腹にはスイスの名花エーデルワイスに似た『ハヤチネウスユキソウ』を始め、そこでしか見られない珍しい山野草の宝庫でもあるんだぞ……」。

　気持ちよくそこまで諳んじていたところで、ハツに遮られた。

「じっちゃん。よく覚えているごど。市のガイド試験だって通るがもしれんよ。おらはハア、明日も早いがら、勝の帰りを待ってられねえ。先に休ませてもらいあんすから、火の始末だけはお願えしんす」

　ハツにしてみれば、独り言混じりのじっちゃんの講釈をいつまでも聞いてなんかいられない。

　ハツの夫の勝はじっちゃんの長男で街外れの山間部から遥々遠野市中の会社まで勤めに行っている。営業関係なので、朝は早く出勤するし、仕事の後も付き合いやら何やらで、帰宅が遅いこともしばしばだ。いきおい、牛の世話や野菜作りは主にハツの役目になっている。それで、できるだけ早寝しないと体が持たないというわけである。それはじいだって同じことだったが。

瀬織津姫命

　一週間経った。

「じっちゃんー。この前の続き、聞かせてよ」

　彦太郎がせがむ。

「ほいほい！　さて、どこまで話したっけ？」

「うんもう、忘れっぽいんだから！　早池峰の開山の続きだよ」

「おー、覚えがいいわらすっこだ。さすがはわが孫だぢゃ。そうそう、そごがらだったな」

　じいは相好を崩して彦太郎を膝に乗せると、話の糸口を手繰り寄せるように囲炉裏の上を見上げた。

　上には力強い太い梁がむき出しになっている。近頃では余り見かけない古民家だから梁も柱もりっぱなものである。長年囲炉裏の煙で焚きしめられ、黒々と鈍いつやを放っている梁をじっと見ながら、じいは語りに入った。

「その後、伊豆から帰った藤蔵は、来内の家の裏手にある小高い場所に祠を建て、――祠っていうのは神様の小さなお社のことだけど――、そこに持ち帰った権現様を丁寧に安置し、お祭りしたそうだ。それが今、上郷町来内にある伊豆神社（旧・伊豆大権現神社）だな。

　御祭神の名前はもちろん、瀬織津姫命で、俗名は「おない」という。

　俗名って言うのは、普段の呼び名ってことだけど、神様にせば普通っぽい名前だとおらは思うがな。「ない」という名前に尊称の「お」を付けただけだもの。

　それはともかく、藤蔵と兵部は早池峰の頂上に奥宮を建て、そこには瀬織津姫命を「早池峰の大神」（または姫大神）としてお迎えした。

　ところがそこは山頂だべ。いくら有難い神様でも、だれでも気安くお参りできね。でも、お陰は頂きたい。ということで、しばらく経ってから早池峰の大神は山裾の四、五ケ所にお降りになった。つまり、氏子が神社を麓に建てて御神霊をお遷ししたので、誰でも気軽にお参りできるようになったというわげだ。

　そんなことで、早池峰山を開山したのは四角藤蔵（後に始閣と改めた）と、田中兵部（藤原成房、後に山影兵部と改めたという）の両人であるというのが伝わっている。

ところで、藤蔵が苗字を四角から始閣に改めたというのはなぜだべ？

もしかしたら、顔のことをみんなから『名前通り、すごく角張っているねえ』なんて何度もからかわれて嫌気がさしてすまったがらがな。藤蔵は今で言う、〝いじめ〟に遭っていだのがもしんねな

「だとしたら、大昔も今も難儀なことは変わらないんだね」

彦が難しい言葉で相槌を打つ。

周りが大人ばっかりの中で生活していると、そんな言い回しも覚えてしまうのだ。

水・滝の神

囲炉裏の火が暖かく燃えている。

遠野はどこでも一、二キロも歩けば山にぶち当たる。というくらい、山が近くにある所が多いから、岩手県の中でも、どこよりも寒さが早く訪れるような気がする。喜平じいの家では九月も終わる頃から夜間は早々と囲炉裏に火を入れ出している。

「早池峰の神様の名前は瀬織津姫命っていうんだね。それはどんな神様なの？」

彦太郎が素朴な質問をした。

訊かれれば、喜平じいの舌は益々滑らかになる。

「一口に言えばな、そのお姫様は水や滝の神様として有名なんだど。それがら、祓戸の神としても日本中で多くの信奉者を集めているんだどよ。祓戸の神というのは、つまり、水で祓い浄める役目を負っているという意味だ。んだから、特に、水辺や滝の側に祭られている場合が多くてな。ほれ、早池峰の『又一の滝』もそうだし。あちこちに祭られているはずだがら、今度どこか滝の側へ行ったら注意してみればいい」

「うん。学校の遠足で『又一の滝』へ行けるといいなあ。そうしたらおら、みんなに説明してやるんだ」

彦太郎は張り切っている。

じいが続ける。

「ところで、瀬織津姫命が水の神様というのはよく知られでいるみでえだが、東北、特に岩手県には全国で一番多く祭られでいるっていうのは案外知られでねえんだな」

「ふーん、そうなんだ。なぜかなあ？」

「おらもそれは不思議に思っているんだよ。それと、遠野では昔から火事が多いのでみんな困っていだというのは知っているがな？

困った遠野の人だぢは考えた挙句に、水の神様・瀬織津姫命を『火伏せ』つまり、火災予防の神様として祭ったりしていだ神社もあるほどだ。『祭っていだ』、というのはその後、御祭神が変わったからで、遠野市綾織町上綾織の愛宕神社などの例がそれだな。

そんな有名な神様だげども、なじょしてが、古代の日本の歴史を書いたとされる『古事記』にも、『日本書紀』にも、瀬織津姫命という名前はどこにも見当たらないというおがすな存在なんだ。つまり、謎に包まれている神様なんだよな」

「謎って、ワクワクする言葉だね。おいらは大人になったらその謎を解いてみたいなあ」

「おお、そうが。そうすればええ。謎が解げたら、じいに聞かせでけろ」

じいの舌の回転数はさらに上がる。

「ついでに言っておくが、遠野早池峯神社は、元は早池峯大神すなわち瀬織津姫命を祭っていた神社だったども、奈良時代から始まった神仏習合というやり方をお上から強制されて、仏教の十一面観音を祭る早池峯山妙泉寺という寺に変えさせられたというごどだ。

　今言ったごとも、これから言うごとも、前に遠野早池峯神社の宮司さんから聞いたごどだどもな。

　神仏習合というのは、『神は仏がこの世に現れた仮の姿だ』、として、神と仏を無理やり合体させた苦肉の折衷案のようなものだと思えばいいんだどさ。

　それが、明治初期の廃仏毀釈という、仏教排撃運動の折に、祈る対象が十一面観音から早池峯大神に変わり、早池峯山妙泉寺は元通りの早池峯神社に戻ったんだど。

　そんなふうに、どの神社も多かれ少なかれ国の政の影響を免れながったんだな。

　特に瀬織津姫命は受難の多がったお姫様らしぐ、さっきも言ったように、様々な謎に包まれている女神だというごどなんだよ」

　ここに至って喜平じいは背筋をぐっと伸ばした。

　彦太郎がじいの顔を見上げる。

「これで、早池峯の神様のお話は、お・し・ま・い。どんどはれ」

「エーッ、これでお終いなの？」

「そうだ。残念ながら、な」

　はぐらかされた感じの彦太郎はひどく名残惜し気だ。

　でも諦めたのか、気持ちを切り替えてパチパチパチパチ、とじいに感謝の両手を叩く。じいはほっとしたようすだ。

　彦太郎に続いてハツからも拍手を受けてじいはニコニコしている。

「じっちゃん、お疲れ様。今、お茶を入れっから」

　ハツが気を利かせて立ち上がる。

　彦太郎もじいの膝から降り、立ち上がってじいに向かってぴょこんと頭を下げた。

「じっちゃん、面白いお話をありがとう。おら、今まで近くにある早池峰山や早池峯神社や、権現様が祭られているっていう伊豆神社のことなんか何にも知らなかったよ。そんないわれが大昔から伝わっていたんだね」

「んだ。それにしても、彦はよく辛抱して聞いでくれだな。難しいとごろもあったろうに」

「ううん。じっちゃんの話がうまいから聞き飽きなかったよ」

「ホントが？　じっちゃんにおべっだらをかだっでも小遣いは増えねえぞ」

　じいが彦太郎をからかう。

「やんたごど、じっちゃん、彦太郎の小遣い、へたに上げねでけろ」

　お茶の盆を持って来たハツから横槍が入る。

「いづもありがとう。頂くべ」

　湯呑みを取り上げ、お茶をごくごく飲んだじいはまたふざける。

「彦、小遣い上げるのど、面白い話っこ、いっぺえ聞くのど、どっちがええ？」

　一瞬、目をパチクリさせたが反応の素早い彦。

「うん。おいら、どっちも期待しているよ。じっちゃんは、聞いてもらうのが楽しいんだから。聞き賃もらってもいいし」

「何かだるが、近頃のわらすこは！」

　じいは呆れ、ハツは口を尖らせている。

「おらはそんな躾、した覚え、ねえでがんすよ」

「冗談だべ、じょうだん。母ちゃんもお茶、一緒に飲むべえ」

「プッ!」と三人とも吹き出し、しばらく笑いが続く。

「ちょっと待ってで。母ちゃんは今、このガマズミの実を洗って片してっから」

「お。ガマズミが。いいな。明日加工場さ持って行ぐんだな。うまく絞ってこよ」

じいの顔がさらに緩む
「任せでってば」

腕まくりをするハツ。

この辺りでいくらでも採れ、小豆大の赤い実を付ける野生のガマズミは、熟れたのを口に含むと甘酸っぱく、昔は子どもたちのおやつ代わりになっていた。絞って薄め、蜂蜜などで味を調えると飲み口の良いジュースに変わり、風邪の予防や視力回復にも効き目があるという。

地元の婦人から作り方を教わったハツは喉が渇いた夜更けなどに夫の勝には内緒でそれをちびちび飲むのを楽しみにしている。勝と違って下戸のじっちゃんも、たまにはお相伴するから、ハツのジュース作りを応援している。

ハツは昼間、畑の側の藪から採って来た小枝にびっしり付いた実を枝から離し、桶の中できれいに洗うと、水切りのためそれをザルに空けてから囲炉裏に戻ってきた。

「じっちゃんの話っこ聞きながら大根のガックラ漬けも作ってしまったし、あとはこれだけだったから」

ハツの手にはもうあかぎれが少しできているけれど、熊撃ちのハンターからもらった「熊の油」を寝る前になすっているから、朝までには何とかなっているようだ。

時計の針は九時に近い。明日、明後日は連休だけれど、子どもはそろそろ寝る時間だ。

「彦はもう寝るが? 話っこは終わったんだがら」

「ううん。もう少し起きている」

彦太郎がじいの膝の上から滑り降りてハツの側へ行き、夜食をせがんでいる。話が少し難しかったためか、どうやら小腹が空いてしまったらしい。

「んでば、おらも彦に付き合うが」

喜平じいも立ち上がって膝をさすりながら便所へ行き、戻ってきたところへハツが、

「栗の煮だのが余っているがら食ってがんせ」

ザルに盛った小ぶりな栗を持ってきてくれた。

「おお、栗があったが。彦、ちょいと待ってろよ。今じさまが皮を剥いてやっからな」

じいにザルを渡したハツは、やっと囲炉裏の傍へ座り、お茶をすすりながら明日は自分が育てた小豆を産直に出すため、良品を選り分け、量りに掛けてポリ袋に小分けしようと考えている。

北国の住民にとって豆は長い冬に欠かせない大切な食材の一つだし、産直に出せば自分のちょっとした小遣いにもなるのが嬉しいのだ。

「じっちゃん、うめえよ、この栗」

彦太郎は栗を頬張りながらじいの手元を見つめている。じいが、愛用の切れ味の良い折りたたみ式の「肥後守」という小刀を器用に使って栗の堅い皮をするすると剥いているのが面白くて身飽きない。けど、剥くそばから彦太郎が奪って行くから、じいは自分の口にいつ入るのか分からない。

色に勢いのあった囲炉裏の火が小さくなり、「ゴトッ」と音がして重なっていた薪が一度に灰の中へ落ちた。

「ホレホレ、薪ば足さねば。勝が帰って来た時、家ん中が冷えてしまうぞ」

「ハイハイ」

じいに催促されてハツが薪を取りに土間に下りる。

と、その勝がガタゴトと帰って来た。

「ヒエーッ、寒い。外はもう霜が降りているぞ」

勝は薄いコートの襟元を掻き合わせた格好のまま靴を脱ぐ。

「やっぱりな」

ハツがうなずく。

「そうよ。でも、今日は営業成績が良かったから、一杯やってきた。おかげで体ん中はまだ大丈夫。ぬくもりが残っている」

「タクシー使ったんだべ？」

「いや、聡君にそこまで送ってもらった」

「ハア良がった。んでも、いっつもそんなわげにはいがないんだべ。聡君だって自分の家に直行してぇべし。あんたときたら、いくら稼いでもタクシー代に消える方が多いんでねの。んもう、飲み過ぎだけにはくれぐれも気をつけてけでや」

「分かった、わかった。わかったから水を一杯くれよ。飯も済ませてきたから、お前はもう寝てもいいぞ」

勝と同じ会社に勤めている後輩の聡君が近所にいるのが良いのか悪いのか、三日おきぐらいに街の酒場へ立ち寄ってきては毎度同じようなことを言う勝の健康の方がハツにとっては心配なのだ。くどくど言っている妻に背を向けてコップの水を空けると、勝は多少ろれつの回らない舌で、

「お、彦はまだ起きていたのか。そうか、明日、明後日と連休だな。天気が良かったら、久しぶりに茸狩りでも行くか？　それとも岩魚釣りの方がいいか？」

と誘ったが、息子はこんな生意気な返事をした。

「うん、考えとく。おらは眠くなっちゃった」

夜食の栗がまぶたを塞いだらしい。

じいはさもありなんとうなずいたがハツが許さない。

「歯を磨くんだってば。しっかり磨くんだよ。歯医者は遠いんだから。虫歯になって泣くのはあんただけでね。あんたの送り迎えで母さんだって忙しくなってしまうんだから」

夫に対するのと同様、くどくどと言い渡す母親に彦太郎は、

「うん、磨くよ。歯医者きらいだもの」

素直に洗面所へ立って行く。

じいには大きなあくびが出た。

「どれ、おらも歯っこ磨いてから寝るどするがな。もっとも、磨げるような歯はほどんど残ってねえどもな。ハハ」

「フフ。それは言えてる。お義父さん。じゃ、お休みなさい」

ハツの茶化した挨拶を背に受けて、じいも彦太郎の後を追った。

語り部になるか？

翌朝、二日酔いの勝はまだ寝ている。勝以外のみんなもいつもより寝坊し、ゆったりと先に朝食を済ませた。それから休日の習慣で、じいとハツはモーニングコーヒーを、彦太郎はホットミルクをすすりながらくつろいでいると、じいが言い出した。

「彦がなあ、辛抱強くおらの話を聞いでくれだお陰で、じっちんも

思い出すことがいっぺえあったよ」

　じいは昨夜まで語って来た話を思い返しながら、孫に訊いてみた。

「ところで彦は、『オシラサマ』の話は知っているだろう？」

「うん。聞いたことがある」

「あの瀬織津姫っていうのはなあ、そのオシラサマだっつう伝承もあるんだぞ」

「ホント？　それも聞きたいなあ」

「まだあまり知られてねえ話だどもな」

「そんなら、よけい聞きたい」

　彦太郎がじいの傍へにじり寄る。

　じいはニンマリして、もったいぶる。

「そういうのを聞かせてもええが、気い付けて聞くと約束せよなぁ。大体、じっちんの話っこは脚色しているところも多いがらな。伝承っていうのは、話の柱になっているところ以外には、どうも色んな尾ひれが付けられでいるのも沢山あるみでえだし。おらも話を盛り上げるために結構大げさに語っている場合もあるがらよ。そいづをまず頭に入れでがらな」

　彦太郎はうなずいている。

「そんなこと、知っているよ。言い伝えっていうのは、しっかり書き留めておかないと、元の話からどんどん変わって行っちゃうことが多いんだって。そういうのは先生から聞いているもの。でも、尾ひれがいっぱい付いている方が面白いよ。おらは面白くて、うんとドキドキするような話っこが聞きたいな」

「このわらすこめ！」

　じいが嬉しそうに彦を睨む。

　そんな会話をしている最中に勝も起きて来た。

「おはよう。おっ、いい匂いだ」

　朝の挨拶を交わしながら鼻をクンクンさせている。

「食後のコーヒーか。おれにも後で頼む」

　ハツがうなずき、夫のために味噌汁を温め直している間、朝刊を広げた勝はご機嫌なようすだ。昨日も仕事は順調だったらしい。

　彦太郎が勢いよく勝に話しかける。

「父ちゃん。今日は天気がいいから、茸狩りか、岩魚釣りに一緒に行ってもいいよ」

「おおそうか。じゃ、連れてゆくか。――んでも、彦はじっちゃんの話っこを聞く方がいいんでねえのか？」

　チラッと新聞から目を上げて確かめる父親に子は首を振っている。

「うん。すごく面白かったけど、ひとまず終わっちゃったし。それで、明日も休みだから、おいらの友だちが三人ほど、じっちゃんの話っこを聞きに来たいって言ってるんだ。おいらが学校で、前の週に、じっちゃんから聞いた話のサワリだけ聞かせたら、みんなもっと詳しく聞きたいって。だから、今日は父ちゃんに付き合うけど、明日は友達に付き合ってじっちゃんの話を一緒に聞かせてもらいたいんだ。いいよね、じっちゃん？」

「ククッ……」

　勝は新聞を置いて笑っている。

「おやおや、彦は忙しいこった。でも、今日は父ちゃんに付き合ってくれるんだな。それは有難いことだ。ようし。おれの飯が済んだらすぐに行ぐが。今日は、釣りはどうがな？」

「うん。おいら、先に仕度している。餌はミミズでいいよね？」

「いや。岩魚はミミズではだめだ。――と言いたいところだが、今日はミミズで間に合わせるべ。よし、それでいい。ミミズは畑の堆肥の中にうんといるはずだから、逃げられないように蓋のある入れ物に入れでおげよ」

「分かってる！」

二人のやりとりにじいは目を丸くしている。

「明日の話っこの件はもちろん、じっちんはいいども。お天気がどっちでも野良仕事は休みにするがら。お前の友だちに会えるのが楽しみだな。こんなふうにじっちんばかりか、父ちゃんまで振り回しているとごろを見ると、彦、お前(めえ)は、将来は政治家向きかもしれねぞ。おらの方ではな、彦に遠野の昔話の語り部になってもらいてえ、と密かに思っているんだがな」

「うん。政治家でも語り部でもどっちになってもいいけど、おらはまだ若いから、先のことはゆっくり考えてから決めるよ」

彦太郎はみんなの顔を見回して、ませたことを言う。

ハツは笑みを浮かべて子を見守っている。

「それがいいわ。母ちゃんは彦が元気で幸せなら何になっても応援するがらね」

冬将軍の到来もすぐだ。

真冬になれば、見通しが良くなっている雪っ原を今は数少ないマタギたちが鉄砲をかついで鹿だの兎だの鼬(いたち)などの足跡を辿りながら歩くことだろう。

「ホッ、ホッ」と啼いて心を温めてくれるフクロウの声も盛んになる頃だ。


遠野の炉辺で聞く昔話は楽しい。たまには語り部の話に耳を傾け、夜更かしするのもええもんだなっす。

［平成三十年六月脱稿］

初冬の早池峰山（1917m）。早池峰山の手前に重なって見えるのは薬師岳。写真は遠野市のS.O.さん提供。以下の写真と次ページの写真は加藤美南子のアルバムから。

中央は遠野早池峯神社の境内にあるお不動様の浮彫石像。右手に剣、左手に綱を持っているお不動様は瀬織津姫命（せおりつひめのみこと）と対になっていることが多い。お不動様は「火」、瀬織津姫は「水」・「滝」を象徴しているといわれている。

遠野早池峯神社（遠野市附馬牛町上附馬牛・つきもうしまちつきもうし）。ご祭神は姫大神・瀬織津姫命(ひめおおかみ・せおりつひめのみこと)。早池峰山の「ね」は「峰」と書くが、遠野早池峯神社の「ね」は「峯」と書くのが正しい、と遠野早池峯神社の宮司さんから教わった。

ハヤチネウスユキ草は、スイスアルプスのエーデルワイス（左）の仲間。

早池峰山と不動の滝の位置略図

桜松神社（八幡平市安代地区）の参道。遠野早池峯神社と桜松神社のご祭神はともに瀬織津姫命。この奥に神社と不動の滝（左下）がある。

「昔、この近くに住んでいた老夫婦がある日、馬に水をやろうと川に行ったところ、上方にある松の木に桜の花が咲いているのが見えた。二人は『これは只事ではない』と川をさかのぼって行ってみたところ、途中で川が二又に分かれていた。

それでどっちへ行ったら良いか迷っていた。と、右の方から流れてくる川底にきれいなお姫様が手招きしているのが映っていた。二人はますます不思議に思って右の川の方を上って行くと、木の間越しに『ドドドー、ドドドッ』とすさまじい滝が流れ落ちているのが見えた。

あまりの荘厳な滝の力に、じいさまは不動明王のお姿を、ばあさまは岩を落ちる水のあやなすさまを見て白糸の機（はた）を織る瀬織津命*を感じた。

以来、お不動さん、桜松さんと呼ばれるようになり、近郊在住の信仰もめでたく、大勢の人が参拝に来るようになって、今に至っているという」

（＊「姫」が抜けているがそのまま書き写した。岩手県八幡平市〔旧安代町〕市史より要約）

不動の滝（高さ約 15m，幅 4~5m）。滝そのものが瀬織津姫命とされ、ここでも姫はお不動様と一対になっている。
それはなぜだろうか？　この謎解きに興味のある方は巻末紹介の『瀬織津姫浮上』上下巻を読んでみてください。

短編小説

そして岩手

―緑のふるさとへ―

木漏れ日の県民の森。下は舞鶴草の群落（八幡平温泉郷）

出無精とあこがれ

弟の家族が岩手へ移り住み、かれこれ三年になるというのに、美佐はまだ一度も彼らの家を訪れていない。

わけは単純だ。

神奈川から見た岩手は遙かに遠い所に感じられるからである。それまでは弟一家も同じ関東に居たから、気軽に行き来していたのに。まったく、岩手と神奈川との距離たるや、美佐にとってはよほどのことがない限り、行かないで済ませておいても言い訳のきく隔たりに思えるし。――といっても、そう思っているのは美佐だけかもしれないが……。

美佐の本音の部分では、実際どこかへ行くとなると、しかもちょっと遠方となると、今の家と土地を入手した折に組んだローンがつい頭をかすめてしまう。

従って、おいそれと行く気にはなれないでいる内に、ずるずると時だけが経ってしまっていた、ということなのである。

しかし、おかしなもので、岩手が弟の連れ合いの出身地であるということもあって、美佐も岩手に対し、なにがしかの関心だけは持つようになっていた。

天気予報やニュースを聞けば東北のことがなんとなく気に掛かる。

「今日は、あっちは一日中雪だって……」

「震度4もの地震があったらしいよ。無事だといいけれど」

などと気になったりする。

また、その地域の季節の風景がテレビに映ったりすれば、

「みんな来て見て！　岩手だよっ！」

と家族を呼び立て、

「へえー、なかなか綺麗な所じゃん！」

などと評したりはしていた。

一九九〇年代半ば頃のことである。

恥ずかしながら美佐は岩手県についてはほとんど何も知らないできていた。同県に関して真っ先に浮かぶのは、田舎、地方、寒そうな所、といったイメージだし、後は昔習った机上の知識に限られている。

「岩手ってこんな形をしているんだ……」

しげしげ地図を眺めると、太平洋側がリアス式海岸に縁どられているためか、アワビを伏せたような形に見える。

ちっぽけな面積の中に人がひしめき合いながら暮らしているような神奈川と比べ、岩手は四国全県を合わせたのに少し足りないくらいの、日本一面積の大きい県だという。

主産物は米と魚介類。リンゴも有名らしい。

県庁は盛岡。あとは、宮澤賢治と石川啄木のふるさと……、そのくらいが精々知っている範囲だ。

記憶を辿ってみても、大昔、高校時代の修学旅行で東北へ行ったことは行ったが、北は仙台と松島までで、有名な中尊寺までは行けず終いで残念だったことを覚えている。

弟と同居している母からの折節の便りには、みちのくの暮らしがとても素晴らしいことのように書かれている。

たまに来る電話でも決まって繰り返しているのがこれだ。

「田舎、云々と言うけれど、なかなか捨てたもんじゃない。色んな施設も良く整っているし、みん親切だし、なにより自然が素晴らしいんだよ」

そんなふうに言われると、無碍（むげ）に否定することもできず、

（そうかもしれない。……ま、そのうち、行ってみればわかることだから）

と、うるさがらずに聞いていた。

母ときたら、物事の良い面だけを見るのがとても上手い。だから、美佐はいつも割り引いてそれらを聞き、

母さんにとっていい所ならいいんだから、と判断している。

確かに東北地方が自然に恵まれているとはだれもが知るところだ。

母の感化だろう。美佐も小さい頃から自然が好きで、特に緑の豊かな所にいつも憧れていた。

雑誌のグラビアやカレンダーなどで広い草原や美しい草花に溢れた庭を持つ山荘風の家などを見ると、

「ああ綺麗。あんな所に身を置いたら、さぞ気持ちが良いだろう……」

と、一時はそう思う。しかし、だからといって、そこへ実際に足を運んでみたい、というほどの気にはならない。そういう所はいつか、できたら行ってみても良いところ、でいつも終わっていた。

そういう美佐を女友達の一人が心配気に忠告してくれた。

「あなたは弟さんご一家に愛情が薄いんじゃないの。出無精というのは悪癖よ。それと、慢性的な好奇心欠如症候群が組み合わさっているから始末が悪いったらありゃあしない。自分の都合ばかり考えていないで外へ目を向けなくちゃ」

加えて彼女は、

「このまま放置しておくと早期老化を招くのは間違いない。それが生活上のストレスと重なった場合、一挙に免疫力が低下して由々しき事態を招かないとも限らないから注意した方がいいわよ」

と、まるで診療科の医師もどきの〝有難い警告〟までしてくれたのである。

言葉はきついが、その顔は憂いを湛えている。ように見えた。彼女とは、普段は軽口を叩いては笑い合っている仲だ。その彼女が改まってそんな言い方をするとは、よほど美佐のことを真剣に考えてくれているのだと感じざるを得ない。その言葉は思い出す度にチクチクと美佐の心を苛んだ。

行ってみようか

その年、子どもたちの学校が夏休みに入ったところで、夫の亮一が言い出した。

「お義母さんもそう若くないし、何かあってから初めて行くって言うのもなんか水臭いよ。留守のあいだは引き受けるから、とにかく君だけでも一遍、岩手へ行ってきたら」

と真顔で勧める。友達の忠告が気になっていたせいもあり、それが弾みになった。

「じゃ、一度行って来るわ」

ようようその気になったのである。

そうなったらなったで、主婦にはあれこれと支度が要る。二、三日留守にするだけだというのに、亮一にはやっぱり任せられないと、冷蔵庫の中身点検から始まり、慌しく常備菜を作り、トイレまでピカピカに磨き上げてからでないと出発できない美佐であった。

岩手の母や弟の家族一人一人にだって、長くご無沙汰している分、それで償うという魂胆ではないが、かさばる土産物を工面して、行く前に宅急便で送り出しておいてやっとホッとする始末だ。

そこまで気を遣い、やっとのことで美佐が関東を出発したのは、暑さも極まれりという八月に入ってからだった。

東京発八時。東北新幹線「やまびこ一号」は、まばゆい朝日の中、大都会(メガロポリス)を置き去りにしてゆっくりと北上し始めた。

禁煙車両の窓側の指定席に落ち着いた美佐は、やれやれと足を伸ばす。久しぶりの新幹線の内部は贅沢に整えられていて、快適な旅の始まりに心が弾んだ。

「――途中、停車駅は上野、大宮、仙台。終点の盛岡には十時三十六分に到着の予定です」

出発間際のプラットフォームのざわめきと、急き立てるようなアナウンスがまだ耳元に残っている。

隣にはまだ誰も来ない。

この分だと仙台まで空席かもしれない。旅の道連れが欲しいと思ったが、この方が気楽でいいとも思った。

当時は先述の駅以外はノンストップであったこの車両は、わずか二時間半余で盛岡へ着く。昔の鈍行なら半日掛かりの長旅になるだろうに。東北への旅も楽になったものだと美佐は感心を新たにした。

出立が早かったためと、臨席を気にしなくていいので、朝食抜きのお腹がグウと鳴ったのをしおに、東京駅で買い求めておいた幕の内弁当を使うことにした。

窓外は緑の量がどんどん増えていく。

森や林や田畑が近づいては流れ去り、また別の緑と入れ替わっていく。

行くほどに新幹線はスピードを増し、混み合った住宅街があるのは大きな駅の周辺だけになった。

東北へ入ると、やはり緑が景色の大半を占めている。

田畑が果てしなく広がり、その中に防風のためだろうか、屋敷周りに樹木を背負った家が点在している。

退屈したら車中で読もうかと、持って来ていた宮澤賢治の詩集を開けてみる暇もないほど、美佐の目は景色に吸い付けられていた。

距離から見て、あれほど遠くに思っていた岩手だったのに、美佐はあっさりとその足元に手繰り寄せられようとしている。

弟たちはそこでどんな生活をしているのだろうか？

それも、もうすぐこの目で確かめられる。そこの緑の大地に立つとき、美佐の心はどのような感動を味わえるのだろうか。

それとも、「一度は来た」という事実だけを残すに過ぎない旅に終わるのだろうか。

でも、もしかしたら、と美佐は思うのだった。

もしかしたら、この旅をきっかけにして、自分の〝慢性的好奇心欠如症候群〟なる病？　は治癒の方向に向かうのではないか、と淡い期待まで湧いてくる。

もし経済と体力、そして気力、と、この三つの条件さえ整うなら、それも可能になるかもしれないと……。

こうして超特急は、その類稀なる速力を持って、たまさかの旅人である美佐の体を短時間で何百キロと離れた地点へ移動させたばかりか、心の焦点をも急速に新しい世界へ切り替えてくれようとしていた。

車庫証明

「やあ久し振り。いらっしゃい」

美佐の前に日焼けした弟の笑顔があった。

盛岡で新幹線から花輪線に乗り換え、三十五分ほどで着いた岩手県岩手郡西根町（現八幡平市）の大更駅には弟の響が愛車パジェロで迎えに来てくれていた。

単線の花輪線の車両が数人の乗客を吐き出してのんびり走り去ると、小さな駅舎はたちまちガランとなった。

岩手県略地図

駅前に停車して待っていてもだれにも気兼ねが要らないとは、いかにも田舎の駅らしい。都会だったらビクビクものだ。

人がいつも忙しげに出入りしているのが都会の駅というもので、そのリズムに乗れない人は弾き飛ばされかねない。

駅での待ち合わせに限らず、買い物にしても、人の訪問にしても、駐車のことで気を遣わなければならないのは美佐にとって最も大きなストレスの一つになっている。そのストレスは毎日のことだから、まさに生活上発生する困難そのものである。それが積み重なると、あの悪友が忠告してくれたような〝由々しき事態〟がいずれ避けがたく降りかかってくるかもしれない。

それを想像すると美佐はぞっとした。

あとで響から聞いた話によると、彼が住んでいる松尾村（岩手県岩手郡松尾村。二〇〇五年〔平成十七年〕に同安代町、同西根町の三町村が合併して八幡平市になった）は、車庫証明が不要なのだという。

車をどこに停めるかで狭い土地を奪い合い、四苦八苦している都会人が聞いたら卒倒しそうな話である。

そんな、信じられないような話を聞かされると、好奇心が頭をもたげてくる。だが、都会の生活に慣れ切り、都会ならではの便利さを享受しながら暮らしていると、一生こんなものだろう、これでもまあまあ満足かも。と、そんな思いで日々を過ごしてきている自分を感じざるを得ない。

田舎をちょこっと見聞したところで、今の生活がさして変わるわけでもない。また、変えられるわけでもない。そう思い込んでいるから、美佐の好奇心はまだまだ冷静さを保ち、他人事に留まっていた。

ともかく美佐は岩手に足を踏み入れた。

小柄な美佐がパジェロの高い助手席にエイヤッと乗り込むと、響は吸いかけの煙草をコーヒーの空き缶に捻じ込んで消し、エンジンを掛けながら訊く。

「岩手は初めて、姉さん？」

「そう」

美佐はうなずいた。

「じゃあ、本物の田舎らしい田舎も初めてかな？」

「……」

重ねて訊かれたので美佐が曖昧な顔でためらっていると、

「ハッハッハッ」

と、やけに豪快に響は笑い、

「じゃあ、今からそれをお目に掛けまーす。お楽しみに！」

おどけながらパジェロを急発進させたものだから、美佐は慌ててシートベルトにしがみついた。

陽射しは強いが、湿気が少ないせいか、暑苦しくない。

車は岩手県の北西部、盛岡から四十キロ程離れた秋田県との境界に近い松尾村へと向かう。

途中、響が最寄りのスーパーで買い物をするというので、美佐も付き合った。

車が楽々と出入りできるだだっ広い駐車場の割には小ぶりな建物のスーパーは、ざっと見たところ、都会で見るのと品揃えも値段もさして変わらない。と美佐は感じた。

響に言わせると、日常の必用品は大抵がこの近辺の商店で間に合うので、盛岡まで出向かなくても大丈夫だという。

しかし、便利な反面、地方独特の個性的な物産が失われて、片隅に追いやられてゆくのではないか、と美佐は思った。

何もかも金太郎飴の日本なんて面白くない。

「利便性と特有性、この二つがうまくかみ合うあり方を探っていくのが今後の地方の課題かしらね」

などと口にしたら、案の定、軽くあしらわれた。

「評論するだけならコトは簡単さ」

花に溢れた沿道

買い物を済ませ、地方としては賑やかな？　商店街を通り抜けると、急に人家がまばらになる。

国道のすぐ脇が田圃や畑なのだ。とはいっても、主要な通りはどこもきちんと舗装されている。響によると、最近では舗装されていない道路の方が少ないという。

だから車の走りが滑らかなのだ。埃も立っていない。が、路端に生い茂っている雑草からの〝草いきれ〟がむせるように入ってくる。

「冷房が嫌いなんで、しばらく我慢して」

響の好みで窓が全開になっている。同じくあまり冷房を好まない美佐は草の乾いた香りをむしろ楽しんでいた。

今は楽だけど、と響は言う。

ちょうど二〇年前（一九七〇年代半ば頃）、この村に松竹の撮影隊がやってきたそうな。

山田洋次監督のもと、倍賞千恵子・寺尾聡主演で、全国の村おこし運動をしている農村青年に大きなインパクトを与えたという「同胞（はらから）」という映画が造られたんだ。

俺もそれを観たけど、あれに映っていた道路はこんなものじゃなかった。砂利と埃だらけさ。

「まさに田舎道だったな、あれは」

沿道の花壇にはダリア、透かし百合、おいらん草、マリーゴールド、サルビアなど赤系統の花が目立つ。紫陽花や桔梗などの青系の花に出会うと、暑さを薄めてくれているようでホッとする。

美佐が初めて見る花もある。目を凝らすと、春咲く矢車草や秋のコスモスまで入り混じって咲き競い、様々な彩りを呈している。花の饗宴とはこのことだ。目に見える形で夏の賛歌が奏でられている。

空気が良いせいか、どの花も色が鮮やかで伸び伸びと咲いているのが実に気持ちがいい。

美佐の好きな山荘風の家もある。

見たところ平凡な造りの家でも、庭には花が溢れている。

赤、黄、オレンジ色から白に至るまで色とりどりのノッポの立葵が整列している傍を通り過ぎたときなどは、美佐はまるで花の国に招待され、そこの番人に出迎えられたような気分になった。

「こんなに土地があれば、思い切り花が咲かせられるじゃない！」

美佐が叫ぶように言うと、響はもっともだ、というようにうなずき、苦笑している。

「冬が長いからこそ、短い夏に一斉に咲くんだよ。村の人たちはみんな花が好きらしくて、公共で植えるのもずいぶんあるけど、たいていは自発的にせっせと植えて楽しんでいるんだ。それがひいては、観光客誘致にも全体として繋がっていくんだけど、土地にゆとりがあるから、これだけ花を咲かせられるのは確かだよ」

それで美佐は思い出した。

何年前だったろうか。確か、アルゼンチンのことだったと思う。テレビで観たその国は、国民全体が花好きで、国自体は物質的にそれほど豊かではないにも関わらず、人は皆、買うパンの量を減らしてでも、まず花を求めるのだとか。

どこかの国とは違う。貧しくない、とは決して言えないみなりをしているように見えたその国の人々は、老いも若きも道端の花屋に立ち止まり、好みの花を買い求めていた。

手にした数本のアスターを眺めながら、満足そうに家路に着く婦人の後ろ姿を見て、美佐は涙が出そうになったことを覚えている。

今でもあの国の人はそうだろうか？

花より団子、団子よりも花、花も団子も。さあ、今の日本は、美佐はどれでしょう。

「フフ……」

含み笑いをしている美佐を響がいぶかしそうに見る。

どうやら早合点をしたらしい。

「そんなに土地、土地と言うんなら、いっそ引っ越してきたら？」

と言ったものの、（気軽に言ってしまったかな）と思ったのか、すぐに付け足した。

「でも、姉さんに寒いのが耐えられるかな？　一遍で逃げ出すんじゃないかな？」

心配と揶揄を一緒くたにしている。

二人が子ども時代、冬になるといつも美佐が「寒い、寒い」を連発してコタツに潜り込んでいたのを今でも覚えているのだ。岩手よりずっと暖かい神奈川に居てもそうだったのだから、そんな寒がりやに、こっちの冬を乗り越せるわけがない。と、ハナから馬鹿にしている。

「そんなことを言って響、あんただって暖かい所でしか育っていないじゃないの。ここで最初は苦労したでしょうに。そうじゃなかったの？　それなのに、まるでもう、ずっと前からここの土地に居る人のような口をきいて」

「俺は柔軟性があるからね。亜希子の方がこの土地の出なのに、俺の方が彼女を引っ張ってきたと思い込んでいる人がここには大勢いるよ」

「でしょうね」

（柔軟性？　順応性でしょうが。ボキャ貧は相変わらずだわ）

左上から時計回りに矢車草、オニゲシ、キキョウ、アルストロメリア

田舎なら広い土地に住める？

響は松尾村の一部もその中に入っている十和田八幡平国立公園の中にある観光関係の会社に勤めている。観光客やスキー客の来るシーズン中はほとんど休む暇もなく出勤しているが、それでも帰宅時間は早い。夕食は家族揃って取れるのが嬉しいと言う。

響の連れ合いの亜希子もそれを喜んでいるし、家族団らんは田舎に来てしみじみ味わえているらしい。

そう、それなら良かった。亜希子がいつも明るく、物事にこだわらず、辛抱強い性格なのは、ここ東北に生まれ育ったからではないか。厳しい気候に耐えるには明るく、辛抱強くなればやっていけないだろうから……と美佐は思った。

美佐が無言なので響一人が話す。

「でもね、実際問題、土地が安いということは経済性が低い、つまり、仕事はあっても収入はぐんと低くなるってことは承知しておいた方がいいよ」

「……」

「確かに俺はここへ来てから収入が格段に落ちた。だから、亜希子も働いているさ。でも、支出が少ないからそんなに貧乏暮らしはしてないつもりだよ」

「……」

「姉さん、こっちへ来るなんて本気で思ってないと思うけど、仮に思ったとしたって第一、義兄（にい）さんの仕事が無けりゃ、暮らせないじゃないか」

「それもそうだけど」

ここまで言われては美佐も黙っていられない。

「あんた、勝手に決めないでよ。私、ちょっと思っただけ。この私が本気でこんな片田舎に住みたいなんて思うわけないでしょ。あなた達や母さんが居るから様子を見に来ただけじゃない」

「そうならあんまり大げさに『ワー、いいこの花！』とか、『この空気！』とか言うなよ。誤解するじゃないか」

「本気で誤解していないくせに。とにかく私は昔からこうなの。思ったことをすぐ口に出してしまう性分なんだから」

「それも善し悪しだよ。義兄さん、それでいつもキリきり舞させられているんじゃないか？」

（そうかもしれない。でも、弟のくせに、事実だとしても余計なことを言うのは許せない）

「松尾村は何年か前までは八千人くらい人口があったんだけど年々減って、今年なんか村を出て行った人が入って来た人の倍あって、七千二百人を切ってしまってるんじゃないかな」

「そうなの。それは由々しき事態ね」

「十人に一人は七十歳以上の老人なんだよ。いわゆる高齢化、過疎化が急速に進んでいるんだ」

「こんなにいい所なのに？」

　美佐が口を滑らせたとたん、響にたしなめられた。

「そう思うのは人に依りけりだよ。若い人はやっぱり都会がいいのさ。仕事もあるし。そうだろ？」

と若人の肩を持つ。

「若い人にだって田舎の方がいいっていう人もいるんじゃない？」

「いるだろうけど、少ないだろう」

「そんなこと言って。年寄りばかり残ったらどうするの？」

「村では福祉施設のこともちゃんとやっているよ」

　響が対抗車の人に会釈をする。知人らしい。相手は深々とお辞儀を返してよこした。

「ここではみんなよく挨拶するよ。学校でも躾が行き届いているし」

「気持ちがいいじゃない、挨拶すると。町でも挨拶運動なんて掛け声かけてるけど、こうはいかないわよ。人が多くて疲れちゃう」

　響きも同じ都会育ちだからそれにはうなずいている。

「――さっきの話に関係するけど、土地のことで数字を具体的に挙げてみようか？」

「うん」

「例えば都会ならS市辺りで広く見ても精々三、四十坪の土地に二階建で三十坪くらいの家が普通だろ。値段は四千万は軽くするだろうし」

「まあね」

「ところが、地方へ来れば倍の六、七十坪の土地に同じ規模の家を建てても、全部で二千万前後で済むんだ」

「そんなに安かったらみんな殺到するじゃない」

「そうはいかないよ。農業する以外には買える土地には限度があるんだ。もしいくらでも広く買えるとなると、安いのをいいことにして悪徳業者が入り込んで買い占めをやって地価を吊り上げるからね」

「規制とはいい考えじゃない。村でも考えているのね。知ってる？　ヒマラヤの麓にブータンって国があるでしょ。あの国も乱開発をしないで自然を守っていくんですって。その方が、国民が幸福だからってことで。私もお金さえ余分にあったら、この辺に別荘でも建てたいわ」

(それは乱開発には入らないだろう)

「夏だけ来る?」

「……」

美佐はそれ以上会話を続けられなかった。行く手に広いグラウンドを擁した建物が目に入ったからである。

「ちょっと。あれは、ペンション?」

「あれ? あれは中学校さ」

「本当? だってまるでペンションみたいじゃない。綺麗だし、中学校にしてはどう見ても個性的過ぎよ」

「この辺りの中学生はみんなあの学校へ行ってるんだよ。遠いから自転車に乗ってヘルメット被ってさ。運動場も広いだろ。野球場も専用のが隣にあるしさ」

美佐がペンションと間違えたのは中学校だった。

濃い緑の屋根と茶色の壁。それを引き立てるくっきりとした白枠の窓。平屋で木造、翼を広げたようなその建物はセントラルタワーまで持ち、恰好の絵葉書の被写体になる。

都会の、コンクリートの巨大な箱にしか見えない中学校を見慣れた目には、まるでメルヘンの中の学校のようだ。そんな学校が現実に目の前にある!

「もう一度中学生になってやり直したーい!」

「あんな中学校なら……」

響がまぜっ返す。それに美佐が付け足す。

「緑に囲まれているし、成績ぐんぐん上がって親孝行もできるって感じ!」

「家の翔太、来年入るんだよ、あの学校に」

「羨ましーい。いいなあ」

「と言うけれど、中学の偏差値教育の実態は変わらないと思うよ」

「夢のないこと言わないでよ。中身が同じなら、せめて外見だけでもあんな学校で学びたいじゃない」

美佐の熱烈な言い方に響は首を横に振った。

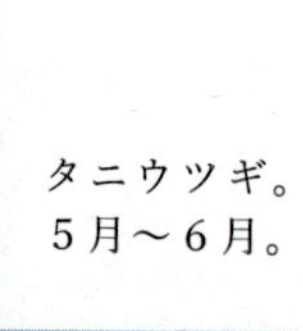
タニウツギ。開花は5月～6月。

平成最後の年(2019年春先)に撮影された八幡平市立松尾中学校校舎とグラウンド。写っていないが、左の体育館の左手前に野球場がある。緑色だった校舎の屋根色は近年ブルーに塗り替えられている。後方には右から前森山(安比高原スキー場)~八幡平を望む。

不可解な減反政策

「中学校の校舎を見て羨ましく思う気持ちは分かるけど、今は教育の中身が多いだろ。だから学ぶことに忙しくて学生には暇がないんだよ。もっと自然の中で伸び伸びとさせてやりたいんだけどね。だからといって、自然にたっぷり親しんでいると、感性は豊かになるけど、知性の方はお留守になって勉強が辛くなる。そこが問題だよ。翔太は、釣は巧くなったけど、算数の方はさっぱりさ。教える方も大変だと思うよ」

「先生方に同情しちゃう。いつ迄詰め込み教育が続くのかしら？」

「問題が起きて手がつけられなくなってからじゃなきゃ止めないんじゃないかな」

「それって、学校の中のことばっかりじゃないと思うけど」

「そりゃあ、大人の作った社会環境全てが教育の場だから、学校ばかりに責任はないよ」

「じゃ、誰がどうしたらいいっていうのよ」

「俺にも分からないよ。只、親の責任は大きいと思うよ」

「それはそう思うけれど……」

（親だって、この世の中の大きな波に飲み込まれて自分を見失いそうになることもある。せめて、学校が子どもたちの救いの場になってくれることを願う。だって、子どもたちが大部分の時間を過ごす所なのだもの……）

（この後、ゆとり教育が取り入れられるが、それも見直される）

　美佐が振り返り振り返りしながら中学校の校舎に熱い視線を送っている内に車は五叉路にさしかかる。田舎の道はカーブが多い。美佐の髪は風に乱れ、麻のスーツはカーブ毎に腰の辺りの皺がきつくなる。村道には信号がほとんど無い。見通しも良い。この辺りで車が連なって通ることなど滅多にないよ、と響は言う。渋滞はもちろんないから、何分後にどの辺を走っているか予測がつく。従って、会合などに遅れた場合の言いわけによく使われる「車が混んでいましてね」は、ここでは通用しないと思わねばならないそうだ。もっとも村には、〝松尾時間〟というのがあって、それについては美佐がおいおい知ることになるのだが。


　五叉路で右に折れると、パジェロの両側はたちまち明るい緑一色となった。この地方では稲はお盆の頃、ようやく穂が出揃うという。鋭く尖った稲の葉先が一斉にサヤサヤと風にそよぎ、広々とした田一面に漣(さざなみ)をなしているさまは何ともいえず涼やかだ。

「本当の田舎だ！　感げーき！　やっぱり田舎って凄い！　これが日本の穀倉地帯よ。国産米はこういう地方が支えているのね……」

　などと一人で上ずった声を挙げている美佐を響は（姉さん、相変わらずだな）と横目で笑っている。

「この時期にお盆まで暑さが続き、出穂の時に雨が降らないのが豊作には必要なんだ」

「へえー、農家でもないのに詳しいわね」

「だてに三年も住んでないよ。一昨年（一九九四年頃）の冷夏にはまいったよ。農家の人が皆、青い顔で、それこそオロオロ田圃の周りを歩いているんだ。俺たちも無関係では、いられない。米は日本人の命だって、強く思ったな」

「田舎に居ればこそ、ね」

「あのときは日本中、大騒ぎだった」

「そうだった。都会の私たちも買占めの煽りを食って法外な値段のお米を買わされた」

「農家が農協へ米を買いに来たんだからな」

「天地自然が相手じゃ無理もないわよ」

「そこが農家の辛いとこだな。穫れ過ぎても困るし、穫れなくても困る」

「ちょっとあそこ、あそこはどうして……？」

響の言葉を無視して美佐が指さしたのは田圃の一角だ。そこだけ水面がむき出していて、南中の陽光が撥ね返されている。

「あれは何？　なぜあそこには稲が無いの？」

「減反政策のためだよ。奨励金が出るんだ」

「へえー。お米を作らないで奨励金が出るの？」

「ちょっと変な感じだろ。俺にも良く分からないけど、そういうことらしい」

何がそういうことなのか不明だけれど、自給自足が望ましいという原則からいっても減反はおかしいのではないか、減反しなくても農家がやってゆけるような方策を見つける方がいいのではないかと美佐は感じた。

——これも評論家の言種（いいぐさ）だと響に言われそうなので黙っていたが。

（減反政策は一九九四年から見直しに入り、二〇一三年十一月、第二次安倍内閣で、二〇一八年には終了すると発表され、同年実施された）

響が付け足す。

「米を作らなくても田には水を張っておかないと荒れてしまって、いざというときに元に戻すのが大変なんだそうだ」

「良い田はすぐにはできないのね」

日常世話になっている米はこうして作られているのだ。今まで実感の無かったものが、美佐が近づくことによって掴めてきたような気がする。キザな言い方をすると、農村の心と美佐の心が少しずつ触れ合い始めてきたということになるのだろうか。

きっかけはどうあれ、美佐が外へ出て無心に見たり聞いたりしていきさえすれば、自分の〝慢性的好奇心欠如症候群〟なる病も徐々に癒されていくのではないかと、そんな気が段々してきた。

閑話休題
ここで先述の〝松尾時間〟について忘れないうちに説明しておく。
それは、何かの集合時間、例えば早朝、集団で草刈をする場合などに、決められた時間に集まる人はほとんどいず、指定時刻の十五～二十分前に作業がもう始まっていることである。
だが、夕刻に集会がある場合は定刻には始まらず、三十分ぐらい遅れて始まるのが普通である。美佐にはその理由は不明であり、憤慨しても始まらない習慣のようだったが……。（本書を出すころには随分変わってきたようだ）

東北人は宣伝ベタ？

道の片側にチョコレート色の屋根と、茅葺きの屋根、反対側にオレンジ色の屋根の家が見えてきた。そこを過ぎ、カーブを曲がると今度は焦茶色の屋根の建築中の家が現れた。

響の話に依ると、松尾村ではヨーロッパの観光地の美観に倣い、今後家を建てるときは屋根色をできるだけ茶系統に統一しよう。

そのために村は補助金を出す[*]ということになったのだそうだ。

景観を損なわないよう、建築物の高さにも制限が設けられているとのこと。それはどこからでも岩手山の眺望が妨げられないように配慮してのことだそうだ。いい政策だと美佐は思った。京都などに続け、である。過疎の村が生き延びるためには、そのように努力して賑わいを創出し、観光地として有名になるのが得策だろう。

＊残念ながらこの制度は、合併して八幡平市になってからは廃止されている。

長野や群馬のように東京から車で三、四時間もすれば行ける所と比べると、こちらはその数倍も時間が掛かるだけに、そのハンディを補って余りある魅力がなければ人は来ない。

東北高速道が村の東側を縦断しているため、最寄りの松尾八幡平インターからは村のどこへでも数十分で行けるアクセスは便利だが、やはり首都圏から余りにも遠すぎるのがデメリットだと響は言う。

でも逆に、混み合わないのがメリットだと宣伝したらどうなの？　と美佐が言い、良い思いつきでしょ、と投げかけると響のトーンは急に落ちた。

「そうは思っても東北人は宣伝が下手なんだよ……」

（あら響、あなたは自分をどっちだと思ってるの？　東北人になってしまったので宣伝は下手だと言いたいの？　東北人でなくたって、下手な人は下手だと思うけど……）

「姉さん結構アピール旨いじゃないか。友達なんかに姉さん流に言いふらしてくれよ」

弟からでも褒められると悪い気はしない。おだてに乗って美佐がパジェロのフロントに置いてあるパンフレットを取り上げ、読み始める。パンフレットの常備は営業マンとしては当たり前のことだが、片面が日焼けしているのは頂けない。

「うーん、何々？　〝北緯四十度の風〟、いいコピーだわね。〝The Blowing Wind of North 40。〟爽やかな風が耳元をくすぐる感じ。発行は盛岡広域圏北部地区開発協議会。舌噛みそう。載っているのは安代町、松尾村、西根町（現在はこの三町村が合併して八幡平市となっている）玉山村（現在、盛岡市に含まれ、玉山区となっている）岩手町、葛巻町、雫石町。この辺一帯の宣伝をしているのね。

――では、不肖私、本日は御当地松尾村のご案内をさせて頂きまーす」

美佐はパンフレットを脚色してガイド風の声音を出す。

「北緯四十度の風、緑のふるさと松尾村へようこそ。春夏秋冬それぞれの楽しみ方ができます。春の花、夏の避暑。秋の紅葉、冬のアスピリンスノー舞うスキー場でのエンジョイメント。混み合わないゲレンデで心ゆくまでウインタースポーツを楽しみたい方は、是非、ぜひ松尾村へお越しを！」

「オールシーズンお出掛け下さい、だな」

「これで人がワッと来て村はホクホクだけれど、『混み合わないのが謳い文句なのに、なんでこんなに混むんだよ』って、来た人に文句をつけられること請け合いよ」

「ハッハッハ。そんなにやって来ないって」

「響、ところでアスピリンスノーって？」

「フフン。知らないでガイドするなんて、相当な心臓だぞ。それはね、サラサラした粉のような上質の雪でスキーには最適ってこと。ほら、薬のアスピリン、キラキラサラサラしてるだろ。あれみたいだからさ。ま、とにかく空いているのだけは事実だ。スキーがリフトの待ち時間なしでできるっていうのは大変なメリットなんだから。俺たちは儲からんけどね」

「それは言えている。リフト待つ時間考えたら来るのに時間掛けた方がいいもんね」

「それを知っている人もこの頃は少しずつ増えているんだ」

「じゃあ、そこに力を入れるとして。この冬は八幡平周辺のスキー場行きで決まりっ！」

　はしゃいで締めくくった美佐に響が声を落とした。

雪景色の岩手山。裾野に大きなスキー場がある。

岩手山と田植えを待つ田んぼ（八幡平市野駄中沢付近）。

開発はほどほどが良い

「何年前になるかな、もう十数年前になるかもしれない、安比高原を一大リゾートにするんだって、或る実業家が乗り出したんだけど、都合で大開発は中途で終わった。でも、それで良かったんじゃないかって俺は思う。松尾村やこの周辺の自然の中で、ゆったりと温泉やアウトドアスポーツを楽しみたい人には大開発は不要だと思うから」

響が真面目な声で言った後に付け加えた。

「それにしても、いくら自然がいいと言ったって、ある程度洗練されてないと人は来ないからね」

そうかもしれない。でも開発はほどほどに、と美佐も思う。

ここはこの自然が宝なのだから、大開発はむしろ頓挫して良かったのではないかと。自然は一度破壊されるとすぐには元に戻らないし、そうなったら、そこに棲息している小動物たちの隠れ家も消えて、つまらない場所になってしまう。

森や山はみんなの貴重な財産なのだという認識が大切だ。緑を失っている都会の人たちの、せめて安らぎの場としてもここは残しておいてほしい。

旅は好奇心の刺激剤

「あれが家だよ」

響がアゴで指す彼方にブルーの屋根の家が見える。

「あー、あれね。駅からかなりの距離じゃない」

「そうかな。もっと飛ばせば、十五分と掛からないよ」

「あー恐かった。いつ田圃に突っ込むんじゃないかって、ヒヤヒヤしたわよ。……だって、ガードレールが無いんだもの」

「冬に除雪車が通るからだよ。ガードレールがあると邪魔になるんだ。雪がそこで詰まっちゃうからね」

なるほど。ガードレールが無い方が、景色もすっきりする。除雪車の他に、耕運機やコンバインも出入りする農道にはガードレールは邪魔だ。仮に雪でスリップして落ちても、それはガードレールが無いせいではなく、ここでは単に、

「運転がへただったから」

と見做されるという。

（コンバインは、一台で刈り取り機と脱穀機とを兼ねている機械）

主要道路には、全国津々浦々、どこでもガードレールがあるのが当たり前だと思っていた美佐には、これは意外な驚きだった。僅かの長さでも、修復するには十万円単位の費用が掛かると聞いている。都会の道路のそれを全部不要にするわけにはゆくまいが、地方のガードレールは要所々々だけでいいと思う。

こんな風に色々なことが分かってくると、好奇心が呼び覚まされてくる。いつも見慣れたものばかりに囲まれていると、それが鈍ってくるのだ。好奇心が衰えれば若さも後退する。

昔、長寿で人気者だった、〝きんさん、ぎんさん〟という双子の姉妹をテレビで見たことがあるが、二人の長生きの秘訣は、

「なぁんでも見たぁり、聞いたぁりすること」

だと言っていた。

それはつまり、好奇心を持ち続けることなのだろう。

してみると、日常生活から少し離れ、異質のものに触れられる旅に出るのは、そのためにも必要なのだ。お金があるから出来るとか、気力、体力があるから出来るのではなく、気力、体力を呼び覚ますために旅に出るのだと考えるべきだろう。

なけなしのお金をやりくりして出て来て良かった、と美佐は思い始めていた。そして、次第に気分が高揚して来るのを感じていた。

車を家の横にバックで入れながら響が、

「身が縮む思いをした割には姉さん、よくおしゃべりしていたじゃないか」

遠慮のない皮肉を飛ばす。美佐は身をすくめて苦笑するしかない。

「少しは縮んだ方が姉さんの身のためだと思って、わざわざ飛ばしたんだよ」

「それって、どういう意味？」

「ハッハッハッ。分かっているくせに。子どもが育ち上がると、つい余計なモノが身に付くんだよね。家の亜希子もそうだけど」

「そういうあんた、自分も同じだと思わない？」

——そうか。亜希ちゃんも中年肥りとは。彼女が勤めから帰ってきたらお互いに確かめ合おう。腰の辺りをさすりながらパジェロから這い降りた美佐は、しぶしぶ我が身の肉体的変化を認めざるを得なかった。

高山を丸ごと楽しめるロケーション

「これがみんなの家なのね、初めまして。……ワ、流れが家の前を通っている。冷たそうだわ」

「農村の動脈はこの用水路なんだ。農業をする家の脇には大抵流れているから、野菜を洗ったり、冷やしたりするのに便利なんだよ。——ところで姉さん、昼飯はまだだろ？」

「ううん。新幹線の中で済ませて来ちゃったから、心配要らないわよ」

「そうか」

美佐が周囲を見回していると、車音を聞きつけたのか、家の中から母が出て来た。

その顔は懐かしい。とても懐かしいけれど、いつも音信を交わしているからか、あまり暫くぶりという気がしない。

見たところ、母はあまり老け込んでいない。数年で八十代に手が届くというのに、むしろ、最後に会った三年前より、ずっと元気そうに見える。美佐はそれにまず安心した。

微笑みながら美佐のことを点検するように上から下まで見ていた母は、顔を和ませ、声を弾ませる。

「遠くからいらっしゃい。暑かっただろ。さ、中へ入って、入って。みんなでお昼を一緒に、と思って軽く用意しといたんだけど。……そう、済ませて来ちゃったの。まあ、とにかく上がんなさいよ。くたびれただろ」

そう促しながら、一瞬、ひたと娘の顔を見つめている。

何か隠し事をしているわけではないが、もししていたとしても、母にはみんな分かってしまう、そんな見つめ方だった。

「みんな、変わりはないね？」

「ええ」

美佐が大きくうなずくと、母の顔は一層和んだ。

響が、「どうぞ姉さん」と言って、さっさと家の中に入っても美佐はすぐには入らず、母には、
「こんにちはー。来ましたよー」
と大きい声で歌うように言ったなり、玄関先に立ち尽くしてしまった。こうしてゆっくり遠くまで見渡してみると、なんと気持ちの良い光景が展けていることか。

遙か彼方にその全容を見せている、あれが、母がかねがね伝えて来ている岩手山か。頂上から左側は富士山のように綺麗な稜線を描いている。なだらかに長々と山裾を広げているさまは、後で、〃南部片富士〃と呼ばれていると聞いたが、山の半分(左側だけ)が富士山のように美しいのでそう言われるようになったのだとか。

それが右半分は惜しいことに、アンバランスな凹凸を持ち、男性的ないかつさで空に迫っている。左側のようにすんなり撫で降ろされてたまるか、俺のテリトリーは大きいんだ。とばかりに突っ張ったまま、右へ、横へと延長し、彼方の八幡平、安比高原(前森山)まで切れ目なく続いている。ように見えた。

ここから見た岩手山の形を何かに例えるならば、そう、オデコの出ている布袋様が、アゴをつき出して昼寝をしている姿、とでも言おうか。面白い山容だなあと美佐は感じた。

今は緑一色のあの山も、雪解けの頃には、頂き近くの残雪の形が、鳥や、何か具体的なものの形に見えるようになるのだろう。

後で知ったことだが、岩手山の残雪は春先、山頂に、まるで大鷲が羽を広げているような形になることから〃岩鷲山(いわわしやま)または〃臥鷲山〃(鷲が羽を臥せている形に見える山)と言われているのが分かった。

後に、岩手山は標高二、〇三八メートル。日本で二十番目の高山であるともわかった。この山の眺めでなによりすばらしいのは、ここからはその全容が見えることだ。

山を見るのに途中に何も遮るものの無い空間がここにはある。美佐たちが都会で眺める山は頂上だけだ。山裾までずうっと見渡すなんてことは、足を伸ばして遠方へでも出掛けて行かない限り、まず不可能だ。このように山の全容を平地から一望におさめる、なんていうのはほとんど贅沢に近い体験である。

美佐の住んでいる神奈川のS市は東京に隣接したベッドタウンで、岩手県庁のある盛岡市のほぼ二倍の人口がある。

(一九九四年〔平成六年〕の同市の人口は約六十五万人。静岡県の浜松市を抜いて、日本で十六番目に過密であり、二〇一〇年四月に政令指定都市になっている)

S市は東京のように、近頃は高層ビル群が増え、山は見えにくく、自然は益々遠くなりつつある。

それがどうだ、この山は。美佐の前にその全貌を惜し気もなく晒してくれているではないか。

なだらかな起伏を持つ無数の丘が山裾に続き、遠く近く濃緑の大小の林をあしらい、緑のハーモニーを織りなしているさまは、自然自体が造り出した雄大かつ伸びやかなメロディーにも似て、目にも快い涼を呼んでいる。

丘はそのまま近くの田圃や畑に連なり、高く伸びたトーモロコシや、様々な夏野菜や、尖った葉先の稲の上を風がサワサワと渡って来る。

足元の用水路には透き通った水が縁辺の草の繁りのあいだを途切れることなく流れ、数段下がった所に作られている洗い場には、繋がれた西瓜がプカプカと浮いている。

朝顔のコーラス隊

風にそよぐ稲（八幡平市松尾地区寄木喜満多付近）

本物の空

振り仰ぐ目にはギラギラと照りつける眩しい日差し。青く、大きく広がった空。空の真ん中には巻雲が透けるばかりに刷かれ、そこには早、秋が訪れている。が、下方には空の周囲をぐるりと占領して入道雲が立ち上がり、未だ秋の出番じゃないぞ、と夏を誇示している。

巻雲は美佐の心に清らかな思いを湧かせてくれ、入道雲の力強さ、逞しさは美佐の胸を大きく膨らませてくれた。

この広い高い空に所を得て共存している二つの雲たち。その、なんという壮大な眺め。悠久の空、果てしない蒼穹……。

本物の空だ、大自然だ。

この空だよ。美佐が見たかったのは。人口の何物にも邪魔されていない、空全体が見渡せる広い広い空間――。これこそ美佐が見たかった本物の空だよ。涙が出そうな感動に捉えられ、美佐は呆然としてその場に立ち尽くしていた。

母が呼んでいる。

それでも美佐はまだ空を見上げていた。

一期一会の空かもしれない。その場を立ち去り難く、じっと入道雲を見ていると、雲にも心があるのではないかと錯覚しそうな面白さだ。その豊かな造形はまるで変幻自在の魔物のようにも見えた。

入道雲はムクムクと腕を伸ばし、背伸びをして巻雲に姿を変えた天女の後を懸命に追いかけているモンスターのようだ。気紛れな天女は捕まると見せてすぐに透き通ってしまい、連山に足元を掴まれているモンスターたちは悔しそうに彼女の後を見送る。そんな空の追いかけごっこがいつ果てるともなく続いている……。

「ちょっと、いつまで見ているの。早く入ったら。暑いでしょ、美佐ちゃん！」

いったん家の中へ戻っていた母がまた出て来て呼ぶ。

娘が五十歳を過ぎても、親から見ればいつまで経っても子どもだ。〝ちゃん〟をつける癖が抜けない。

「お母さん……」

美佐が夢から覚めたような顔をして振り返る。

「お母さん、これじゃ芸術は要らないわね。このまま、この景色が生きた芸術だもの」

思わず口を突いて出た言葉だった。ふだんなら、滅多にそんなことは言わない。そんな言い方は、考えるだけでも「ワ、気障（きざ）！」とか言って、口に出す前に自分で自分を茶化してしまわずにはいられない、そんな面映ゆさを感じる言葉だ。

しかし、そう言わずにはいられなかったこの空、この雲、この山、そし丘陵を渡って来るこの風――。これらすべての大自然に手を加えて、これ以上の美が表現出来るだろうか？

否。と美佐は思った。

芸術はとうてい自然には太刀打ちできない。こんな大きな自然には……。

美佐は溜息をついた。

芸術家はこのような自然を前にしたらどうするのだろう。画家は？　詩人は？　音楽家は？　例えば大詩人ゲーテだったら？

ゲーテは、

「自然は花を造りだすけど、それを選（よ）り取りして綺麗な花輪に仕上げるのが芸術というものだ……」

というような芸術論を吐いている。

若い頃、文庫本によってだったが、ドイツ文学者の高橋健二氏の訳があまりにも流麗なので、愛読していたゲーテ詩集の中にそんな一節があったのを思い出した。それが今、鮮やかに甦ってきた。

記憶力が弱い美佐がこうして覚えているとは、非常に簡潔にして要を得た表現だったからなのだろう。そのゲーテがこの光景を前にしたら何と詠うだろう？

美佐の茶目っ気が顔を出し、ゲーテを気取ってみたくなった。

――と、名指されたゲーテ、ギョッとして

し、しばらく待っておくんなしぇ
聞けば大和は東北（うしとら）の
そのまた奥の片田舎
みちのくてふ地の果てに
なべての御世の業（なりわい）も
いと珍しき風物も
おほかた訪ね身に修め
感じ入ったるこの身にも、とんと
覚えぬ富士の山。ても
驚ろ木、桃の木、山椒の木
それを詠え、詠わねば
世界に名立たるこのわしの

名折れぞいざと脅かす
小憎き大和撫子の
君のたっての願いゆえ
ダンテ、沙翁（シェークスピア）と並び立ち
詩聖と呼ばれしこのゲーテ
人も驚くうるわしき
大叙景詩をばひねり出し
遙か彼方のあの世から
進ずることも厭わぬが
なにせ岩手のこの山は
詠わぬとても変わらずに
昔も今も悠々と
空を切っ裂き聳ゆるを
など徒（いたずら）にやつがれが
冗長、蛇足の言の葉を
費やさねばならぬのや
詠わずとても日の本の
この山裾に住まいたる
心正しき民草（たみぐさ）の
護りの社（やしろ）であり続け
末代までも依らしむを

なあんて体良くかわすかも。フフッ、ゲーテが聞いたらそれこそ仰天するわいな。

「こらっ、わしの値打ちを地獄に引きずりおろすような真似をするなっ！」て、ね。

八幡平アスピーテラインから望む左から姫神山（1124m）、早池峰山(1917m)、岩手山(2038m)

ゲーテさんには悪いけど、花輪なんぞにはまとめない、あるがままの自然の方が良い場合だってあるんじゃないの？　と、ここから先は自分の思いを口にする美佐。

「お母さん、こんな言い方はどう？　『あるがままにあるのが大自然。それをそのまま映し取るのが芸術』、なあんちゃって！」

「……？　どこかで聞いたような気もするけど。でも、ま、とにかくいっぺん中へ入って休みなさいよ。芸術云々は後でゆっくり語り合うとしてさ」

　そう言った母もそのまま美佐と並んで空を見ている。

「いいところね」

「いいだろ、美佐。ここはとにかく良いところだよ」

　嬉しそうにうなずく母。その顔には、

「日頃、自分があなたへの便りにしたためている証拠をお目に掛けましたよ。私はここで楽しく暮らしているから少しも心配しないでね」、といった気持ちが滲み出ていた。

　花や樹木をこよなく愛し、それらを絵に描き、俳句も嗜む母には最適な所だ、と美佐は思い、自分の住まっている所を心底自慢できるとは幸せなことだと思って、母に大きくうなずいて見せた。

「山の向こう側に啄木のふるさとがあってね」

　美佐を家へ入るように促しに来たことも忘れ、母は岩手山の東、やや左方に手を差し伸べている。

「あっちの、あれが姫神山（ひめかみやま）といってね、岩手山と一緒に啄木が仰いで育った山なんだよ」

　その方向に目をやると、遙か彼方に尖った先端を持ち、裾

をゆったりと円錐形に広げた山が霞んで見える。ここに来る道中、花輪線の窓から、きれいだなと思って眺めた山のようだ。

　　故郷(ふるさと)の山はありがたきかな
　　　故郷の山に向かひて言ふことなし

　啄木の有名な歌だ。その山々を二つとも今、自分は目前にしている！


　じっと山を打ち眺めている美佐に母がなおも語りかけた。

「こっちは岩手山の北側だけれど、南側には盛岡や雫石(しずくいし)の街があってね、小岩井(こいわい)農場なんかもあるんだよ」

「？」

「賢治のふるさと花巻は、もっとずっと南の方だけどね」

「お母さん、今、何て言ったの？」

「賢治だよ。ほら、詩人の宮澤賢治のことだけど」

「それは知っているわよ。雫石のことよ」

「アハハ、言ったよ。『スズクイス』って」

「やっぱり」

「ウフ、そう聞こえた？　だったら私、やっぱりこちら風になってきているのかもね」

　スズクイス、と東北訛(なまり)で聞こえたのが、いかにも楽しそうだ。

　わざとそう言ったのは分かったが、なかなかサマになっている。

　美佐は方言にふれた。

「花輪線の中でね、私、啄木が上野駅の人混みの中に入ってふるさとの訛りを聞いて懐かしんだ話を思い出して、その真似をしてみたの。そうしたら、お年寄りの会話は確かに訛っていた。シをスと言ってね。なんともいえない柔らかさを感じたわ」

「だからシズクイシは」と母が言いかけ、娘が後を引き取って、

「スズクイスなんだ」

と訛り、顔を見合わせて哄笑したふたりだった。

山菜の宝庫

「春だったら、楤(たら)の芽を御馳走してやれたんだけどね……」

「響、本当？　残念だわ。楤(たら)の芽大好きなの。もっと早く来れば良かった。うちの方じゃ、六個くらい入っているだけでパック二百円なんてこともあるんだもの。庶民の口には入りにくいのよ」

　美佐の落胆ぶりを響が愉快がる。

　美佐は鱈の芽につられて山の景色を思い浮かべる。

「いいわねえ。山菜摘むって面白いんでしょ。蕨(わらび)くらいなら、あっちでも採ったことあるけど。やってみたいなあ」

「六月の初め頃かねえ。筍(たけのこ)狩りというのがあってね。美佐は知らないだろうけど、独特の香りと風味があって美味しいんだよ」

　言い添えた母に響が憤慨する。

「気楽に言うなよ。採る苦労も知らないで」

　ならば、と母も負けていない。

「茹でるのも皮を剥くのも手間が掛かるけど……」

　それはいつも私の役目なのよ、と美佐に目配せする。

　響は聞こえないふりをし、美佐のために自らテーブルの上で天ぷらを揚げている手を急に忙しそうに動かしだす。

揚げ具合を見るためにか、一つカリッと口に含んでみてから、

「よし、いい具合だ」と呟き、

「あれはまさに季節の味だな」

筍のことだろう、思い出したように言った。

「姉さん、揚げたそばから食べてよ」

時々缶ビールを傾けながら響がアゴで促すので、響きの妻の亜希子に「お先にいただきます」

と声をかけてから美佐は天ぷらを頬張った。

揚げたては旨い。熱々の一つを吹きながら美佐が訊く。

「筍狩りって、あの、シャベルで掘る?」

「いや、違う。あの筍はこの辺ではネマガリダケと言って、別名千島笹（ちしまざさ）と言うらしいんだが、長さは鉛筆ほどで太さは親指くらいかな。葉が茂った笹藪（やぶ）をかき分けて根元の筍を折り取るんだ」

「へー、面白そうね」

「まさに藪の中を漕いで行くんだよ。笹に目を突かれないように、注意しながら行くんだけどね。採るのに夢中になって帰る方向を見失ったり、中には命を落としたりする人もいるくらいなんだ」

「えー、たかが笹藪で?」

「だから、決して単独で山へ入っちゃいけない。連れと声を掛け合いながら、欲張らないで早目に切り上げるのがコツなんだ」

「ご親切に前もって注意してくれているのね」

美佐が苦笑する。

そう。欲張りな姉さんだからね。竹藪に入ったら迷子になりかねない。と、響はニヤニヤしながら缶ビールを口に当てる。が、中がほとんど空になっているのに気付き、キッチンに行った亜希子にお代わりを持って来るよう催促した。

母がそれを制する。

「響、ピッチが速いよ。もう少しゆっくり飲みなさい」

上はネマガリダケ（千島笹）。笹藪の中に分け入って根元から折り取る。右上は収穫された筍。右は山菜のシドケ。おひたしにすると、くせがなく、美味しい。

たしなめられ、響は唇を尖らせている。彼が心中、

（姉さんが来たときくらい、うんと飲んでもいいじゃないか）と思っているのが伝わり、親の忠告をうるさがっているのが美佐には感じられた。

ビールのみならず、アルコール類一切が飲めない美佐には、ご当地名産のプルーンジュース缶が用意されていた。キリリと冷えているジュースはとても口当たりが良い。

母はビールを缶から小ぶりなグラスに移して美味しそうに飲んでいる。

「亡くなったお父さんに飲むのを訓練されたもんでね」

笑いながら美佐に片目を瞑っている。

響と亜希子の子ども、高一の悠香と小六の翔太もテーブルに加わり、賑やかな夕餉が始まった。

別名は千島笹だという、北方の名物の筍に母は未だこだわって言葉を継ぐ。

「あの筍はね、採りたてを茹でて、マヨネーズで食べると、アスパラガスより美味しいくらいなんだよ」

美佐の想像を煽る。すると響も、

「皮ごと焼いてもイケるし、煮ものには欠かせない食材だ」

などと幼い頃から発揮していた食いしん坊らしさをのぞかせる。そう言われれば食べてみたくなるではないか。

「機会があったらぜひ賞味したいわね」

美佐の声に亜希子が応える。

「来年、その頃にもいらして下さい、御馳走しますから」

響の旧友に、その筍を食べにだけ、遥々関東の都会から毎年やって来る人がいる、と苦笑しながら亜希子は付け足した。

美佐は自分も知っている足マメなその人物を思い出し、一緒に笑ってしまった。

「行動力が逞しい人はトクするって、わけね」

「そうだよ、姉さん。そこへ行かなければ味わえないものっていうのがうんとあるんだから」

響が強調したところへ、亜希子が大皿を運んできた。

皿の上のものを亜希子が説明したので美佐は目を見張った。

「筍もそうだけど。この虹鱒と山女、それから岩魚。これはみんな翔太が釣ってきたんですよ」

「え、今日？　私のために？」

美佐が驚いて翔太を見ると、翔太は恥ずかしそうにうなずいている。

「美味しそうね。都会じゃ、川魚の焼いたのは滅多に食べられないわ。――ねえ、翔ちゃん、虹鱒はおばさんにもわかるけど、山女と岩魚の区別はどうやってつけるの？　教えて」

翔太の顔が輝き、得意気に説明してくれた。

「この、縦長の斑点が並んでいるのが山女。丸くボツボツ全体に散っているのが岩魚だよ」

「そうなの。良く分かったわ。おばさん、一つ利口になりました。――アラアラ、美味しい！」

小魚をくわえた瞬間の岩魚

感心しながら川魚に箸をつけると、少しも生臭くない。香ばしい渓谷の味がジワッと立ち上がった。

捨てるほど豊かな野菜

「コラ、翔太、悠香、海老ばっかり食べるんじゃない」

響が子どもたちを叱る。珍しい客を前にしているから、親にたしなめられることもあるまいと、抜け目なく自分たちの好きなものだけをせっせと口に運んでいた二人は首をすくめる。

「悠香、生野菜も食べなさい」

亜希子が娘の皿にサラダを勝手に取り分ける。

「……」

美佐の手前、悠香は母親を睨みつけるだけだった。高一ともなれば大人も同然だ。亜希子がお節介だったしるしは食後、悠香の皿に残されていたサラダが物語っていた。

「近頃の子どもは野菜を食べないんだから」

亜希子が嘆く。

「こんなに新鮮な野菜が豊富で、山菜まで採れる所なのに、もったいないなあ」

美佐が大げさに両掌を広げ亜希子に同調して見せると、

「おいらは食べているよ。ほら、残さなかったもの」

翔太が自分の空になった皿を見せる。

「まあまあ、ご飯は美味しく食べなくちゃ、身に付かないよ」

母が入れたくちばしに味方を得た悠香が、

「そうだよね、お祖母ちゃん。だから、母さん、食事中にあれこれ言わないで」

口答えされた亜希子も言い返す。

「だって、言わなきゃ食べないじゃないの」

「言っても言わなくても食べないんだから同じだよ。亜希子、放っとけよ。肉食のツケが回ってくれば悠香も分かって、慌てて野菜を食べるさ」

夫に憮然として見せた亜希子は美佐には肩をすくめて見せた。

響の家の食卓は想像していたより活気に満ちていた。美佐はそれを目の当たりにしただけでも遥々来た甲斐があったと思った。

ことに子どもたちは自分を迎えてはしゃいでいる。

美佐の箸は進んだ。特に、隠元(いんげん)豆を平たく大きくしたような、美佐が初めて見た豆の天ぷらを味わってみたら、思いのほか美味しかった。(後にそれはモロッコ豆というのだと分かった)

亜希子に尋ねると、

「それは差し入れなんです」

と嬉しそうに言う。近くに数軒ある親戚の農家から、しょっちゅう何かしらの野菜が届けられるので、日常、野菜類に不自由したことがないそうだ。

どの家も出荷する以上に作り過ぎ、自家処理を越えるから、と、穫れたての野菜をいつもドサッと届けてくれるのだそうだ。そういうことが弟一家にとっては田舎暮らしの一番のメリットになっているのではないだろうかと美佐は思った。

今は田舎暮らしも快適だが

だが、日常生活は一見者（いちげんもの）の美佐が思うほどいいことずくめではないらしい。

「だってね、ほら、今もここにいるけど、ハエがねえ、追っても追っても入り込んで来るんですよ」

亜希子が顔をしかめている。そのハエを現に亜希子はさっきから頻りに手で払っていた。が、ハエもさるもの、御馳走にありつこうと、いっかな追い払われない。

「それに超臭いの、牛や鶏のにおい」

翔太が大げさに自分の鼻をつまんで見せる。〝超〟がそれに追い打ちをかけ、こっちにまで臭いが漂ってきそうだ。

「臭いったって、傍を通るときだけだろ」

響がとりなす。美佐も、

「都会にだってハエはいるわよ。蚊だって一杯いるし。それにゴキブリだって！　翔ちゃんも覚えているでしょ」

大嫌いなゴキブリのことは口にするだけでもいやだという顔をして翔太を慰める。

それには響が首を横に振る。

「ここにはゴキブリだけはいないんだ。最初来たときこの辺の人が『ゴキブリ？　そんなの見たことがない』と言ったんで、『ホントかよ』ってびっくりしたけど。あまり寒いからかな。やつら越冬出来ないんだよ、きっと」

「ゴキブリぐらい、居たって耐えられるけど、本屋が遠いのが何よりいや。チャリ(自転車)でちょこっと行ける距離にないんだものォ」

悠香がいかにも不服げに口をはさむ。

「本なんて、そうしょっちゅう買うものじゃないからいいじゃない」

美佐が宥めたが悠香は口を尖らしている。

「ふらっと行きたいときにお母さんが車出してくれればいいけど、出してくれないんだもーん」

日頃の不満をこのときとばかりぶちまける。神奈川弁（？）丸出しだ。

子ども時代を都会で過ごしてしまった不幸な子どもたちねえ、と美佐は思う。それにしても、彼女はいつからこんなに本好きになったのかしらん。漫画好きは知っていたけど……と美佐は心中で微笑んだ。

便利さに慣れてしまうと不便な生活に耐え難いのだ。

そうは思うものの、美佐だっていざとなったら分からない。やっぱり本屋は近いほうがいいし、トイレは水洗の方がいい。もっとも、美佐の子どもの頃は関東地方だってトイレは汲み取り式だった。だが今では日本中どこでも水洗に変わるのは時間の問題だろう。

（平成二十五年度末で八幡平市の水洗普及率は77％以上になっている）

「こんな田舎暮らしでも、車さえあれば昔と違って大変楽なんですよ」

横から亜希子が言い添える。

距離はあるけれど、近くの町へ出るのにも、重たい荷物を運ぶのにも車が運転できれば問題は無いし。信号もごく少なく、渋滞など無いに等しいから、ストレスが溜まらなくて良い。年取って乗れなくなって困るのは都会だって変わらないんだから大丈夫ですよ、と。

ふーん。自然の恩恵を享受しながら、文明の便利さをも活用して暮らせば、これからはむしろ田舎のほうがいいかもしれない……。

そんなふうに美佐にも思えてきた。

でも、都会の生活と田舎のそれ、どちらかを選べ、と言われたら、実際、自分はどうするだろう。しばらく住んでみるだけならいいが、これから先、一生暮らすとなったら。

今すぐ回答なんか出せない、と思う。しかし、現に弟達がこうして住んでいるのだから、時々来させてもらい、田舎生活を楽しませてもらうのも悪くない。それなら気楽だ。

折を見て亮一に、「定年後も今のままの暮らしを続ける？　それとも、それに時々田舎暮らしを混ぜてみる、っていうのはどう？」と持ちかけてみようか。彼が何と言うか分からないが、その頃には子ども達も独立しているだろうから、自分達は自由にできるはずだ。

エアコン不要、熱帯夜無し！

翌朝、美佐はこのところ味わったことのない心地よい冷気の中に目覚めた。

聞きしに勝る涼しさ。箱根の山中などよりずっと涼しい。これは上高地の別荘地並じゃなかろうか。ここは山裾であっても、標高が既に海抜三一五メートルもあるからなのか。

これで夏は分かった。夏は、過ごし易さだけはこの田舎に軍配を上げよう。

では冬は？　冬はどうだろう。……そうだ。ここは北緯四十度と聞く。真冬には稀に、氷点下十～十五度になることもあるという。稀に、ったって、聞くだけで身震いがするではないか。

――ということは、寒さが凄いのは間違いないようだ。でも想像だけでは身に迫って来ない。だって、今までそんな寒い所に住んだことがないんだもの……。

着替えながら美佐は思いを巡らしていた。

とにかく高齢者は、冬は避けるべきだ。――でも、淳はスキーができるって喜ぶかもしれない。

次男で高校生の淳は未経験のスキーをしたがっている。S市では高校生くらいではスキー体験者が少ないだろう。スキーができれば、友達に自慢できる種になるだろうから。勉強が不得意な淳にはそれが少し自信につながるかもしれない。そういう経験をさせてやるのも親の役目か。――かもしれないけれど、スキーはお金が掛かりそうだわ……。

何かにつけてコスト計算がつい頭をかすめる美佐だ。

二十年ローンを組んでやっと自分達のものにした今の家と土地。その月々の返済が家計に占める割合は覚悟していたものの、美佐にとって始めは「頭はクラクラ、目はウツロ」になる程の額であった。ボーナスも大半は返済に消えていった。

収入の元、亮一に何かあったら大事だと、さすがの美佐も気が引き締まり、その後は生活費を切り詰められるだけ切り詰めてきていた。たまの行楽や外食も滅多にしない生活を当たり前だと思ってきた。が、それでは潤いが足りない。ここに来て、こうして弟達の生活を見たり聞いたりしてみると、何かもう少し考えてみてもいいような気がしてきた。

田舎暮らしはしようと思えば出来ないこともないだろうが、実際に生活するとなると、今の家を処分するしかない。亮一が「いいよ」と言ってくれても、子ども達がどう言うか、それが問題だ。多分彼らは嫌がるだろう。

　それより何より、私自身寒いのが嫌だ。一年の半分近く暖房機器が必要な世界なんて……。


　そんなことを考えているところへ翔太が勢いよく呼びに来た。

「お早うございます。伯母さん、裏山へ行ってみようよ！　ムクの散歩をさせるから」

　田舎の子は目覚めが早い。夜は辺りも早々と暗くなるので、早寝になる。従って朝が早いというのは自然の理だ。

　不夜城の如き都会の夜は誘惑も多く、青少年が悪に染まる度合いも高い。周囲に灯りが煌めいていれば、誰でもふらふら行ってみたくなる。夜通し明るいのは便利なようだが、それだけではない副産物もあるのだ。そんなものだと割り切って暮らすのも生活の知恵かもしれないが。

　翔太が飼い犬のムクの手綱を手に持つと、ムクは嬉しがって将太に飛びついている。次いで美佐にも飛びついてきたので美佐は思わず後ずさりした。

　朝露にしっとり濡れた草原を裏山へと続く小道に入る。

　翔太に言われたとおり、長靴を借りて来て良かった。それでも足を取られるほど、草はべったりと長靴に絡み付く。

　道の左側は田圃。右側は椎や栃や桑などの雑木がうっそうと茂る林になっている。そこから左に折れて数分歩いただけで、すぐ翔太の家の裏手にある小高い丘の麓に着いた。

「みんなここを禿山と呼んでいるんだ。なぜって、ほとんど牧草しか生えていないから禿げているように見えるからなんだ」

　翔太が言うとおり、その山には牧草がなびき、下方は背の高い雑木に囲まれている。丘、というより、やはり小山に見えるそのてっぺんにだけ数本の木が見えた。

　昨夜、裏山にリスが出ると翔太から聞いていたので、ぜひ本物のそれを見てみたいと思った美佐は、翔太にそこへの案内を頼んでおいたのだ。

　ムクに引っ張られ、先に立って丈高い夏草の繁りをものともせず、翔太はぴょんぴょんと飛び跳ねるように進んで行く。

　その後ろを追う美佐の息は早くも上がっている。こっちへ来てから僅か三年のあいだに、あの子はもうすっかり田舎の子になった。昨夜は家畜の臭いがどうの、と言っていたけれど、姿格好はもう立派な田舎の子だ。

「アッ、いた！」

　翔太が声を挙げる。

「ど、どこ？」

　彼の指さす方を頻(しき)りに見たが、美佐には何も見えない。何かカサッと小さい音が聞こえたような気はするが。

「あいつら、すぐどこかへ行っちゃうんだ。伯母さん、見えなかったの？」

　翔太は日焼けした顔を上げて椎の木の遙か上方の枝をしきりに指さす。が、美佐にはやっぱり見えなかった。

「奴ら、素早いんだよ。おいらには見えたのに。残念だなあ」

　リスと言っているが、普通のそれよりは小さいらしい。

　この地方では木鼠(きねずみ)と呼ばれていると言う、そんな小動物にも馴染み、それを伯母に見せられなかったのがいかにも残念そうだ。

「翔ちゃん、おばさんまた来るから。今度来たときはおばさんにもきっと見つけられると思う。それまで楽しみにしているからね」
美佐は自分をも慰めるように言った。

木鼠はリス（図）に
似ているという。

弟の家の近くにある樹齢 400 年近い
大銀杏（八幡平市松尾寄木）

上の大銀杏の根っこ部分。幹の周囲は約 8m もある！

聞いて、ポッチャン

「……いつの間に来たのだろう。雌猫のポッチャンが美佐の膝の上で気持ち良さそうに丸くなっている。考え事に耽っていた美佐はそれに気付かなかった。

　美佐が岩手から戻って間もなく、小雨の日が続いていた。それで猛暑が幾分和らいだからだろう。それまでは板の間の冷たい場所を選んで寝そべっていたポッチャンだったが、今日は自分から美佐の膝に来ている。涼しいからかもしれないが、美佐が留守のあいだ寂しかったからだと美佐は思いたかった。

　ポッチャンは何の変哲もない茶色い虎縞(しま)の子だ。だが、なかなか御しがたく、美佐が「おいで！」と命令して自分の膝をパタパタ叩いてもすぐには来なかった。でも、諦めないでしつこく命令を繰り返していたら、仕方ないなあというようすでゆっくりと膝に来るようになった。犬なら喜んで飛んでくるところだ。自分の意志からではないと動こうとしない猫の性(さが)を美佐は思い知った。

　そんなときのポッチャンの気持ちを美佐が代弁すると、さしずめこんなところだろうか。

（……これがあっしの飼い主たる梶原美佐様への義理でござんす。餓鬼の頃、この家に拾われ、居候の身分となったしがない渡世のあっしには勝手気ままは許されないんで。ご主人様の気紛れにしょっ中つき合される私め、これがペットの宿世(すくせ)と割り切ってみましても決して楽じゃござんせん。ゆっくりうたた寝する暇もないんでござんすから……）

てなところかもしれない。

　ともあれ、美佐が、

「ねえ、ポッチャン。お前もいい猫になってきたねえ。やっとこの頃私の心が分かってくれたみたいで。膝の上にも三年だねえ」

　背中をなでながら顔を近づけて話しかけると、ポッチャンは喉をゴロゴロと鳴らしている。猫がそうしているときは機嫌がいい証拠なのだと「猫の飼い方」の本に書いてあったから、きっと悪くない気分なのだろう。

　ポッチャンが梶原家の一員になったのは弟一家が岩手へ越した頃だから、三年にはなる。それまでは子供たちがいくらせがんでも猫嫌いの亮一が頑固に飼うのを許さなかったのだが、猫好きの美佐が加勢して懇願したものだから、遂に亮一は折れた。

　それ以来ポッチャンは野良猫から足を洗った。

　初めは嫌な顔をして遠巻きに横目で見ていた亮一だったが、子猫が無心に戯れるようすに参らない人などいない。じきにすっかり心を奪われたばかりか、子どもたちと争って抱っこまでしたがるものだから、ポッチャンは太る暇がなかった。

　季節が過ぎ、ポッチャンは最近では貫禄がついてきて、ぼってりと抱きごたえのする猫になった。こちらの気分が滅入っているときなどポッチャンに寄り添い、身体をさすっていると気持ちが和み、ホッとすることもしばしばだった。

　そんなわけでポッチャンは今や、家族の生活になくてはならない必需品？　にまで昇格していたのである。

　美佐はなおも話しかけた。

「ねえポッチャン、あんたこの家に住んでみてどう？　住み心地いいでしょう？　……そりゃあいいわよねえ。みんなあんたのこと可愛がっているし。あんたには家族の味噌汁の出しにするのと同じ酸化防止剤を使っていない天日干しの上等な煮干しを餌にしてやっているんだもの。それにこの辺は都会といってもまだ緑はあるし、とりわけあんたの仲良しのグレイ嬢もいることだし。

（グレイ嬢とは、美佐が勝手にそう呼んでいるポッチャンのお相手の灰色の野良猫のことである）

でも、交通事故がよくあるから心配だわねえ。おまけに猫よけのおマジナイとかって、水を入れたペットボトルがあちこちに光っているし。

――ってことは、こんな都会は猫族にとっては相当住みにくい場所になっているんじゃない？　どうお、ポッチャン。

ひょっとしてあんた、田舎暮らしをしてみたい、なんて思ったことない？

田舎はあんたにはこんな都会より住みいいかもしれないよ。むろん私たちはあんた一人（一匹）を田舎へやるなんて酷いことはしない。行くとなったら、みんな一緒だもの。

……ん、でも……。それは無理かもねえ、ポッチャン。ま、今のところ、その可能性はほとんど無いから心配無用だけれどね……」

美佐は自分がペットを相手にとりとめもないことを言っているのを承知しながらなおも話しかけずにはいられない。

ポッチャンは黙って聞いてくれている（？）し、ぬくもりのあるその体を抱きしめていると気が紛れた。

美佐は自分が生きてきたこの五十数年の月日を思う。

人からは苦労らしい苦労をしてこなかったように見えると言われる美佐だが、自分では辛いことも随分あったと思う。

したいことが思うようにできなくても、それはそれで取り立てて残念がるほどのことでもない、とすぐに頭を切り替える術も学んできた。何かにひどく執着していると幸せに暮らせないからだ。

しかし、したいことをしても、人様に迷惑を掛けずに済むことなら、どうだろう？

あと何年生きられるか分からないが、とにかく、今まで仕方がないと思い込んできたことの全てを総点検せずにはいられない思いが湧いてきた。

田舎暮らしを夢見れば

美佐の願いはたわいもないものだ。

できれば可愛い猫をもう一匹、いや、あと二匹くらいは飼いたい。広い庭に好きな花を色々咲かせてみたい。夏は涼しく、冬は暖かい所に住みたい。それが無理ならば、美佐は夏、涼しい方を選ぶ。兼好法師ではないが、「冬はいかようにも住まる」はずなのだから。

これら全ては都会から遠い地方なら実現できそうだ。

その前提としては、経済的に安定していること、心身が健康であること。家族に心配事がないこと。もっと大きくは、世界が平和で地球環境全てが良好に維持されていること。そういうものが前提にあってこそ成り立つ願い事であろう。そう美佐は思い込んでいる。

そんなささやかな庶民の夢をすでに実現している人もいるだろうし、うまくいったら、美佐たちもその後に続けるかもしれない。

そう思っているからといって、美佐は比較的安定している今の暮らしに不足を言っているのではない。

ただ、何か、もっと緩やかで、ストレスの少ない生活をしてみたい気がしてきたのだ。都会に居れば、人とすれ違うのでさえストレスになる。何事も時間に追われ、周囲のスピードは加速する一方だ。そんな今の生活が知らず知らずのうちに疲れを溜めることになっているのだと感じている。

美佐のように外へ勤めに出ていない主婦の身でさえそうだ。忙しいのは自分で作っているからだと言われればその通りだし、その忙しいのをむしろ楽しいと感じ、なんとかこなしてやってきたのもまた事実なのだけれど。

しかし、しかし……。

この先も今のような生活がずっと続くのかと思うと、なんだか気が滅入ってくる。何か変えなければ、将来はもっと気が滅入って行くのではないかという予感さえする。

サラサラと風にそよぐ稲の葉。緑の牧草に覆われ、幾重にも連なっている丘。夜明けには濃いブルーに見え、夕暮れには茜(あかね)色の雲のヴェールをまとう岩手山。

岩手に泊まった晩、弟と外へ出て仰いだ星の大きく美しかったこと。辺りの暗く、静かだったこと。蛙の鳴き声と用水路の水の流れの他は不自然な物音ひとつ聞こえなかったこと。

街灯は所々にポツンポツンとあるだけで十分だったこと。夜分は人がほとんど出歩かないから必要ないのだ。

暁に人は星を戴いて耕し、夕べに鋤(すき)を担いで(今はトラクターを運転して)帰る。透き通った空気と涼しさの中の朝の目覚め。ああ、あれを持って来られないのが恨めしい。

帰ってきた途端のこっちの厚さはどうだ。今日はまあ涼しいからいいけど、夏中エアコン不要のあっちは身体には最高の贅沢だ。

問題は冬だろう。

冬だけ耐えられたら、ああいう所でも暮らしてゆけるかもしれない。近頃は建物も気密性が良いし、暖房設備も優れているから、寒さにも耐え易いような気がする。

実際のところは住んでみないと何とも言えないけれど。いざとなったら冬だけ避寒移動という選択ができれば言うことはないのだが。——とはいうものの、今まで田舎暮らし等したことがないこの私が、たとえばあんな田舎に住むことなどできるだろうか？

屋根から落ちて軒下を埋めた雪。平地ではいつも数10㎝くらいだが、まれにこんな深い雪になることも。

「はるか昔、岩手山に七つの頭を持つ蛇竜がいたそうな。ある日、山里に下りたくなり、地中を潜り始めたが、光のない地中を盲目同然に進み、頭を出した所が座頭清水など七ヶ所の清水になったという。盲人をジャドということから、いつの間にか蛇頭が座頭に変化したものらしい(後略)」

(畑謙吉未定稿編著「松尾村なるほどガイドその3」より)

蛇頭清水（八幡平市金沢地区）

上の湧水は日本名水 100 選に入っており、金沢清水湧水群の一つで、サイフォンの原理により、下方で（写真左）のように吹き出している。汲めども尽きない清らかな水を求めて多くの人が集う知る人ぞ知る名所である。（八幡平温泉郷）。

エンレイ草（延齢草）。別名タチアオイ。開花は 4~6 月。エンレイ草の下に咲いているのはヒトリシズカ。

釣船草（つりふねそう）。黄色種（きつりふね）もある。開花は夏から秋。花形が帆掛け船を吊り下げているような、また、花器の釣舟に似ていることが名前の由来のようだ。

ところで、あんな田舎々々って軽く言ってしまったけれど、これは明らかに侮辱した言い方だ。反省しよう。でも、地方から都会に出て来る人々は、決まったように自分たちのことを「田舎者で……」などと言っている。これもおかしいのではないか？

「田舎って、本当は何なのだろう？」

岩手へ行って来た美佐の好奇心は盛んになっている。

田舎とは？　などと一人で考えていても漠然としたイメージしか湧かないので、辞書に頼ってみた。

そこには、

「(1)みやこを遠く離れ、人家が少なく、田畑の多い所。ひな。(2)生まれ故郷(対)みやこ」とある。

ついでに〃ひな〃も引いてみると、

「みやこを離れた土地。いなか。『…には稀な美人』」

とあった。

こうなったら〃みやこ〃も見るしかない。

……みやこは、――ほほう、

「(1)皇居、又は中央政府のある土地。(2)人が多くにぎやかな土地。(対)いなか」になっている。

――うーん。

別に田舎がへりくだるべき理由などは見当たらない。が、両者の違いは掴めた。でもこれだけでは都会のネズミが威張れる根拠にはならない。では、みやこ人が胸を張っているように見え、田舎の人が自分を卑下しがちな本当の理由、それは何なのだろう？

それぞれにインタビューしてみれば分かるかもしれない。でも、シンドイことはなるべくしたくない美佐はこう思っている。

人が生きてゆくために絶対必要な食糧。その食糧の大半を生み出しているのが田舎である。だから、都会の人は自分たちが依りどころとしている田舎に敬意を払い、田舎の人はもっと胸を張ってもよいのではないか、と。

それに、『ひなにはまれな美人』とは何なのさ。

田舎には美人がいないってこと？

フフ、これは素直に受け止めた方がいいかも。

であるなら、私が田舎へ行って住めば、〃稀な美人〃になる可能性は高い。これは私が田舎へ行くべき強力な動機にはなる。

従って、〃みやこ〃でモテなかった分を取り戻すにはやはり田舎へ行くべきではなかろうか。

みちのく辛口事情

冗談はさておき、ひょんなことから緑滴る田舎の良いところだけを垣間見てしまった美佐は、自分の心が岩手へ行く前と後では大きく変わってしまったことを認めざるを得ない。

知らなきゃ仏、じゃない、花だ。道端に溢れた花、花、また花。畑で真っ赤に熟していたトマト。濃紫色の艶々した茄子。掴むと棘が手を刺してくる胡瓜。新鮮な山女や岩魚。春になったら蕨やフキノトウで埋まりそうな丘。野生の楤の芽(タラボウ)が一斉に芽吹くという雑木林。アスパラガスより美味だと聞かされた千島笹(別名根曲りダケ)。

――あれ、あれ。思い浮かぶのはなんと食べ物のことばかりだ。これでは食べることにしか脳が無いオバサンだと思われてしまう。それが実態だとしても、そんな風に見られるリスクは冒したくない。

ならば切り換えて他にも焦点を当てよう。美佐が一番感激したのは、なんといってもあの、心まで緑溢れた雄大な自然環境だ。

今や、とても懐かしく思い出されるかの山。小鮒釣りしかの川。のモデルのようなあの松尾村。今どきどうしてあんな美しい光景に満ちた場所が残されていたのだろう？　みちのくの秘宝だ。誰にも荒らして欲しくない。いつまでもあのまま、そっとしておきたい、と思うばかり……。

美佐が町に帰るとすぐ、出会う友人知人たちが口を揃えて、

「岩手はどうだった？」

と訊くので、そんなこともあろうかと土産に盛岡駅の売店で大目に買い求めておいた名菓の〝石割り桜〟の箱を差し出すと、それは皆喜んで受け取ってくれた。中には旅行好きの御仁がいて、

「石割桜ってさ、盛岡市内にある、岩を割って根を伸ばして咲いているけなげな桜のことでしょ。岩手人の我慢強さの象徴だって有名だわよ」

と、小鼻をふくらませて自慢げに教えてくれたりした。

けれど、大方は土産〝話〟の方には今いち乗ってこない。美佐が松尾村の感動を身振り手振りで語っても、「ふうん」と言うだけで、あまり調子を合わせてくれない。

多少関心を示したのは〝寝湯〟と名付けられた村営の温泉施設くらい。丸太を枕に、仰向けに寝た格好で入れるのがいたく気に入った美佐は「短足なので下の丸太に届かなくてね」と自虐ネタのゼスチャーまでして見せたのだが、

「アーラ、そういう温泉に初めて入ったの？　どこにもあるけど。あれって確かにくつろげるわよね」

などと返されたのでガクンときた。

それでは、と大自然に触れた感動を伝えると、彼らは顔を見合わせ、

「そのくらいの景色だったら東北、北海道ならどこでも、いいえ、日本中、ちょっとした田舎なら簡単に見られるわよねえ」

とうなずきあっている。美佐があまり大げさに驚いたり喜んだりしているものだから、むしろそれに驚いているくらいだった。

拍子抜けした。

それでも、へこみかかった気を取り直し、美佐は、

「あなたたちは本当の自然の美しさに触れたことがあるの？」

と、口角を歪ませて一喝したいくらいだったが止めた。

……そうか。自分は今まであまり行動しない出無精屋だったから世間を知らないのだ。……そうかもしれない。でも、それでも、松尾村はどこよりも美しい、と思い込んでしまった美佐だ。

欠点も見ておかねば

そりゃあ松尾村だっていいことずくめではないだろう。

どこか嫌なところがあっても不思議ではない。短い滞在だったが美佐は見てしまった。まあ、そんなものは忘れるほど良いところが多かった、ということなのだが。

美佐は確かに見た。大型耐久消費財が沿道の林の中に放置されているのを。（もしかしたら村外から来た人がこっそり捨てていったのかもしれないが）

あれは田圃の周囲だった。明らかに除草剤を使って雑草を処理したと見える箇所があった。（もしかしたら、そこの持ち主が、具合が悪

くてやむを得ずそうしたのかもしれないけれど）

スーパーでは真っ赤に着色したウインナソーセージがまだ売られていた。（生産者は、買う人がいるからだと嘯くに違いない）

まだまだある。

美佐の滞在のあいだに、隣町の公道に熊が出たとニュースが流れた。

そこは〝村〟ではない、れっきとした〝町〟だ。それも松尾村とは地続きの安代町という広い地域である。後で聞いた話だが、松尾村にも熊さんはちょくちょく出向いて来ているという。

亜希ちゃんによると、取り込んだ洗濯物のポケットから蛙が飛び出すなどは日常茶飯事だそうだ。それと、たまにおしゃれをしても甲斐がないと、都会暮らしの経験の長い彼女は嘆いていた。

それは見る人が少ないからだろう。でも、おしゃれをしないで済めば、服代も化粧代も掛からないから気楽でいいだろうに。

――おっと。今は松尾村の短所を挙げているんだった。

やはりそれは直視しておく必要がある。後悔先に立たずだから。

松尾には戦時中（太平洋戦争中）、非常に栄えた硫黄鉱山があった。硫黄が火薬の原料として使用されたのはよく知られている。

戦後その硫黄が雨水に溶けて北上川が汚染され、大きな公害問題となった。それは日本中に報道されたから、美佐も薄々知っていた。が、まさか自分がそこの山を擁している村に関わるようになるとは夢にも思っていなかった。

しかし、こうなったからには他人事、と済ませるわけにはいかない。

現状はどうなっているのか、と調べてみたところ、その公害対策には国を挙げて取り組んだ結果、汚水処理に毎年巨額の国費が投じられており、今のところ問題は無いとのことだ。

汚水処理場は青森・秋田・岩手三県に跨る十和田八幡平国立公園の内部、八幡平（標高一六一三㍍）の頂上付近にあり、周辺の山々は、温泉やスキー場に恵まれた景勝の地として国内外に人気が高い。


しかし、だ。

この村に温泉があっていいというのは単純な考えだろう。温泉があるということは、地熱、すなわち火山があるということで、火山は爆発とも縁があるということだ。

そう遠くない過去、今から三百年程前に、岩手山は大噴火をしているという。それがあのきれいな山なのだ。美佐が生きているあいだに岩手山が再び火を噴かないとも限らない。

宮澤賢治の童話「グスコーブドリの伝記」に出て来る〝イーハトーブ火山局〟というようなものがあって、うまく火源を誘導して爆発を防いでくれればいいが、それは神様以外には不可能だろう。

だけど、村が地熱を活用して発電をしているとはグッドアイディアだと思う。公害も出ない上にコストが安いらしい。不安に戦くよりも、あるものを前向きに利用するのが賢明な考えというものだ。

万一、火山の機嫌が悪くて爆発したところで、それはそのとき。運が悪かったって往生するしかない。家族みんなが温泉に浸かって紅葉を眺めている最中なら「ああいい人生だった」って諦めがつく。

でも、実際問題、車が運転できない年になったらどうしよう？

外出不能は困る。

「そんなの、都会だって同じさ。村じゃ福祉対策がしっかりしているからね。かえって都会より住みよいはずだよ……」

それは響も言っていたような気がする。

なら一歩譲るとして、冬、凍結した道の運転が一番問題だと地元の人自身が怖がっている。で、その対策は？　と詰め寄ったら、「雪国ではねえ、冬はスタッドレスタイヤを履いた四駆の車で歩くのが常識だよ。事故るかどうかは運転する人の技術次第さ」と同じその人が涼しい顔で言ったのだった。

他には水道が凍りつくし、灯油代は関東の倍掛かるんだとか。それは家の建て方にもよるし、建築会社の広告には、「今の住宅仕様では大丈夫です。それと、灯油はいずれエコな熱源にとって代わられますから。今のうちに太陽熱を利用した住宅をお考えになって下さい。それこそ快適な時代の先取りです」ってあったから、取り越し苦労は不要かも。

八幡平（1613m）の中腹約 1000m 付近にある松尾鉱山跡。右の建物群は鉱毒水の中和処理施設。左の池は処理された汚水を溜める貯泥ダム。その向こう側に松尾鉱山が栄えた頃“運上の楽園”と言われたアパート群が見える。一時は１万５千人以上の人が住んで賑わっていた。

春の田植え時（八幡平市野駄）

秋の稲刈り（八幡平市野駄）

昭和 41 年に日本初の松川地熱発電所（八幡平市松尾寄木松川）が操業を開始し、現在 23,500kw の出力を誇る。平成３１年３月には八幡平市二つ目の松尾八幡平地熱発電所が出力 7,499kw で運転を始めた。

欠点はまだある

東北、特に北東北の冬の寒さは半端ではないという。雪の多いときは、除雪に追われて腰痛などにならないだろうか？（腰痛は運動不足が主原因の一つだと、テレビで先生方が話しておられる。であるなら、逆に、雪掻きで運動不足を補うという手も考えられるけど、楽観は許されない）

でも、広い土地に恵まれている田舎の空気はいつも爽快だ。特に春～秋、田畑の周囲や丘陵の中を走っている小道を歩けば、四季の草花を始め、小鳥の囀りや蝶の飛び交う姿に心を慰められ、感性が砥ぎ澄まされる。

農業が好きならば、畑を借りて野菜を育てられそうだ。さすれば産地直結の新鮮野菜が食べられる上に、食費も浮く。ついでに野良仕事で身体が引き締められるはずだから、一石三鳥となるだろう。そう考えれば、田舎暮らしも悪くないように思えてくる。

でも、これはあくまでも理想論だ。よしんば畑が借りられたとして、誰が耕すというのか。自分が耕している姿を想像できない私には、机上の空論でしかないわ。

美佐は首を横に振った。

ならば、スポーツはどうだ。

国際的なスキー場を擁している松尾村は若人に特に人気があるという。といっても、スキー音痴には猫に小判。従って好立地ではあっても、自分に無関係の話に時間を割くのは無駄というもの。

美佐は体裁もあって、体育会系の人の前では自身の運動神経の鈍さを嘆くふりはする。が、ふりだから、真面目に改善する気はない。それを見抜いて真顔で忠告してくれた人がいる。小学校以来の友人でテニス好きのＳ・Ｍだ。

彼女には久しぶりに会ったのに、ずけずけと言われた。

「あなたはスポーツ嫌いだから、いずれ間違いなくメタボになる。腰痛や膝痛にもなるから、そうならない内に体を動かすことね」

彼女、私の将来を心配してくれて……。頭の表面ではそう受け止められたものの、腹の底にまでは届いていなかった。

Ｓ・Ｍの体型は言うだけあって、見事にスリムである。

「お説、有難く承っておきます」

お座なりの―と相手には聞こえたであろう―お礼だけ述べ、彼女の視線から逃れた美佐だった。

美佐が阿呆だった証拠は、長年、運動習慣を身に付けないでウカウカと過ごしてきてしまったその後が証明している。体重は具体的に明かせない程増え、服全部のサイズが今ではまったく合わず、ウエストのくびれに至っては語るに落ちる。

彼女の予言は見事に当たっていた。かのノストラダムスも真っ青の確率で的中していたのだ。

それればかりか、万事は、自分で変えようとしない限り、変わらずに推移するという慣性の法則に従って粛々と推移し、美佐の場合は今やメタボに加速度までついてきているのだ。身から出た錆、想定外の失策とはこういうことを言うのだろう。

さらに嘆かわしいことには、美佐の田舎礼賛話が、敏感なＳ・Ｍにはこんな風に伝わっていた。――とは親友の一人が親切にも電話で注進に及んでくれたので分かったのである。

「Ｓ・Ｍさんがこう言っていたわよ。『呆れたわ。美佐さんたら、将来同じ腰痛で過ごすなら、綺麗な景色を見られる所に住んでいる方がいい』って言っているんですってね。『田舎だって、楽しい話し相手がいれば上手く暮らせるから大丈夫よ、なんて。いい年して、虚勢を張っているわよね』って」

驚いた。S・Mにはこっちの心境がずばり読まれている。

メタボの件以外でも当てられるとは想定外だった。

そう言われるのも、よく考えてみたら思い当たった。岩手から帰ってみんなと会ったとき、彼女が居合わせなかったために石割桜のお土産が渡せなかったせいに違いない。それで彼女、むくれているのか。それとも、あの時、私がみんなにしゃべったことが曲解されて彼女に伝わってしまったのだろうか？

どっちにしても、反省すべきは私の方なんだろう……。

まあ、済んでしまった事だ。くよくよせずに焦点を絞ろう。

問題は、友達ができるかどうかである。

……友達、ねえ。いくら景色がきれいでも、田舎で友達ができるかなあ。できなかったら、寂しいなあ……。

あんな過疎の村だもの。家はまばらだし、そもそも出歩いている人がほとんどいなかった。

……いけない。友達は質だよ。人口量で計れるものではないわ。ここで取越し苦労したとて何になる。

過疎と言えば、その距離感こそ認識しておくべきだろう。

だいたい田舎は距離の感覚がなっちゃない。

「こっちの〝すぐそこ〟は、都会のとは違うのよね」

と苦笑していたのは亜希ちゃんだ。彼女は、岩手の〝すぐそこ〟は、徒歩では行きにくい、かなりの距離を指している、と気づくのに時間が掛かったそうだ。

「なあに。気にするこたねえ。車で行きゃあ、ほんのすぐそこよ。ちょっとなんだから」

現地の人がそんな風にホイホイと言う場所は、三〜四キロも離れているのはざらだという。五〜六キロでさえ、「ちょっと」の部類に入れてしまうそうだから、うかつに聞いていたらだめだ、と。

フー、欠点だらけじゃないか。そんな田舎に、根っから都会ウーマンの私が住めるかって。住めるわけがない。嫌だ、いやだ。やっぱり私や、田舎暮らしには、向いてないわ。

美佐は椅子からよろよろと立ち上がって周囲を見回した。

ポッチャンはどこへ行ったのか、呼んでも現れない。美佐の長すぎる繰り言のせいで、うたた寝し損なった彼は、どこか居心地の良い所で眠り直しているのだろう。飼猫だからといって、いつもご主人様の気紛れに付き合わねばならない義務などポッチャンにあるわけがなく、気が向かなければ飼い主の要求など無視して、好きな行動を選ぶ本能は認められねばならず、選ぶ権利が猫族にはあるのだ。

美佐は田舎へ行ったら猫フェチ*を止めて、犬に乗り換えようかなあ、とぼんやり考えている自分に気がついてニヤニヤしてしまった。

＊フェチは偏愛の意味。特定なものに異常な愛情を示すこと。

「ア、ハ…、ハハ……」

田舎へ行ったら、なんて。なんかもうその気になっている妙な自分に力のない笑いが出てしまう。

美佐は椅子に座り直し、両手を組んで頭の後ろへ回した。肘を左右に張って両目を閉じ深呼吸をすると、田舎志向妄想曲の終楽章は弦楽器の微かなこすれ音とともに、消えて行った。

あー、思いっきり後ろ向きに考えたのは正解。かえってすっきりしちゃった。

—ったくぅ、欠点というのは見つけようとしたらいくらでも見つかるもんだ。

……でも、欠点探しは私の性には合わないなぁ。だって、それをしていると、どんどん暗くなってしまうもの。

私は明るいのが好き。

亡くなった祖母は、

「どんな状況でも明るく捉えれば幸せになれるんだよ」

って、口癖のように言っていたっけ。そうだよなあ。

環境がどうあろうと、前向きな人はなんとかやりくりして、自分に合うように周囲を変えてゆくか、周囲に溶け込んでいく知恵を身に付けるものだ。

そうそう。「前向きで好奇心があれば、田舎だろうが都会だろうが、どこでもうまくやってゆける。ただそれだけのことだよ」って。お前もそうすればいいんだからって。祖母なら言うはずだ。

友達なんか、生まれたときから親しかった人なんかいない。みんな後からこしらえてきたんじゃないか。自分と波長の合う土地なら、波長の合う友達がきっといる。私はそう信じたい。

そうだ、そうそう。田舎で気軽にのんびり暮らしてみたいって、思うだけなら只だもの。思いっきり想像してみていいんだ。

美佐は頭のモヤモヤがだいぶ整理できた感じがした。

ここで、こんな言葉が浮かんできた。

旦那の亮一が勤めている企業では（どこの会社でもそうらしいが）こういう企業訓があるという。

「大きなことを決断するときは必ずシミュレーションをすべし」

それは、「飛ぶ前によく見ろ」ということだという。つまり、行動を起こすときは予め、あらゆる角度から見て起こり得る難事を想像し、それに対処する方策を想定しておけ。そうすればまず大丈夫だ。慌てないで済む。ということだそうだ。

彼がたまに口にしているその言葉の意味が、ここに来てようやく分かったような気がしている美佐なのだった。

思考の違いバトル

「おいおい美佐さん、何を考えているの？　眠いなら、ちょっと横になったら？　枕、要るなら持ってきてあげますよ」

——おーっと。土日休みの会社に勤めている亮一が今日は休みだったのを忘れていた。彼は暇を持て余し、「ちょっと本屋まで」と、雨中、出掛けていたが、いつの間にか帰っていたのだ。

我に返った美佐は立ち上がった。

「ありがとう。でも眠くはないわ。お茶でも、淹れましょうか？」

「そうして貰えると有難いですね。お願いします」

結婚以来、家庭内で交わすにしては丁寧過ぎると感じられる、こんな言葉使いで終始している夫だ。それに比べ、どちらかというとガサツな空気の家庭で育ってきた美佐には、そんな言い方が初めは他人行儀みたいで嫌だった。

見合いで、晩婚で、結婚前の交際期間がほとんど無かった二人だったから、相手の習慣に無知だった。

それが、結婚後慣れてみると、案外具合が良いと思えてきた。

亮一に倣って美佐も丁寧な言葉使いを心掛けてみると、性格まで優しくなるような気がする。

美佐はせっかちだけど、亮一は基本的にはソフトでのんびりした対応をする。それが美佐には救いになる場合が多かった。

美佐はやかんを火に掛けてから冷蔵庫を覗いた。甘い物好きの亮一のために取って置いた羊羹があるはずだ。

手を洗い、美佐と向かい合って食卓に着いた亮一は黙ってお茶をすすり、羊羹を頬張っている。

美佐も自分の湯呑を手にしたが、羊羹を平らげてこちらを見ている亮一の視線が気になり、何か？ と目で問うと、

「美佐さん、さっきは何を考えていたんですか？ まるで夢見るユメ子さんみたいな顔をしているように見えましたけど」

と訊くではないか。

「あら、そんなふうに見えた？ ――じゃあ、言っちゃおうかな」

「見た夢の話ですか？」

「そう。夢の、またユメの話」

「なら、結論から先に言ってほしいですね」
ハ、結論から？
そら来た。ソフトな対応から急に切り替わったのは、結論から言え、という猛烈企業戦士のセリフである。

亮一はサラリーマンになる前までは、のんびりおっとりとしていた。とは、本人の回想話だ。が、入社した途端に厳しい上司にとことん鍛えられ、心ならずも身に付いたのが「結論優先」、「結果が全て」そして、「言い訳無用」等々の業界用語だった。との〝言い訳〟も度々聞かされてきた。

そんな用語の洗礼は、美佐だって結婚前まで勤めていた会社で

近くの小豆畑。（野駄地区為内）

野駄館。南部氏26代目で陸奥盛岡藩祖・南部信直（1546-1599）の重臣中野吉兵衛の居所跡と想定し、丘上に茶室などを含めた建物が再現された。（八幡平市野駄館公園として整備され、桜の名所）。吉兵衛は九戸政実の実弟。岩手郡紫波高水寺の奥州管領・斯波氏の養子になり高田吉兵衛と名乗るが、斯波氏滅亡の後、南部信直から盛岡の中野に城を与えられて中野吉兵衛となる。（参考図書・小和田哲男監修『日本史諸家系図人名辞典』、高橋克彦著『天を衝く』（いずれも講談社）。

受けている。でも、情緒の無いそんな言葉は家庭には合わないではないか。だから、家では使わないようにしましょうよ。と亮一にも釘を刺してきたつもりだった。だが、後天的ではあっても、亮一の体に染み付いた能率一点張りのそれらは制しようがなく、やっぱり時々飛び出てくる。

そんなこともあり、結婚当初から、よく議論をしてきたのが二人の〝思考回路〟の違いについてである。激論の末、負けそうになると亮一が決まって持ち出す切り札の一つが、

「情緒ではメシは食っていけない」

である。

それだって上司の受け売りだ。と美佐は睨んでいる。が、そう言われると返答に窮し、そんな切り札に対する有効な返し札がまだ見つからない自分にいつも歯がゆい思いをしている。

美佐は羊羹をフォークで突きながらそんなことまで思い出し、どう返そうかと考えを巡らせたが、いい知恵が浮かばない。

お茶を飲み干した亮一は腰を浮かしている、

「御馳走様でした。ぼくはさっき買ってきた本を見たいから、夢の話を聞くのは別のときでもいいでしょうか？」

美佐はいいわよ、とうなずきかかったが、無言で首を横に振った。自分が夢の話、と言ったから、軽くしか受け止めてもらえなかったのだ。美佐は急いで急須に湯を足し、亮一の湯呑を引き寄せて注いだ。

すると、お代わりも良いと思ったのか、亮一が坐り直してくれたので、美佐はやっと糸口を見つけられた

「……あのねえ、亮一さんは……、田舎暮らしって、好き？」

唐突な問いにも関わらず、亮一は驚いているようには見えない。

「ふうん。そんなこと考えていたの。……そうだね。僕は、田舎はまあ嫌いじゃないよ。こう見えても、小さい頃、田植えを手伝ったこともあるしね。

……でも、なぜいきなりそんなことを聞くんですか？　美佐さんが見た夢の話と、それと、どう結びつくのか、よくわからないんですけど。美佐さんはそんなことを僕に聞いて、何を言いたいんですか？」

何を言いたいのか、ですって！

美佐はムッとして言い直した。

「亮一さんは……、田舎暮らしって、どんな風に思っているかって、ちょっと聞いてみたかっただけなんだけど」

亮一の望む結論に程遠いであろうとは、察しられる。でも、これが自分の精一杯なのだ。美佐自身はさっき思った通り、田舎暮らしにはやっぱり向いていない、と思ったり、前向きならどこでも大丈夫、と思ったりして揺れ動いている。だから自分の結論など言える段階ではない。只、亮一がどう思うか、聞いてみたかっただけなのだ。

だが、こんな聞き方では、彼の〝思考回路〟にフィットするわけがない。それにしても、もっと驚いた顔をしてもいいのに、と思ったが、亮一の顔の筋肉には動きが見られない。

喜怒哀楽の激しい自分とは対照的だと思う。滅多に冷静さを失わない彼の反応にはいつもイライラさせられ、その無表情とて、恐らく営業で身に付けたテクニックなのだろうと勘ぐってしまう。

「交渉相手に手の内を見られるのは拙い。表情には気を付けろ」と上司から厳しく躾けられているのに違いない。

亮一は美佐の心境を察したのだろう。ようやく口を開いたが、

用心深さが言葉の端々に表れている。

「定年後になら……、まあ、田舎暮らしも……、悪くないかもね。年金もらいながら、のんびり家庭菜園なんかをやってみるのも、楽しそうだし……ね」

(やっぱり定年後か。ずいぶん先の話だわ)

「それって、つまり、将来、有り得る話ってことよね?」

「うん。まあね。でも……、美佐さんには田舎の暮らしは性に合わないでしょう。南方ならともかく、岩手のような北の寒い所は大嫌いだって、いつも言っているんだから」

「それは確かよ。岩手みたいな、あんな遠くへ行ったら、友達とも別れなければならないし。でも、ちょっと考えてみたんだけれど、人間って、順応性があるでしょ。どこでも三年住めば都になるっていうじゃない。例えば、色んな所へちょっとずつ住んでみるのっていうのも面白いって思うのよね。もし経済的なことがクリヤーできたら、試しに数年住んでみて、気に入ったら、そこにずっと住む。――なんていうのはどう?」

亮一の顔には今度は明らかに驚きが表れている。

男、いや、一家の大黒柱にとっては、住処の問題は軽々に語れることではないからだろう。

一呼吸おいてから亮一は口を開いた。

「へえぇー。いつも、どこへも行きたがらない美佐さんがねえ。変わったことを言い出したもんだ。ここの家は美佐さんが自分で設計したんだし、気に入っているとばかり思っていたけど……」

「そりゃあ、気に入っているわよ。手塩にかけた入魂の家、だもの。自分たちの住む家だから、自分たちで設計して当然よ。――けどね。たまには空気の良い、緑の多い田園生活を味わうのも、いいかなと思って……」

亮一は軽くうなずいている。

「ふーん。美佐さんは岩手へ行ってから考えが変わったと見えますね。僕はあれからゆっくり話も聞かなかったけど。そんなにあっちはいい所だったんですか?」

「まあね。――でも残念だったわ。たった二泊の滞在だったから。もう少し、せめて一ケ月ぐらい、いられたら、もっと良かったんだけれど」

「将来住んでみたいと思うほど、良かった、ということなんですか?」

核心を突いた問いだ。

「とにかく、夏はいいと思ったわ」

美佐は〝夏はいい〟に力を入れた。

「そうなんですか。――ところで、あっちはゴルフなんかもできるんですかね?」

「ええ。できるそうよ。雄大で、いいゴルフコースが何ケ所かあって、費用も安いはずだって」

「そりゃあ、いいなあ」

亮一のゴルフは、それも仕事上必要な渉外テクニックの一つとして身に付けたのだろうが、本人も好きで得意にしている。

「アウトドアスポーツには最適の所だと思うわ。ゴルフ以外にも、スキー、テニス、釣り、何でもオーケーでね。でもねえ。ここから行くには遠いのが難かな。まあ、あっちに住んでしまえば問題は無いでしょうけど」

「遠いから安いんですよ。それと、混まないのも魅力でしょう」

「響もそう言っていたっけ」

美佐が弟の名を出したので亮一の顔が和んだ。

「そうそう。響さんのご家族が住んでいるから、美佐さんの田舎体験ができたんだし」

「そうなの。といって、しょっちゅう行っていたんでは、彼らにとっては〝困ったご親戚〟になってしまうわね」

「そうかもしれないね。けど。でも、そんなことを言っていたら、何もできないでしょう。できるときに応分のお礼をして、時々滞在させてもらうのも一つの手ですよ」

（？）

驚いた。

（それって、行きたい、って言ったら、行かせてくれるってこと？）

「行ってみたい。ぜひ行かせて！」

「いいですとも。行かせてあげますよ」

亮一は鷹揚にうなずいている。

「わーお、ラッキー！　それなら、秋にも、春にも行ってみたいわ。十月中旬頃、紅葉が見頃なんですってよ。ものすごく綺麗だそうなの。春なら、まだ食べたことがない山菜を一杯ご馳走してくれるって約束してもらっているし」

「それはわかるけど、行くんだったら冬にすべきですよ」

「冬？」

「そういうことはあり得ないにしても、万一、定住するかもしれないって考えるならね。冬が問題です。一番厳しい冬を乗り越せるかどうか、それが試金石でしょう」

「――そっか。……ふ、ゆ、ねえ……。うーん」

「そうですよ。肝心なのは冬です」

「うん。そうね。……じゃ、例えばさ、冬だけこっちにいるっていうのはどうかしら？」

亮一の太い眉毛の間に珍しく縦皺が浮かんだ。

「それは、経済的に難しいんじゃないでしょうか。……いや無理ですね。子どもたちの教育のことなんかもあるから」

美佐はうなずいた。うなずかざるを得ない。

安山岩の柱状節理を飾る紅葉（八幡平市松尾寄木地区松川）

「ま、今のところは諦めるしかないってことよね。でも……、教育って言えばさ、響んとこで取っている新聞にいつだか載っていたって、彼が言っていたわよ。岩手県は、子育てに適するという点では、全国でトップクラスにランクされているんだって。分かるような気がするわ。多感な年ごろに豊かな自然に囲まれて育つのって、うんとラッキーなことなんだもの」

「それは、ぼくもそう思いますよ。人間の感性は幼少期の影響が大きいですからね」

「私が育ちたかったわ。あんな所で」

美佐は目を瞑り、頭を巡らせた。

もちろん、子どもたちにも相談しなければならないけれど、なんだか先が明るくなってきたような気がする。仮の話だが、特に冬のお試し滞在ができて、松尾村が気に入ったなら、人生の後半、あっちへ永住する可能性だって、無きにしも非ずだ。

「美佐さんが本気でそう思うなら、僕も考えますよ」

肝心の亮一が請け合ってくれている。

そうなると今度は美佐の方が心配になってきた。

「費用が掛かるわね」

「それは僕が稼ぎますよ。ローンにも目途がついてきたし。後で、あのとき、トライしてみれば良かった、なんて一生後悔するくらいなら安いもんだ」

亮一の顔に滅多に浮かばない笑みがある。

美佐は目の前に大空一杯の未来が展(ひら)けて行くようで、軽く眩暈(めまい)さえ覚えていた。

「――私たちが田舎に住めたら、息子たちや、将来授かるかもしれない孫たちにとって、実家はそっちだっていうことになるじゃない。そうしたら、彼らに言ってやれるわ。あなたたちのふるさとは緑滴(したた)る田舎なんだよ。毎日お世話になっているお米の穫れる所。トンボや鳥がどっさりいて、みんな生き生きと楽しそうに暮らしている。そこでは、心や体に病を持っている人も、大自然の懐に抱かれてみんなすぐに癒されてしまう。そんな所が、あなたたちのふるさとなんだよって」

「ハッハッハ。それこそ、イーハトーブ松尾村、じゃないか」

亮一が笑い声まで上げている。滅多にないことだ。

「その通り。松尾村は宮澤賢治が描いた理想郷に、ぴったり重なる部分大よ。あそこはもしかして私たちの理想郷かも」

美佐の声は熱を帯び、話が限りなくエスカレートしてくる。

「その理想郷にはね、自然を大切にしようと本気で思っている人でないと住めないの」

「……つまり、ふるさとが我々を選ぶ、というわけですか?」

今日の亮一は、かなりノリがいい。

「おほん。……多分、あなたは合格組でしょうよ」

「ほー、美佐さんは、自信、無いんですか?」

「うん。無いの。だから、なんか心配なのよね」

亮一がクスクス笑っている。

「どこが心配なんですか?」

「うーん。本当に住むとなったら、畑仕事できるほど体力無いし。いったい何して生活していったらいいのか、自分のやるべき具体的なもののイメージが湧かないんだもの。どうしよう……」

亮一の笑いが弾けた。

「ハハハハッ！　そこまで心配することはないでしょう。一生住むと決まったわけではないし。もしそうなったらなったで、何をすればいいかは、住んでいる内に見つければいいことですよ」

「えーっ！　そんなの、ぜ、贅沢じゃない？」

「贅沢なんかじゃないですよ。一生のふるさとにするかどうか決めるのに、慌てて仕事を見つける必要はないと思いますよ」

「へー。じゃあ、私、気楽な奥様じゃない」

「美佐さんはどこへ行っても気楽な奥様ですよ。これまでも、これからも、変わらずにね」

ん。なかなか気の利いた相槌だ。「これまでも、これからも変わらずに」なんて、クールだ。美佐の気分は上々になってきた。

「お茶のお代わり要る？　それとも、コーヒーが、いい？」

「コーヒーをお願いします。いつものように、ごく薄目に、ね」

「了解、りょうかい」

　美佐はカップを取り出して温め始めた。

　さっきは一旦腰を浮かせた亮一だったが、今や妻のペースに完全に巻き込まれている。彼の心中にも、思いがけず別な余生の選択という情景が、ほの見えてきたからかもしれない。

　美佐は十数メートル先に表通りが見える窓の先へ目をやった。

「確かにこの街は、どっしりした欅並木がすてきよね。S市の田園調布、と言ってもいいくらいだし。買い物やちょっとした用足しは自転車で全部済んじゃうから便利だわ。

　――ところで、田園調布、って言えば、あの、ザアマス族の奥様方が住んでおられるとかいう、都内の田園調布だって、昔は只の田園だったんでしょ？　名前からして」

「……そうかもしれないですね」

美佐の話は突然、東京大田区の高級住宅街と言われている場所へ飛ぶ。

「あそこって、いつごろから『まあ、お羨ましい。〃田園調布〃にお住まいなんですか！』なんて言われるようになったのかしら？」

「知りませんね」

　亮一の表情は元に戻り、素っ気なく返しただけでコーヒーを楽しんでいる。妻の話があちこちへ飛ぶのには慣れっこだ。これまで同様、今後も、忍の一字で耐えて行くしかない。

　美佐は亮一を見据えて続ける。

「私だって、松尾村に住んだらこう言えるんじゃない？『本物の田園に住んでいますのよ』って」

「それが言いたかったんですね」

「そうざます。『何でも、すべて、〃本物だらけ〃の所に住んでいるんざます』って。『空気、水、緑、ゆったりとした住まいと土地、すべて本物ばかりなんざますよ』って」

「ゆとり十分、且つ、生涯保障付きの本物ですか」

「そうざます」

　ふーん、とうなずく亮一。どうやらジョークを察したらしい。

「つまり、そこは――、あの、スターとかなんとか、有名な方や、お金持ちがお住まいになっていられる所ですな？」

「ええ。本物のスターウオッチングもできますのよ。キラキラと空高く輝いていますし。欅よりもっと美しい白樺や、ナナカマドの並木道も歩けます。雪を被ったナナカマドが真っ赤な実を覗かせ、それを小鳥がついばみに来る光景なんて、すてきでしょう？

　それよりなにより、本物の心の温かさと優しさが財産の大金持ちがいっぱい居て、道で会う人は名前を知っていてもいなくても、だれとでも挨拶を交わすんです。――それが、本当の田園、松尾村のやり方なんざます。って。どう、楽しいでしょう？」

「それが全部本当なら……」

亮一がうなずきながら付け足す。

「結構でございますね」

「本当かどうかは、住んでみれば分かることじゃない？」

「なるほど。それは誠にその通りでございますですね、奥様」

出無精という非行動力を伴った美佐の〝慢性的好奇心欠如症候群〟なる病にも、どうやら本格的な治癒の時期が来たようだ。短い滞在だったが、岩手への旅は美佐に強烈な印象を残して終わった。……その余韻は、……まだ消えない。

あの緑のふるさとには、美佐のこれまでの人生のありかたを総点検させるような鋭い微粒子が、それと見えずに相当濃密に浸透していたのに違いない。その密度は、日が経つにつれ益々濃くなり、ついには美佐を遙か北方の地へ誘ってゆくのだろうか？

それとも、そのまま微かな灯火となって、静かに美佐の胸の中に瞬き続けるだけで終わるのだろうか……。

もしかしたら私の人生は、と一人の美佐は思う。あの村に住むことを予め定められているのかもしれない、と。

いいえ、ともう一人の美佐が思う。

美佐という名前の旅人が辿る人生の軌跡は、予め定められてなどいない。自由に旅できるのが美佐の旅なのだ、と。

どちらにせよ、と二人の美佐は一つになって思う。

その軌跡がどう描かれて終わるのか、今は知る由もないが、どの道を辿るにせよ、その旅を、自分は、たまにくじけそうなことがあっても倒れずに、いつでも活き活きワクワクと心から楽しんで旅する旅人でありたい、と。

果たして美佐の心は将来どう動くのであろうか？

（完）

水越しの紅葉（八幡平市松尾地区松川の湯の又公園からの眺め）。右上はマユミの実。右下は柳沢の紅葉。黄はクロモジ、奥の白い葉はコシアブラの紅葉。

追記

主人公・美佐は作者の分身と言ってもいい存在ですが、作者とは微妙に異なる性格にしましたので、作者を知っている方々にとっては文中、もどかしく思われた点も多々、あったのではないかと思います。都市と農村、住むならどこがいいのか、美佐の目を通して描いた両地域の比較や、揺れ動く心境などに共感を覚えて頂けたら幸いです。

筆者一家は現在、岩手県八幡平市（旧松尾村）に終いの住処を構え、猫二匹と共に田園生活をエンジョイしております。

飼いネコのダン（右）とカイ

・・・・・・・・・・・・・・・

原作は平成〇年〇月〇日から〇年〇月〇日までインターネットのウイークリーマガジン〝まぐまぐ〟に連載した「そして岩手—緑のふるさとへ—」。一九九五年（平成七年）九月五日脱稿。に加筆訂正して平成二六年（二〇一四）四月一〇日発行『みちのく春秋』春号（通巻一二号）に掲載を開始〜平成二九年（二〇一七）一月一〇日発行新春号（通巻二三号）で完了したものです。

物語には時代的なずれがあるため、適宜注釈を入れたり、その後の変化などについてもできるだけ記したりして、読者の便宜を図ったことと、この作品集に入れるに当たり、『みちのく春秋』に掲載したものに部分的に加筆訂正した箇所があることをお断りしておきます。

物語はここまでは小説の形で進んできましたし、かなりフィクションが入っておりますが、この続き、とも言える話が〝実話〟として本になっています。それは、この作品集の中でも紹介してきている『八幡平レポート・命を守る農業』*という本（巻末の既刊著書でも紹介）です。

そこには「事実は小説より奇なり」の展開があります。作者が乗り越えてきた数々の試練や取材を通して知り合った人々の生き方をたっぷり盛り込みました。そこではすべて事実のみを綴っています。健康な生き方をするための実用書としてもお役に立つと思いますので是非ご一読頂けたら嬉しく思います。

エゾの小リンゴ

ススキ

赤沼（別名・五色沼）。八幡平中腹の御在所湿原。

あれもこれも見てもらいたい写真ばかり。畑さんのアルバムにはまだまだ山のように傑作が眠っています。本書で紹介できるのが限られているのが残念でなりません。
最後の方で、もうちょっとだけお見せできますけれど……。

三石山頂から八幡平方面を望む。（八幡平市松尾寄木）

あとがきに代えて

畑　謙吉

加藤さんをはじめて知ったのは、平成七年六月一日、岩手日報紙上の『花時計』でした。また一人、松尾を愛してくださる人が来てくれたな、と思ったものでした。

その二年後の平成九年、八幡平で開かれた「世界地熱会議」の一行を松川温泉の地熱蒸気染め「夢蒸染」に案内したときのことでした。

外国語での矢継ぎ早の質問におろおろしていた時、たまたま現場に居合わせた加藤さんに急遽、臆面もなく臨時通訳をお願いしたのです。これが初めての出会いでした。

そのことがきっかけで度々お会いするようになり、歴史研究会など、偶然の出会いも重なって、ご主人ともども公私にわたってお世話になるようになりました。

その加藤さんから「本を出すので写真を二～三枚使わせて」と言われたのは『八幡平レポート・命を守る農業』出版の時でした。無精者の私は撮りためていた写真のファイル数冊を渡して「この中から撰んでください」と下駄を預けてしまったのです。

あれから二年、ご自身八冊目の本を出すという。今度は松尾に移住することになった顛末を中心に、八幡平や岩手の魅力をふんだんに盛り込んだ本になるといい、

「畑さんの写真も使って地元の魅力を発信しましょうよ」

と提案されたのです。

好きで撮ってはいるものの、見せる写真となると躊躇せざるを得ません。でしたが、〝立て板に水〟の正論、説得に抗えず、迂闊にも納得してしまった、というわけです。

私はときどき地元講座などの講師を務めています。

現役中（松尾村役場）に、地元を知るための資料、特に歴史や地名、文化財等に関する活字媒体が少ないことに気づき、資料漁りや取材を重ね、資料集を編んだのがきっかけでした。

知っているようで知らない郷土の宝。外への発信もさることながら、先ずは自分たちで〝地元学を〟というわけです。

仕事（広報係）でカメラを扱い、退職後の生き甲斐で今までだらだら続く私の趣味。その写真はセンスのかけらもありません。ただただ、加藤さんの名文の邪魔にだけはならないようにと祈るばかりです。

（２０１９・３）

小学校の郷土学習で子どもたちに湧水について教えている畑さん。この写真と共に畑さんは下のように岩手日報（2014年9月22日付）に取材されている。
「水の恵みと怖さ指南」の大見出しの下、「３・１１の教訓～内陸から～155『地元学に取り組む畑さん（八幡平市）』として、畑さんが地元の小学生や地域住民らに行っている講演の内容が紹介されている。記事は「畑さんが『地元学』を始めた当初、口伝てがほとんどで、文献は乏しかった。先人から受け継いだ伝承や教訓、自然の恵みを自らの足で調査し続ける畑さんはそれを文字として残す重要性を感じている」と結ばれている。「災害対策はまず地元を良く知ることが大切」、との畑さんの示唆を皆で学び合いたい。

「清らかな水は大切にしなくてはね」
「分かりました！」と子どもたち。

畑さんが取材編集された書籍『松尾村なるほどガイド』1~3。左は『ふるさと再見読本「湧口（わっくち）と碑」』

岩手名水 20 選の長者屋敷清水。水を汲みに来る人が跡を絶たない。（八幡平市松尾）

講演会等に用いている畑さんの未定稿資料集
「ひとりよがりの地元学ー地名考・松尾八幡平」

「ひとりよがりの地元学－岩手山麓のおもしろ雲形考」

「語り継がれる古里の宝ー松尾地区の民話伝説」

「松尾八幡平水辺物語」

「八郎太郎のふる里を歩く～八郎太郎伝説・松尾ステージの考察」

「松尾村 116 年・その開発と発展の軌跡」

以下、パワーポイント。

「松尾の名瀑と名もない滝々」

「知っているつもりの松尾あれこれ」

「受け継がれる行事・寄木裸参り」

「ふる里の湧水と水利用（小学校講座用）」


上の写真（長者屋敷公園内にある長者屋敷清水）の所には「豆渡し長者伝説」がある。

「昔、西の長者（松尾の長者屋敷の主）と東の長者（西根のガンジャ）の長者がいた。

東の長者の娘が西の長者の息子に嫁入りするときに西の長者の屋敷前には橋がなかったので、その沢に豆俵を積み上げて橋にして渡らせたので、婚礼は無事に済んだ。

それを見た人々は驚き、以来、この長者を豆渡し長者と呼ぶようになった。

（畑謙吉未定稿編著「松尾村なるほどガイドその3」より）

今やグローバルな花として海外へ進出している八幡平市の特産品・リンドウ

四ツ栗。実が４個も入ってリッチな栗。

裏庭に、いつの間にか黒百合が……。

ここと次の２ページの写真は畑さん宅の庭で撮影されたものばかりです。庭回りの自然と一体の暮らしをエンジョイしているからこそのシャッターチャンスと言えましょう。

屋根を越えて……、　→

高く飛び去って行く。
優雅と言うよりは残酷！

←　池に舞い降りたシラサギが……、

アッと言う間に金魚を飲み込み……、↑

ウバユリの定点観測 by 畑謙吉

1、ウバユリの蕾が…、 →

2、ほころび…、 →

3、花開いて…、

4、しおれ…、 →

5、実がつき…、 →

6、種が熟して…。

定点観測とは、この場合は畑さんの庭の一定の場所に生えてきた一本のウバユリに、どのような変化があったかを季節ごとに観察し、写真に記録したものを言っている。

1〜6までの変化の写真を撮ろうと思ったら、つぼみの時からしっかりした計画を立てて、定期的にカメラを向ける心構えが必要だ。

ウバユリの開花は夏。茎の高さは五〇センチ〜一メートルにも達し、木陰を好んで咲く山野草である。

種はフェンス張りの室にビッシリ。下から吹き上げる風を利用して少しずつ飛ばす仕組みなのだ！　驚くべき自然界のメカニズム。

錦木の実を食べに来たが、細い枝にバランスを崩してもがくキジ。

低木林や草原に棲むキジは日本特産種のため、一九四七年、日本鳥学会で　国鳥に選定されている。

東北では家屋の近くまでキジが姿を現すことも珍しくない。

写真のキジはエサが少なくなってきたため、錦木の枝の先端にまでくちばしを延ばそうとしたが、枝が体重を支えきれずにバランスを失った瞬間を捉えている。

右奥の羽は尾羽。その手前の左翼は折りたたまれているが、キジはとっさに右翼を大きく広げて辛くも態勢を保っている。普段めったに見られない自然の生々しく美しい姿をこんなに間近に見られるなんて、造形の神に感謝！

川べりの紅葉（八幡平市松川）

あとがき

加藤美南子

どうですか、ご覧頂いた畑謙吉さんの写真の数々。

辛抱強さと瞬発力を兼ね備えていなければこのような傑作は決して撮れなかった、そんな作品ばかりですよね。

本書の編集に当たり、畑さんの写真を取り込ませて頂いているうちに、それらがまるで事前に打ち合わせでもしていたように拙文にぴったり当てはまっているのが多いのにとても驚きました。

その上、有難いことに、私が見たこともない秘境の光景が沢山あるのです。行動力と感性に溢れた畑さんだから撮れた写真ばかりなのだと感じさせて頂きました。

生まれも育ちも八幡平市（旧松尾村時代からを含む）在住のキャリア大先輩の畑さんは、短歌を嗜まれているなど、詩心にあふれているばかりでなく、山菜のシーズンにはご夫婦そろって山へ入り、実益を兼ねた趣味も楽しんでおられます。

また、長年撮り続けてきた写真を資料に使って地元の小学生たちを始め、多くの人に「地元学」講座でその魅力を伝え続けていることが畑さんの元気の源になっているようです。

ご自身がおっしゃっているように、

「知っているようで知らない郷土の宝。外への発信もさることながら、まずは自分たちで〝地元学〟を」

その言葉をモットーに日々情熱を傾けている写真の数々ですから、本書を開けた途端、目に飛び込んでくるのはまず写真であることに間違いはありません。

写真を十分堪能した後、本当にゆっくりでいいですから、拙文にも目を通してもらえたら幸いです。

それと、ここで誤解を解いておきたいことが一つあります。

畑さんは筆者のことを英語のエキスパートのように思い込まれているようですが、それは間違いです。私の英会話は相変わらずブロークンで、度胸があるだけですから、読者はその点、誤解されないようにお願い致します。

本の出版はこれで八冊目、というのは合っています。

と言っても、内、一冊は亡き母の遺言で、平成二十八年に姉弟と協力して出版した『合歓（ねむ）の花』という、母の俳句と絵の遺作集が含まれていますけれど。

誤解を解いたところで、写真とともに地元のことを色々ご教示くださった畑さんに改めて心から感謝申しあげます。

何も知らなかった筆者に、「郷土の宝はこれだよ、ここにあるよ」と、目を開かせてくださった畑さんには、いくら感謝してもし切れません。地元の魅力の伝道師そのものの畑さんの今後益々のご活躍を祈念しているしだいです。

さて、生まれも育ちも関東の筆者。子どもの病気治療のために仕方なく移住した岩手県だったのに、深いご縁があったのでしょう。すっかり気に入ってしまって、家族で引っ越してきて大満足の日々を過ごしています。

移住して間もなく、豊かな水と緑に感激し、戯れに地元の岩手日報紙へ送った随筆が掲載され、それが書くことのきっかけになったと言っても過言ではありません。

その後、知人に誘われて発足ほやほやの岩手県歴史研究会（平成十六年発足）の会員になったのですが、そこに畑さんが参加されていたのでお互いにびっくりした次第です。

畑さんが持ち前のカメラの腕を発揮されて、会の行事をずっと写してくださったおかげで、本書の歴史紀行文にもそれらの貴重な記録を借用させて頂けたというわけです。

歴研では熱心な世話人や講師の方々のおかげで、郷土史について沢山学ぶ機会を得られました。同好の士とマイクロバスに乗り合わせて訪れた現地での勉強会はすこぶる楽しく、どんどんみちのくの歴史の奥深さにのめり込んで行きました。

そして拙い感想文を会報に寄せたりもするようになったため、そこからの転載も三編ばかりここに収めさせてもらいました。

移住してから数年後、地元の朗読ボランティアさくらの会というのに参加することになり、十年ほど近くの小学校で読み聞かせをさせて頂きました。朗読で学んだのは、伝わるように表現力や滑舌を磨くのが大事だということでした。

平成二十二年頃から岩手児童文学の会にも加わり、年三回の会合時に作品を持ち寄っては、楽しくも厳しい合評会で、恥を掻きながら切磋琢磨を重ねてきています。

そこで一番学んでいるのは、分かり易く、読者に感動してもらえる作品はどんなものかを追求して行く〝姿勢〟だと感じています。理想には程遠い筆者の文章を真剣に鍛えてくださる先輩はじめ、仲間たちとの交流はとても貴重です。

筆者が文章を書くときに手書きからパソコンに向かうようになったのは還暦を過ぎてからです。現在は遂に、世間で言う後期高齢者の仲間入りをし、体力の衰えを実感せざるを得ません。

ですが、今回、あちこちに散らばっている分野の異なる小作品の幾つかをまとめてみようと思い立ったところ、それぞれのところから快く転載をご承知頂きました。

歴史論考については、元より浅学の筆者ですから、「これでは論文の体をなしていない」と識者からお叱りを受けるかもしれません。

でも敢えてそれらを入れたのは、柔らかく書けば、筆者が日頃思っていることがより多くの人に伝わるのではないかと感じたからです。といっても、それが成功しているかどうかは、あくまでも読者に任せられているわけですけれど。

私見を言わせて頂くならば、筆者は、

「歴史を学ぶ目的の一つは、事実を知ることと、因果関係を知り、それを今後に役立たせること、そのため、歴史上の知識を得たら、それをより良い未来のため、判断力を養うのに役立たせる、それが最も大事ではないか」

と思っているのです。

本書の迷文「歴史論考」を少しでも面白いと感じて頂けたら、とても嬉しく思います。

短編小説の「早池峰の鹿」の方言は、遠野在住の菅田方士（たかし）さん・佐々木悦雄さんのお世話になりました。ご同行頂いた画家の山内路子さんにも感謝申し上げます。

最後になりましたが、本書を編むに当たり、わざわざカットを描き直してくださった中村祥子さん、後三年合戦の写真でご協力くださった小野絹子さん、お名前は挙げませんが、ご協力いただいた方々、出版に当たりお世話になったツーワンライフ出版社さんの社長さん始め、スタッフの皆さんにも心から御礼申し上げます。

そして、いつも変わらずエールを送ってくれる友人たち、支えてくれた家族にも感謝でいっぱいです。

皆様、ありがとうございました！

（平成三十一年四月吉日）

<既刊著書>

だんぶり長者の遺産ー北東北の古代伝承を追ってー

著者/加藤美南子/四六版 373 頁・並製本/2011 年(平成 23.11.15)発行/¥1600(税込)/ツーワンライフ刊。だんぶり（トンボ）に導かれた若者が東北一の長者に！　長者の娘はやがて継体天皇の妃になった……。主婦探偵（？）遙菜が東北の古代史の謎を楽しく易しく解き明かして行く。北東北を横断している米代川流域に散らばっている有名な伝承をミステリー仕立ての小説に。東北人なら、ぜひ知って欲しい歴史ロマン。

瀬織津姫浮上㊤ー古代の謎を巡る歴史紀行小説ー

著者/加藤美南子/四六版 384 頁・並製本/2014 年(平成 26.6.15)発行/¥1680(税込)/ツーワンライフ刊。古代の水と滝の女神・瀬織津姫命は東北と深い関りがある！『記紀』には名前が見えないにも関わらず、日本中の神社にそれとなく祀られている瀬織津姫とは？「大祓の祝詞」に封印された女神の真の姿は？　主婦探偵・遙菜が友人らとともにその謎を追求しに乗り出して行く。

瀬織津姫浮上㊦ー北東北の古代伝承を追ってー

著書/加藤美南子/四六版 394 頁・並製本/2014 年(平成 26.6.15)発行/¥1680(税込)/ツーワンライフ刊。瀬織津姫は水辺で三輪山の神の降臨を待つ巫女だったのか？　頻発する天地異変は神の怒りの表れか？　姫が日本中、特に岩手県の神社に一番多く実名で祀られているのはなぜだろうか？ 伝承の中に残っている水と滝の女神・瀬織津姫命は今こそ甦り、新・真・神世界の実現のため、地上に愛の光を降り注ぐ。

だんぶりちょうじゃののこしたたからもの 日本語版絵本

著書/加藤美南子/A-4 版 34 ページ・ハードカバー製本/2012 年（平成 24.10.月 20）発行¥1600（税込）/ツーワンライフ刊。およそ 1500 年前の古代、日本の東北地方に貧乏だが正直でよく働き、親孝行な若者がいた。トンボの導きで長者になったが、彼の娘は都の大王の妃になり、王子を生む。困難な目にあったとき、やさしさに溢れた彼らがとった行動は思いもよらないものだった。日本中の子どもたちに知ってほしい東北人の心意気を分かりやすく伝えている絵本。製本をハードカバーからソフトカバーに変更を検討中。

The Treasures of Danburi Chojya（だんぶりちょうじゃのたからもの）英語訳付き絵本

著者/加藤美南子/210×240、40 頁/2016 年(平成 28.4.15)発行/¥1200(税込)/ツーワンライフ刊。既刊の A-4 サイズ(日本語版)の絵本のサイズを変え、英語訳を付けてリニューアル出版した絵本。古代、日本の東北地方に正直で親孝行だが貧乏な若者がいた。ところが彼はトンボのおかげで東北一の長者になる。トンボはなぜ一介の若者にそんな幸運をもたらしたのだろうか？　だんぶり長者の残した本当の宝物とは？　長者の伝承は、日本人の誇りであり、やさしさのモデルとして世界中の人々に訴える力を持っている。

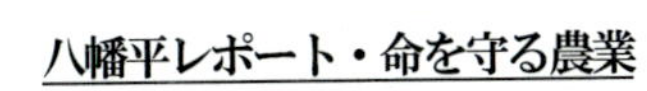

八幡平レポート・命を守る農業

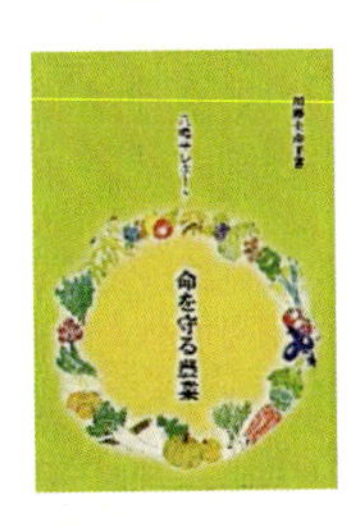

著者/加藤美南子/B-5 版、222 頁/2018 年(平成 30.3.10)発行/¥1800(税込)/ツーワンライフ刊。神奈川の大都会に住んでいた筆者一家の子どもが重度のアトピー性皮膚炎を発症し、不登校になっただけでなく、ヤンキーにまでなって家族は困惑する。事態の改善を図るため、一家は遥々親戚を頼って岩手県へ移住する。幸い、微細エネルギーを測定する波動機器(MRA)との出会いによって、アトピーの原因と対策が分かり、適切な対応をしたため、アトピーは速やかに治癒して一家は幸せを取り戻す。治癒の経過をつぶさに見た家族は、人の病気の原因の一つに、化学合成肥料や化学合成農薬の過使用によって汚染された土壌で生産された食べ物を摂り続けていることや、ストレスが大きく関わっていることなどを知る。本書では米国のマクガバンレポート、分子栄養学の基礎的知識、健全な土作りに役立つ「ボカシ肥料」の作り方などを紹介し、安心安全農業を実践している篤農家たちや予防医学を推進している医師への取材等を通し、分かった貴重な情報を満載している。昨今、世間で頻発している殺傷沙汰事件は、日頃の食事の内容が深く関わっているとの示唆を含む本書は、農業者はもとより、農産物の消費者である一般の人々にこそ是非目を通してもらい、考えてもらいたいと、筆者がありのままの事実を記した渾身の記録である。

加藤美南子（かとうみなこ）
1942年千葉県船橋市生まれ。小学～高校まで神奈川県小田原市で過ごす。青山学院大学文学部英米文学科卒。商社・半導体メーカー勤務後結婚。1995年に神奈川より岩手県八幡平市（旧松尾村）に移住。主著に小説『だんぶり長者の遺産』、『瀬織津姫浮上』上下巻、英語訳付き絵本『だんぶりちょうじゃのたからもの』、『八幡平レポート・命を守る農業』（いずれもツーワンライフ出版）。2011年岩手県芸術祭児童文学部門芸術祭賞、健康管理士一般指導員、文科省後援健康管理能力検定一級。元岩手県歴史研究会会員、現岩手児童文学の会、八幡平市朗読ボランティアさくらの会各会員。

畑　謙吉（はた　けんきち）
1941年岩手県岩手郡旧松尾村（現八幡平市）出身。2002年旧松尾村役場退職。八幡平自然散策ガイドの会や公民館講座の講師、小学校への地元学の出前講座の講師として活躍。役場時代に取材・編集した書籍は『松尾村なるほどガイド』、およびその続編『松尾村なるほどガイドNo. 2～3』、『ふるさと再見読本「湧口（わっくち）と碑」』。他に、地元学講座の教材として未定稿の資料等多数。（「あとがきに代えて」のページ参照）。趣味は山歩き、山菜採り、カメラ。

「そして岩手ー写真と文で綴るみちのく讃歌ー」

発　行	2019年（令和元年）9月1日　初版第一刷発行
編著者	加藤美南子
写　真	畑　謙吉
DTP	加藤美南子
発行所	有限会社ツーワンライフ
	〒028-3621
	岩手県紫波郡矢巾町広宮沢10-513-19
	TEL.019-681-8121，FAX.019-681-8120
定　価	本体1800円（+税）
ISBN	978−4−909825−07−0